TRADUÇÃO   FÁBIO FERNANDES

TEXTOS   URSULA K. LE GUIN
SAMIR MACHADO DE MACHADO

ALDOUS HUXLEY
ADMIRÁVEL MUNDO NOVO

BIBLIOTECA AZUL

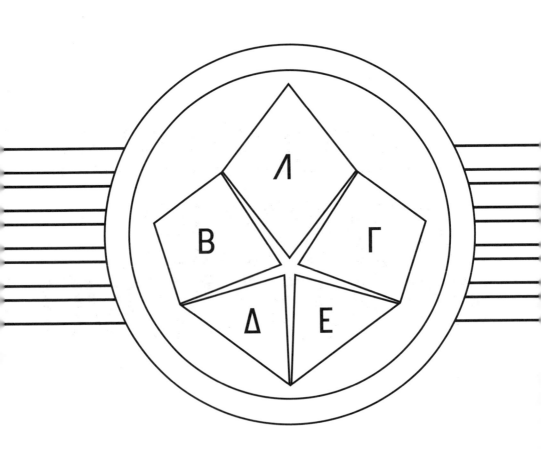

SUMÁRIO

7   Admirável mundo novo

276   "Uma obra-prima da era da ansiedade"
URSULA K. LE GUIN

Uma jornada editorial rumo a um Mundo Novo
286   SAMIR MACHADO DE MACHADO

As utopias parecem muito mais passíveis de se realizar do que se acreditaria antigamente. E hoje em dia nos encontramos perante um tipo diferente de questão crucial: como evitar sua realização definitiva? Utopias são realizáveis. A vida nos leva na direção das utopias. Talvez um novo século se inicie, um século no qual os intelectuais e as classes cultas voltem a sonhar com maneiras de evitar utopias e retornar a uma sociedade não utópica, menos "perfeita" e mais livre.

NIKOLAI BERDIAEV

UM PRÉDIO CINZENTO E TRONCUDO de apenas trinta e quatro andares. Acima da entrada principal, as palavras CENTRAL DE INCUBADORAS E CONDICIONAMENTO DO CENTRO DE LONDRES, e, dentro de um escudo, o lema do Estado Mundial: COMUNIDADE, IDENTIDADE, ESTABILIDADE.

O salão enorme no térreo dava para o norte. Fria, apesar do verão intenso além das vidraças, apesar de todo o calor tropical da própria sala, uma luz intensa e tênue brilhava através das janelas, procurando avidamente alguma figura leiga vestida, alguma forma pálida de pele acadêmica arrepiada, mas encontrando apenas o vidro, o níquel e o brilho desolador da porcelana de um laboratório. Frieza invernal de um lado, frieza invernal do outro. O macacão dos trabalhadores era branco, as mãos enluvadas com uma borracha pálida cor de cadáver. A luz estava congelada, morta, um fantasma. Somente dos tubos amarelos dos microscópios essa luz pegava emprestada certa substância rica e viva, espalhando-se ao longo dos dutos polidos como manteiga, faixa após faixa, exuberante, numa extensa repetição ao longo das mesas de trabalho.

— E esta aqui — disse o Diretor, abrindo a porta — é a Sala de Fertilização.

Quando o Diretor de Incubadoras e Condicionamento entrou na sala, trezentos Fertilizadores, curvados sobre seus instrumentos, estavam imersos num silêncio absoluto, interrompido apenas por um murmúrio ou assobio distraído e solitário, tamanha a concentração absorta. Uma tropa de estudantes recém-chegados, muito jovens, rosados e imaturos, seguia nervosa, de modo um tanto abjeto, nos calcanhares do Diretor. Cada um trazia um bloco de notas, no qual, sempre que o grande homem falava, rabiscava desesperadamente. Eles estavam ouvindo tudo direto da fonte. Era um privilégio raro. O d.i.c. da Central de Londres sempre fazia questão de conduzir pessoalmente novos alunos pelos vários departamentos.

— Só para dar a vocês uma ideia geral — ele explicava. Pois estava claro que eles deveriam ter algum tipo de ideia geral, se quisessem fazer seu trabalho de modo inteligente — ainda que fosse a menor ideia geral possível, se quisessem ser membros bons e felizes da sociedade. Pois o particular, como todos sabem, contribui para a virtude e a felicidade; as generalidades são males intelectualmente necessários. Afinal, quem compõe a espinha dorsal da sociedade são os serralheiros e colecionadores de selos, não os filósofos.

— Amanhã — ele acrescentou, sorrindo para eles com uma cordialidade ligeiramente ameaçadora — vocês vão começar um trabalho sério. Não terão tempo para generalidades. Enquanto isso…

Enquanto isso, era um privilégio. Direto da fonte para o bloco de notas. Os meninos escreviam feito loucos.

Alto e bastante magro, mas empertigado, o Diretor avançou sala adentro. Tinha um queixo comprido e dentes grandes e bastante proeminentes, mal e mal cobertos, quando não estava falando, por seus lábios carnudos e exageradamente curvados. Velho, novo? Trinta anos? Cinquenta? Cinquenta e cinco? Difícil dizer. E de qualquer forma essa questão nem surgiu; neste ano da estabilidade de 632 d.F., não ocorria a ninguém perguntar isso.

— Vou começar pelo começo — disse o D.I.C., e os alunos mais zelosos registraram a intenção dele em seus blocos: Começar pelo começo.

— Estas — ele acenou com a mão — são as incubadoras. — E abrindo uma porta isolada, lhes mostrou prateleiras e mais prateleiras com tubos de ensaio numerados. — O suprimento semanal de óvulos. Mantido — ele explicou — na temperatura do sangue; ao passo que os gametas masculinos — e aqui ele abriu outra porta — precisam ser conservados em trinta e cinco em vez de trinta e sete. O calor total do sangue esteriliza. — Carneiros machos envoltos em material termogênico não geram cordeiros.

Ainda encostado nas incubadoras, ele lhes forneceu, enquanto os lápis corriam de modo ilegível pelas páginas, uma breve descrição do processo moderno de fertilização; falou primeiro, é claro, de sua introdução cirúrgica — "A operação realizada voluntariamente para o bem da Sociedade, isso para não mencionar o fato de que acarreta um bônus no valor de seis meses de salário" — e prosseguiu com um relato parcial da técnica para preservar o ovário excisado vivo e em desenvolvimento ativo; passou a uma consideração de temperatura, salinidade e viscosidade ideais; referiu-se ao líquor no qual os ovos retirados e amadurecidos eram mantidos; e conduzindo seus alunos para as mesas de trabalho, mostrou-lhes na prática como esse líquor era retirado dos tubos de ensaio; como era liberado gota a gota sobre as lâminas especialmente aquecidas dos microscópios; como os ovos que continha eram inspecionados em busca de anormalidades, contados e transferidos para um receptáculo poroso; como (e agora ele os levava para assistir à operação) esse receptáculo era imerso em um caldo quente contendo espermatozoides nadadores — a uma concentração mínima de cem mil por centímetro cúbico, ele fez questão de afirmar; e como, após dez minutos, o recipiente era retirado do líquor e seu conteúdo reexaminado; como, se algum dos ovos permanecesse não fertilizado, ele era de novo imerso e, se necessário, ainda mais uma vez; como os óvulos fertilizados voltavam às incubadoras; onde os Alfas e Betas permaneciam até serem definitivamente engarrafados; ao passo que os Gamas, Deltas e Épsilons eram retirados novamente, depois de apenas trinta e seis horas, para passar pelo Processo de Bokanovsky.

— O Processo de Bokanovsky — repetiu o Diretor, e os alunos sublinharam as palavras em seus bloquinhos.

Um ovo, um embrião, um adulto: normalidade. Mas um óvulo bokanovskificado brotará, proliferará e se dividirá. De oito a noventa e seis botões, e cada botão crescerá até resultar em um embrião perfeitamente formado, e cada embrião em um adulto de tamanho normal. Fazendo noventa e seis seres humanos crescerem onde antes apenas um crescia. Progresso.

— Essencialmente — o D.I.C. concluiu —, a bokanovskificação consiste em uma série de interrupções de desenvolvimento. Interrompemos o crescimento normal e, paradoxalmente, o óvulo responde brotando.

Responde brotando. Os lápis estavam ocupados.

Ele apontou. Sobre uma faixa que se movia muito lentamente, uma prateleira cheia de tubos de ensaio entrava em uma grande caixa de metal, e outra prateleira cheia emergia. O maquinário ronronava levemente. Os tubos levavam oito minutos para passar, ele explicou. Oito minutos de exposição pesada de raios X sendo praticamente o máximo que um óvulo pode suportar. Alguns morriam; do resto, os menos suscetíveis se dividiam em dois; a maioria produzia quatro botões; alguns, oito; todos eram devolvidos às incubadoras, onde os botões começavam a se desenvolver; então, após dois dias, eles eram repentinamente resfriados, resfriados e verificados. Dois, quatro, oito, os botões, por sua vez, brotavam; e depois de brotar lhes era aplicada uma dose de álcool quase letal; consequentemente, brotavam outra vez, e depois de brotar — botão que gera botão que gera botão — eram, após isso — porque uma interrupção a mais era geralmente fatal —, deixados para se desenvolver em paz. A essa altura, o óvulo original estava em boas condições de se transformar em qualquer coisa de oito a noventa e seis embriões — uma melhoria prodigiosa, vocês haverão de concordar, na natureza. Gêmeos idênticos — porém não meros gêmeos e trigêmeos como nos velhos tempos vivíparos, quando um óvulo às vezes se dividia acidentalmente, mas na verdade dezenas, vintenas de cada vez.

— Vintenas — o Diretor repetiu e abriu os braços, como se estivesse distribuindo benesses. — Vintenas.

Mas um dos alunos foi tolo o suficiente para perguntar onde estava a vantagem.

— Meu bom garoto! — o Diretor girou bruscamente em sua direção. — Você não consegue ver? Você não consegue ver? — Levantou a mão; sua expressão era solene. — O Processo de Bokanovsky é um dos principais instrumentos de estabilidade social!

Principais instrumentos de estabilidade social.

Homens e mulheres padrão, em lotes uniformes. Toda uma pequena fábrica abastecida com os produtos de um único óvulo bokanovskificado.

— Noventa e seis gêmeos idênticos trabalhando em noventa e seis máquinas idênticas! — A voz saía quase trêmula de entusiasmo. — Você realmente sabe onde está. Pela primeira vez na história. — Ele citou o lema planetário. — Comunidade, Identidade, Estabilidade. Palavras grandiosas. — Se pudéssemos bokanovskificar indefinidamente, todo o problema estaria resolvido.

Resolvido por Gamas padrão, Deltas invariáveis, Épsilons uniformes. Milhões de gêmeos idênticos. O princípio da produção em massa finalmente aplicado à biologia.

— Mas, infelizmente — o Diretor balançou a cabeça —, não podemos bokanovskificar indefinidamente.

Noventa e seis parecia ser o limite; setenta e dois, uma boa média. Do mesmo ovário e com gametas do mesmo macho para fabricar tantos lotes de gêmeos idênticos quanto possível — isso era o melhor (lamentavelmente o segundo melhor) que eles podiam fazer. E mesmo isso era difícil.

— Na natureza, leva trinta anos para duzentos óvulos atingirem a maturidade. Mas nosso trabalho é estabilizar a população neste momento, aqui e agora. Produzir gêmeos em conta-gotas ao longo de um quarto de século: qual seria a utilidade disso?

Nenhuma, obviamente. Mas a técnica de Divisão na Raiz acelerou imensamente o processo de maturação. Eles conseguiam garantir pelo menos cento e cinquenta óvulos maduros em dois anos. Fertilize e bokanovskifique — em outras palavras, multiplique por setenta e dois — e você terá uma média de quase onze mil irmãos e irmãs em cento e cinquenta lotes de gêmeos idênticos, todos separados uns dos outros por intervalos de dois anos.

— E, em casos excepcionais, podemos fazer com que um único ovário nos produza mais de quinze mil indivíduos adultos.

Acenou para um jovem avermelhado e louro que por acaso estava passando no momento.

— Sr. Foster — ele chamou. O jovem louro se aproximou. — Saberia nos dizer o recorde para um único ovário, sr. Foster?

— Dezesseis mil e doze nesta Central — o sr. Foster respondeu sem hesitação. Ele falava muito rápido, tinha olhos azuis vivazes e um evidente prazer em citar números. — Dezesseis mil e doze, em cento e oitenta e nove lotes de idênticos. Mas, naturalmente, já conseguiram fazer muito melhor — ele continuou a matraquear — em algumas das centrais tropicais. Singapura já produziu várias vezes mais de dezesseis mil e quinhentos; e Mombaça chegou à marca de dezessete mil. Mas também eles têm vantagens injustas. Devia ver como um ovário negro responde à hipófise! É bastante surpreendente, quando você está acostumado a trabalhar com material europeu. Ainda assim — acrescentou com uma risada (mas a luz do combate estava em seus olhos e a elevação de seu queixo era desafiadora) —, ainda assim, pretendemos vencê-los se pudermos. Estou trabalhando em um maravilhoso ovário Delta-Menos neste momento. Apenas dezoito meses de idade. Já são mais de doze mil e setecentas crianças, decantadas ou em embrião. E seguimos com energia. Ainda haveremos de vencê-los.

— Esse é o espírito que eu gosto! — gritou o Diretor, e deu um tapinha no ombro do sr. Foster. — Venha conosco e dê a esses meninos o benefício de seu conhecimento especializado.

O sr. Foster sorriu com modéstia.

— Com prazer. — E foram.

Na Sala de Engarrafamento, tudo era agitação harmoniosa e atividade organizada. Abas de peritônio de porca, recém-cortadas no tamanho adequado, subiam em pequenos elevadores direto da Loja de Órgãos no subsolo. Com um zumbido e um clique, as tampas dos elevadores se abriam; o revestidor de garrafas só precisava estender a mão, pegar a aba, inserir, alisar, e antes que a garrafa revestida tivesse tempo de viajar para fora de seu alcance ao longo da faixa infinita, outro zumbido, outro clique e outra aba de peritônio já disparava das profundezas, pronta para ser inserida em outra garrafa, a próxima daquela lenta procissão interminável sobre a faixa.

Ao lado dos Revestidores estavam os Matriculadores. A procissão avançava; um a um, os óvulos eram transferidos de seus tubos de ensaio para recipientes maiores; habilmente o revestimento peritoneal era cortado, a mórula colocada no lugar, a solução salina derramada... e a garrafa já havia passado, e era a vez dos rotuladores. Hereditariedade, data de fertilização, filiação ao Grupo Bokanovsky: os detalhes eram transferidos do tubo de ensaio para a garrafa. Não mais anônima, mas nomeada, identificada, a procissão avançava lentamente; por uma abertura na parede, avançava lentamente em direção à Sala de Predestinação Social.

— Oitenta e oito metros cúbicos de fichas indexadas — disse o sr. Foster com prazer no instante em que entraram.

— Contendo todas as informações relevantes — acrescentou o Diretor.

— Atualizadas todas as manhãs.

— E coordenadas todas as tardes.

— Com base nas quais eles fazem seus cálculos.

— Tantos indivíduos, de tal e tal qualidade — disse o sr. Foster.

— Distribuídos em tais e tais quantidades.

— A Taxa de Decantação ideal em qualquer momento determinado.

— Desperdícios imprevistos prontamente corrigidos.

— Prontamente — repetiu o sr. Foster. — Se vocês soubessem a quantidade de horas extras que tive de fazer depois do último terremoto no Japão! — Ele riu, bem-humorado, e balançou a cabeça.

— Os Predestinadores enviam seus números para os Fertilizadores.

— Que lhes dão os embriões que eles pedem.

— E as garrafas vêm aqui para serem predestinadas em detalhes.

— Depois do que, são enviadas para a Loja de Embriões.

— Que é para onde estamos indo agora.

E, abrindo uma porta, o sr. Foster os conduziu escada abaixo até o subsolo.

A temperatura ainda era tropical. Eles desceram em um crepúsculo cada vez mais denso. Duas portas e uma passagem com dupla volta protegiam o subsolo contra qualquer possível infiltração do dia.

— Os embriões são como um filme fotográfico — o sr. Foster disse com ar brincalhão enquanto abria a segunda porta. — Só conseguem suportar a luz vermelha.

E, com efeito, a escuridão abafada em que os alunos agora o seguiam era visível e de tom carmesim, como a escuridão de olhos fechados em uma tarde de verão. Os flancos protuberantes das fileiras que iam recuando ao infinito e das prateleiras e mais prateleiras de garrafas cintilavam com inúmeros rubis, e entre os rubis moviam-se os espectros vermelhos de homens e mulheres com olhos roxos e todos os sintomas de lúpus. O zumbido e o chacoalhar das máquinas agitavam levemente o ar.

— Dê-lhes alguns números, sr. Foster — disse o Diretor, que estava cansado de falar.

O sr. Foster ficou muito feliz em lhes dar alguns números.

Duzentos e vinte metros de comprimento, duzentos de largura e dez de altura. Ele apontou para cima. Como galinhas bebendo, os alunos ergueram a cabeça para olhar o teto distante.

Três níveis de prateleiras: térreo, primeira galeria, segunda galeria.

A estrutura aracnídea de aço de galerias em cima de galerias se desvanecia em todas as direções na escuridão. Perto deles, três fantasmas vermelhos estavam ocupados descarregando garrafões de uma escada móvel.

A escada rolante que vinha da Sala de Predestinação Social.

Cada garrafa podia ser colocada em uma das quinze prateleiras, cada prateleira, embora não se pudesse ver, era uma esteira rolante que se movia à razão de trinta e três centímetros e um terço por hora. Duzentos e sessenta e sete dias a oito metros por dia. Dois mil cento e trinta e seis metros no total. Um circuito do subsolo no nível térreo, um na primeira galeria, metade na segunda e na manhã de número duzentos e sessenta e sete, luz do dia na Sala de Decantação. Existência independente — era como isso se chamava.

— Mas no intervalo — concluiu o sr. Foster — conseguimos fazer muito por eles. Ah, se conseguimos. — Sua risada era calculada e triunfante.

— Esse é o espírito que eu gosto — disse o Diretor mais uma vez. — Vamos dar uma volta. Conte tudo a eles, sr. Foster.

O sr. Foster lhes contou tudo devidamente.

Contou a eles sobre o embrião em crescimento em seu leito de peritônio. Fez que experimentassem o rico substituto de sangue com o qual se alimentava. Explicou por que tinha de ser estimulado com placentina e tiroxina. Falou sobre o extrato do corpo lúteo. Mostrou-lhes os jatos pelos quais, a cada doze metros, do zero ao 2040, ele era injetado automaticamente. Falou daquelas doses gradualmente crescentes de hipófise administradas durante os noventa e seis metros finais de seu percurso. Descreveu a circulação materna artificial instalada em todas as garrafas do Metro 112; mostrou-lhes o reservatório do substituto do sangue, a bomba centrífuga que mantinha o líquido se movendo pela placenta e o conduzindo através do pulmão sintético e do filtro de resíduos. Mencionou a tendência problemática do embrião à anemia, as doses maciças de extrato de estômago de porco e fígado de feto de potro que, consequentemente, tinha de receber.

Mostrou-lhes o mecanismo simples por meio do qual, durante os últimos dois metros em cada oito, todos os embriões eram sacudidos simultaneamente a fim de adquirir familiaridade com o movimento. Insinuou a gravidade do chamado "trauma da decantação" e enumerou os cuidados tomados para minimizar, por meio de um treinamento adequado do embrião engarrafado, esse choque perigoso. Contou-lhes sobre o teste de sexo realizado na vizinhança do Metro 200. Explicou o sistema de rotulação — um T para os homens, um círculo para as mulheres e, para aqueles que estavam destinados a se tornarem intersexo, um ponto de interrogação, preto sobre fundo branco.

— Pois é claro que — disse o sr. Foster —, na grande maioria dos casos, a fertilidade é apenas um incômodo. Um ovário fértil a cada mil e duzentos: isso seria realmente suficiente para nossos objetivos. Mas queremos ter uma boa escolha. E é claro que sempre se deve ter uma enorme margem de segurança. Portanto, permitimos que até trinta por cento dos embriões femininos se desenvolvam normalmente. Os outros recebem uma dose de hormônio sexual masculino a cada vinte e quatro metros pelo resto do percurso. Resultado: eles são decantados como intersexo: estruturalmente bastante normais ("exceto", teve que admitir, "que eles realmente têm uma leve tendência a ter barba"), mas estéreis. Estéreis garantidos. O que por fim nos traz — continuou o sr. Foster — para fora do reino da mera imitação servil da natureza e para dentro do mundo muito mais interessante da invenção humana.

Ele esfregou as mãos. Pois, é claro, eles não se contentavam meramente em incubar embriões: qualquer vaca poderia fazer isso.

— Nós também predestinamos e condicionamos. Decantamos nossos bebês como seres humanos socializados, como Alfas ou Épsilons, como futuros trabalhadores do esgoto ou futuros... — Ele ia dizer "futuros Controladores Mundiais", mas se corrigiu e disse, em vez disso, "futuros Diretores de Incubadoras".

O D.I.C. aceitou o elogio com um sorriso.

Eles estavam passando pelo Metro 320 na Prateleira 11. Um jovem mecânico Beta-Menos estava ocupado com a chave de fenda e a chave inglesa na bomba de sangue substituto de uma garrafa que passava. O zumbido do motor elétrico se aprofundava em frações de tom à medida que ele girava os parafusos. Mais embaixo, mais embaixo... Uma volta final, um olhar para o conta-giros, e pronto. Ele avançou dois passos na fila e começou o mesmo processo na bomba seguinte.

— Reduzindo o número de revoluções por minuto — explicou o sr. Foster. — O substituto circula mais devagar; logo, passa pelo pulmão em intervalos mais longos; logo, dá ao embrião menos oxigênio. Nada como a falta de oxigênio para manter um embrião abaixo do normal. — Ele novamente esfregou as mãos.

— Mas por que você quer manter o embrião abaixo do normal? — perguntou um estudante ingênuo.

— Burro! — disse o Diretor, quebrando um longo silêncio. — Não lhe ocorreu que um embrião Épsilon deve ter um ambiente Épsilon, bem como uma hereditariedade Épsilon?

Evidentemente, não lhe havia ocorrido. Ele estava bastante confuso.

— Quanto mais baixa a casta — disse o sr. Foster — menor o oxigênio. — O primeiro órgão afetado era o cérebro. Depois disso, o esqueleto. Com setenta por cento do oxigênio normal, você tem anões. Com menos de setenta, monstros sem olhos.

— Que não são de utilidade alguma — concluiu o sr. Foster.

Ao passo que (seu tom de voz se tornou ansioso e cheio de segredos), se eles pudessem descobrir uma técnica para encurtar o período de maturação, que triunfo, que benefício para a sociedade!

— Pensem no cavalo.

Pensaram.

Maduro aos seis; o elefante, aos dez. Aos treze anos, um homem ainda não é sexualmente maduro; e só é inteiramente adulto aos vinte. Daí, é claro, aquele fruto do desenvolvimento atrasado, a inteligência humana.

— Mas em Épsilons — disse o sr. Foster com muita justiça — não precisamos de inteligência humana.

Não precisavam e não tinham. Mas embora a mente Épsilon estivesse madura aos dez, o corpo Épsilon não estava apto a funcionar antes dos dezoito. Longos anos de imaturidade supérflua e desperdiçada. Se o desenvolvimento físico pudesse ser acelerado até que fosse tão rápido, digamos, quanto o de uma vaca, que economia enorme para a Comunidade!

— Enorme! — murmuraram os alunos. O entusiasmo do sr. Foster era contagiante.

Ele se tornou um tanto técnico; falou da coordenação endócrina anormal que fazia os homens crescerem tão devagar; postulou uma mutação germinativa para explicar isso. Os efeitos dessa mutação germinal poderiam ser desfeitos? O embrião Épsilon individual poderia reverter, por intermédio de uma técnica adequada, à normalidade de cães e vacas? Esse era o problema. E estava praticamente resolvido.

Pilkington, em Mombaça, produziu indivíduos que eram sexualmente maduros aos quatro anos e adultos aos seis e meio. Um triunfo científico. Mas socialmente inúteis. Homens e mulheres de seis anos eram estúpidos demais para fazer sequer o trabalho dos Épsilons. E o processo era questão de tudo ou nada; ou você fracassava na modificação, ou então modificava tudo até o fim. Eles ainda estavam tentando encontrar o equilíbrio ideal entre adultos de vinte e adultos de seis. Até agora sem sucesso. O sr. Foster suspirou e balançou a cabeça.

As perambulações do grupo pelo crepúsculo carmesim os levaram à vizinhança do Metro 170 na Prateleira 9. Desse ponto em diante a Prateleira 9 era fechada e as garrafas executavam o resto de sua jornada em uma espécie de túnel, interrompido aqui e ali por aberturas de dois ou três metros de largura.

— Condicionamento por calor — disse o sr. Foster.

Túneis quentes alternados com túneis frios. A frieza estava associada ao desconforto na forma de exposição pesada de raios X. Quando fossem decantados, os embriões teriam horror ao frio. Estavam predestinados a emigrar para os trópicos, a ser mineiros, fiandeiros de seda de acetato e metalúrgicos. Mais tarde, suas mentes seriam levadas a endossar o julgamento de seus corpos.

— Nós os condicionamos para prosperar no calor — concluiu o sr. Foster. — Nossos colegas de cima vão ensiná-los a adorar isso.

— E esse — o Diretor disse de maneira sentenciosa —, esse é o segredo da felicidade e da virtude: gostar do que se tem de fazer. Todo condicionamento tem este objetivo: fazer as pessoas gostarem de seu destino social inescapável.

Em uma lacuna entre dois túneis, uma enfermeira sondava delicadamente com uma seringa longa e fina o conteúdo gelatinoso de uma garrafa que passava. Os alunos e seus guias ficaram olhando para ela por alguns momentos em silêncio.

— Bem, Lenina — disse o sr. Foster, quando por fim ela retirou a seringa e se endireitou.

A garota se virou, assustada. Dava para ver que, apesar de todo o lúpus e dos olhos roxos, ela era extraordinariamente bonita.

— Henry! — O sorriso dela brilhou vermelho para ele, uma fileira de dentes de coral.

— Encantador, encantador — murmurou o Diretor e, dando-lhe duas ou três palmadinhas, recebeu em troca um sorriso bastante respeitoso.

— O que você está dando a eles? — perguntou o sr. Foster, tornando seu tom muito profissional.

— Ah, as vacinas de costume para febre tifoide e doença do sono.

— Trabalhadores tropicais começam a ser inoculados no Metro 150 — explicou o sr. Foster aos alunos. — Os embriões ainda têm guelras. Imunizamos os peixes contra as futuras doenças do homem. — Então, voltando-se para Lenina: — Dez para as cinco no telhado esta tarde — disse ele —, como de costume.

— Encantador — o Diretor disse mais uma vez e, com uma última palmadinha, afastou-se atrás dos outros.

Na Prateleira 10, fileiras de trabalhadores químicos da próxima geração estavam sendo treinados para tolerar chumbo, soda cáustica, alcatrão, cloro. O primeiro de um lote de duzentos e cinquenta engenheiros embrionários de aviões-foguetes estava acabando de passar da marca dos mil e cem metros na Prateleira 3. Um mecanismo especial mantinha seus recipientes em rotação constante.

— Para melhorar seu senso de equilíbrio — explicou o sr. Foster. — Fazer reparos na parte externa de um foguete em pleno ar é um trabalho delicado. Reduzimos a circulação quando eles estão de cabeça para cima, de modo a deixá-los meio famintos, e dobramos o fluxo de substituto quando estão de cabeça para baixo. Assim eles aprendem a associar o estado de ponta-cabeça com bem-estar; na verdade, eles só ficam verdadeiramente felizes quando estão de cabeça para baixo. E agora — continuou o sr. Foster — gostaria de mostrar a vocês alguns condicionamentos muito interessantes para intelectuais Alfa Mais. Temos um grande lote deles na Prateleira 5. Nível da Primeira Galeria — ele disse a dois meninos que tinham começado a descer para o térreo. — Eles estão por volta do Metro 900 — explicou. — Não se pode fazer nenhum condicionamento intelectual útil até que os fetos tenham perdido a cauda. Sigam-me.

Mas o Diretor olhou para o relógio.

— Dez para três — disse. — Não há tempo para os embriões intelectuais, receio. Precisamos subir para os Berçários antes que as crianças terminem sua soneca da tarde.

O sr. Foster ficou decepcionado.

— Pelo menos uma olhadinha na Sala de Decantação — ele implorou.

— Muito bem, então. — O Diretor sorriu, indulgente. — Só uma olhadinha.

2

O SR. FOSTER FOI DEIXADO NA SALA DE DECANTAÇÃO. O D.I.C. e seus alunos entraram no elevador mais próximo e foram levados até o quinto andar.

BERÇÁRIOS DE CRIANÇAS. SALAS DE CONDICIONAMENTO NEOPAVLOVIANO, anunciava o quadro de avisos.

O Diretor abriu uma porta. Eles estavam em uma grande sala vazia, muito clara e ensolarada, pois a parede sul inteira era uma única janela. Meia dúzia de enfermeiras, vestindo calças e jaquetas do uniforme de linho de viscose branco regulamentar, os cabelos assepticamente escondidos sob toucas brancas, estavam ocupadas em espalhar tigelas de rosas em uma longa fileira pelo chão. Tigelas grandes, bem cheias de flores. Milhares de pétalas maduras e suaves como a seda, como as bochechas de inúmeros querubins minúsculos, mas de querubins, naquela luz brilhante, não exclusivamente rosados e arianos, senão também luminosamente chineses, também mexicanos, também apopléticos como se tivessem exagerado no soprar de trombetas celestiais, também pálidos como a morte, pálidos com a brancura póstuma do mármore.

As enfermeiras se enrijeceram em posição de sentido quando o D.I.C. entrou.

— Tragam os livros — ele disse em tom seco.

Em silêncio, as enfermeiras obedeceram ao seu comando. Entre as tigelas com rosas, os livros foram devidamente dispostos: uma fileira de livrinhos infantis se abria convidativamente, cada um numa imagem alegremente colorida de animal, peixe ou pássaro.

— Agora tragam as crianças.

Elas saíram apressadas da sala e voltaram em um ou dois minutos, cada uma empurrando uma espécie de elevador de carga repleto, em todas as suas quatro prateleiras de rede de arame, de bebês de oito meses, todos exatamente iguais (um Grupo Bokanovsky, era evidente) e todos (já que sua casta era Delta) vestidos na cor cáqui.

— Coloquem-nos no chão.

Os bebês foram descarregados.

— Agora virem as crianças para que possam ver as flores e os livros.

Virados, os bebês imediatamente ficaram em silêncio, e então começaram a engatinhar em direção àqueles grupos de cores elegantes, àquelas formas tão alegres e brilhantes nas páginas brancas. À medida que se aproximavam, o sol saía de um eclipse momentâneo atrás de uma nuvem. As rosas flamejaram como se com uma paixão repentina vinda de dentro; uma nova e profunda significância parecia inundar as páginas brilhantes dos livros. Das fileiras dos bebês rastejantes, surgiram gritinhos de excitação, gorgolejos e pios de prazer.

O Diretor esfregou as mãos.

— Excelente! — disse. — Se tivesse sido de propósito, não seria melhor.

Os engatinhadores mais rápidos já tinham chegado ao seu objetivo. Mãozinhas se estenderam incertas, tocaram, agarraram, despetalando as rosas transfiguradas, amassando as páginas iluminadas dos livros. O Diretor esperou até que todos estivessem alegremente ocupados. Então:

— Observem com cuidado — disse ele. E, levantando a mão, deu o sinal.

A Enfermeira-Chefe, que estava parada junto a um quadro de energia do outro lado da sala, abaixou uma pequena alavanca.

Houve uma explosão violenta. Uma sirene começou a soar, cada vez mais estridente. Alarmes dispararam de forma enlouquecedora.

As crianças se assustaram e gritaram; seus rostos estavam distorcidos de terror.

— E agora — gritou o Diretor (pois o ruído era ensurdecedor) —, agora vamos completar a lição com um leve choque elétrico.

Ele acenou de novo, e a Enfermeira-Chefe abaixou uma segunda alavanca. Os gritos dos bebês mudaram de tom de repente. Havia algo desesperado, quase insano, nos uivos agudos e espasmódicos que eles agora emitiam. Seus pequenos corpos estremeceram e enrijeceram; seus membros se moviam bruscamente como se fossem puxados por fios invisíveis.

— Podemos eletrificar toda aquela faixa de piso — o Diretor explicou, gritando. — Mas agora chega — ele sinalizou para a enfermeira.

As explosões cessaram, os alarmes pararam de tocar, o guincho da sirene foi descendo de tom em tom até o silêncio. Os corpos que se contorciam com ridigez relaxaram, e o que se tornou soluço e gritos de bebês maníacos se alargou mais uma vez em um uivo normal de terror comum.

— Ofereçam-lhes as flores e os livros outra vez.

As enfermeiras obedeceram; mas com a aproximação das rosas, com a simples visão daquelas imagens alegres de gatinhos, galos fazendo cocoricó e ovelhas negras fazendo *béééé*, os bebês se encolheram de horror, o volume de seus uivos subitamente aumentou.

— Observem — o Diretor disse triunfante. — Observem.

Livros e ruídos altos, flores e choques elétricos: já na mente infantil, essas duplas estavam ligadas de forma comprometedora; e depois de duzentas repetições da mesma lição ou de uma lição semelhante, estariam casadas indissoluvelmente. O que o homem uniu, a natureza é impotente para separar.

— Eles vão crescer com o que os psicólogos costumavam chamar de ódio "instintivo" por livros e flores. Reflexos condicionados de modo inalterável. Eles estarão protegidos de livros e botânica por toda a vida. — O Diretor voltou-se para suas enfermeiras. — Leve-os embora de novo.

Ainda gritando, os bebês cáqui foram colocados em seus elevadores de carga e levados para fora, deixando para trás o cheiro de leite azedo e um silêncio muito bem-vindo.

Um dos alunos ergueu a mão; e embora ele pudesse ver muito bem por que não se podiam ter pessoas de escalão inferior desperdiçando o tempo da Comunidade com livros, e que sempre havia o risco de lerem algo que poderia descondicionar de maneira indesejável um de seus reflexos, ainda assim... bem, ele não conseguia entender as flores. Por que se dar ao trabalho de tornar psicologicamente impossível para os Deltas gostarem de flores?

Com paciência, o D.I.C. explicou. Se as crianças eram levadas a gritar ao verem uma rosa, isso se dava com base em uma política de alta economia. Não muito tempo atrás (um século ou por aí), os Gamas, os Deltas, até os Épsilons, foram condicionados a gostar de flores: flores em particular e da natureza selvagem em geral. A ideia era fazer com que quisessem sair para o campo em todas as oportunidades disponíveis e, assim, obrigá-los a consumir transporte.

— E eles não consumiam transporte? — perguntou o aluno.

— Bastante — respondeu o D.I.C. — Mas nada além disso.

As prímulas e as paisagens, assinalou, têm um defeito grave: são gratuitas. O amor à natureza não mantém as fábricas ocupadas. Decidiu-se então abolir o amor à natureza, pelo menos entre as classes mais baixas; abolir o amor à natureza, mas não a tendência de consumir transporte. Pois, é claro, era essencial que continuassem indo para o campo, embora o odiassem. O problema era encontrar uma razão economicamente mais sólida para consumir transporte do que um mero afeto por prímulas e paisagens. E ela foi encontrada de modo adequado.

— Condicionamos as massas a odiar o campo — concluiu o Diretor. — Mas ao mesmo tempo nós as condicionamos a amar todos os esportes campestres. Além disso, cuidamos para que todos os esportes campestres envolvam o uso de aparelhos elaborados. Para que assim elas possam consumir artigos manufaturados além do transporte. Por isso os choques elétricos.

— Entendo — disse o aluno, e parou de falar, perdido na admiração.

Fez-se um silêncio; então, com um pigarro:

— Era uma vez — o Diretor começou —, enquanto Nosso Ford ainda estava na Terra, um menino chamado Reuben Rabinovitch. Reuben era filho de pais que falavam polonês. — O Diretor fez uma pausa. — Vocês sabem o que é polonês, suponho?

— Uma língua morta.

— Assim como o francês e o alemão — acrescentou outro aluno, exibindo importunamente seu aprendizado.

— E "pai"? — questionou o D.I.C.

Houve um silêncio desconfortável. Vários dos meninos coraram. Eles ainda não haviam aprendido a fazer a distinção significativa, mas frequentemente muito sutil, entre obscenidade e ciência pura. Um, por fim, teve coragem de levantar a mão.

— Os seres humanos costumavam ser... — ele hesitou; o sangue correu para suas bochechas. — Bem, eles costumavam ser vivíparos.

— Muito bem. — O Diretor acenou com a cabeça em aprovação.

— E quando os bebês eram decantados...

— Quando eles "nasciam" — veio a correção.

— Bem, então eles eram os pais: quero dizer, não os bebês, é claro; os outros. — O coitado do garoto ficou bastante confuso.

— Em suma — resumiu o Diretor —, os pais eram o pai e a mãe. — A obscenidade que na verdade era ciência caiu com um estrondo no silêncio evasivo dos meninos. — Mãe — ele repetiu em voz alta, reforçando a ciência; e recostando-se na cadeira: — Estes — disse ele gravemente — são fatos desagradáveis; eu sei. Mas a maioria dos fatos históricos é mesmo desagradável.

Ele voltou à história do Pequeno Reuben — o Pequeno Reuben, em cujo quarto, uma noite, por um descuido, seu pai e sua mãe (estrondos mil!) por acaso deixaram o rádio ligado.

("Pois vocês devem lembrar que naqueles dias de reprodução vivípara grosseira, as crianças eram sempre criadas pelos pais, e não em Centrais de Condicionamento do Estado.")

Enquanto a criança dormia, um programa transmitido de Londres de repente começou a passar; e na manhã seguinte, para o espanto de seu — estrondo! — e sua — estrondo! (os mais ousados dos meninos se aventuraram a sorrir um para o outro), o Pequeno Reuben acordou repetindo palavra por palavra uma longa palestra daquele velho e curioso escritor ("um dos poucos cujas obras receberam a permissão de chegar a nós"), George Bernard Shaw, que falava, segundo uma tradição bem autenticada, de sua própria genialidade. Para o — piscadela — e a — risadinha — do Pequeno Reuben, essa palestra foi, é claro, muito incompreensível, e imaginando que o filho havia enlouquecido de repente, eles chamaram um médico. Ele, felizmente, entendia inglês, reconheceu o discurso como aquele que Shaw havia transmitido na noite anterior, percebeu o significado

30

do que havia acontecido e enviou uma carta à imprensa médica a respeito.

— O princípio do ensino no sono, ou hipnopedia, havia sido descoberto. — O D.I.C. fez uma pausa impressionante.

O princípio havia sido descoberto; mas muitos, muitos anos se passaram antes que fosse aplicado com utilidade.

— O caso do Pequeno Reuben ocorreu apenas vinte e três anos depois que o primeiro Modelo T de Nosso Ford foi posto no mercado. — (Aqui, o Diretor fez um sinal de T sobre a barriga e todos os alunos fizeram o mesmo, com reverência.) — E no entanto...

Furiosamente, os alunos rabiscaram. Hipnopedia, usada de maneira oficial pela primeira vez em 214 d.F. Por que não antes? Dois motivos. (a)...

— Esses primeiros experimentadores — dizia o D.I.C. — estavam no caminho errado. Eles pensaram que a hipnopedia poderia ser usada como instrumento de educação intelectual...

(Um garotinho adormecido sobre o lado direito, o braço direito esticado, a mão direita pendendo molinha na beirada da cama. Através de uma grade redonda na lateral de uma caixa, uma voz fala baixinho.

"O Nilo é o maior rio da África e o segundo em extensão de todos os rios do globo. Embora fique pouco aquém do comprimento do Mississippi-Missouri, o Nilo está na frente de todos os rios no que diz respeito ao comprimento de sua bacia, que se estende por trinta e cinco graus de latitude..."

No café da manhã, no dia seguinte:

— Tommy — alguém diz —, você sabe qual é o maior rio da África? — A cabeça balança em negativa. — Mas você não se lembra de algo que começa com: O Nilo é o...

— O-Nilo-é-o-maior-rio-da-África-e-o-segundo-em-exten-são-de-todos-os-rios-do-globo. — As palavras saem num jorro. — Embora-fique-pouco-aquém-do...

— Bem, então qual é o maior rio da África?

Os olhos estão vazios.

— Não sei.

— Mas o Nilo, Tommy.

— O-Nilo-é-o-maior-rio-da-África-e-o segundo...

— Então qual é o maior rio, Tommy?

Tommy começou a chorar.

— Eu não sei — ele uiva.)

Esse uivo, o Diretor deixou claro, desencorajou os primeiros investigadores. Os experimentos foram abandonados. Nenhuma outra tentativa foi feita para ensinar às crianças a extensão do Nilo durante o sono. Com toda a razão. Você não pode aprender uma ciência a menos que saiba do que se trata.

— Considerando que, se eles tivessem simplesmente começado pela educação moral — disse o Diretor, liderando o caminho em direção à porta. Os alunos o seguiram, rabiscando desesperadamente enquanto caminhavam e subiam no elevador. — Educação moral, que nunca deve, em hipótese alguma, ser racional.

— Silêncio, silêncio — sussurrou um alto-falante quando eles saíram no décimo quarto andar, e "Silêncio, silêncio", as bocas de trombeta repetiam incansavelmente em intervalos a cada corredor. Os alunos e até o próprio Diretor subiram na ponta dos pés. Eles eram Alfas, claro, mas mesmo os Alfas eram bem-condicionados. "Silêncio, silêncio." Todo o ar do décimo quarto andar estava sibilante com o imperativo categórico.

Cinquenta metros andando na ponta dos pés os levaram a uma porta que o Diretor abriu com cautela. Cruzaram a soleira e entraram no crepúsculo de um dormitório fechado. Oitenta catres se enfileiravam contra a parede. Ouvia-se o som de uma respiração leve e regular e um murmúrio contínuo, como vozes muito fracas sussurrando ao longe.

Uma enfermeira se levantou quando eles entraram e parou em posição de sentido na frente do Diretor.

— Qual é a lição desta tarde? — ele perguntou.

— Tivemos Sexo I nos primeiros quarenta minutos — ela respondeu. — Mas agora mudamos para Consciência de Classe I.

O Diretor caminhou devagar pela longa fila de camas. Rosados e relaxados pelo sono, oitenta meninos e meninas respiravam suavemente. Havia um sussurro embaixo de cada travesseiro. O D.I.C. parou e, curvando-se sobre uma das caminhas, ouviu com atenção.

— Consciência de Classe I, você disse? Vamos repetir um pouco mais alto pela trombeta.

No final da sala, um alto-falante se projetava pela parede. O Diretor foi até lá e apertou um botão.

— … todos vestem verde — disse uma voz suave, mas muito distinta, começando no meio de uma frase — e as crianças Delta vestem cáqui. Ah, não, eu não quero brincar com crianças Delta. E os Épsilons são piores ainda. Eles são muito estúpidos para saber ler ou escrever. Além disso, vestem preto, que é uma cor horrível. Estou tão feliz por ser um Beta.

Houve uma pausa; então a voz começou de novo.

— Crianças Alfa vestem cinza. Elas trabalham muito mais do que nós, porque são terrivelmente inteligentes. Estou muito feliz por ser um Beta, porque não trabalho tanto. E além disso somos muito melhores do que Gamas e Deltas. Gamas são estúpidos. Todos vestem verde, e as crianças Delta vestem cáqui. Ah, não, eu não quero brincar com crianças Delta. E os Épsilons são piores ainda. Eles são muito estúpidos para saber…

O Diretor apertou de novo o botão. A voz ficou em silêncio. Apenas seu fantasma tênue continuava a murmurar sob os oitenta travesseiros.

— Isso será repetido para eles por quarenta ou cinquenta vezes mais antes de acordarem; depois, outra vez na quinta e outra vez no sábado. Cento e vinte vezes, três vezes por semana, durante trinta meses. Depois disso, eles seguem para uma lição mais avançada.

Rosas e choques elétricos, o cáqui dos Deltas e um leve aroma de assa-fétida: tudo casado de modo indissolúvel antes que a criança pudesse falar. Mas o condicionamento sem palavras é bruto e indiscriminado; não consegue ensinar as distinções mais sutis, não pode inculcar os cursos de comportamento mais complexos. Para isso deve haver palavras, mas palavras sem raciocínio. Em resumo, hipnopedia.

— A maior força moralizante e socializadora de todos os tempos.

Os alunos anotaram isso em seus bloquinhos. Direto da fonte.

Mais uma vez o Diretor apertou o botão.

— ... são terrivelmente inteligentes — dizia a voz suave, insinuante e infatigável. — Estou muito feliz por ser um Beta, porque...

Não tanto como gotas d'água, embora a água, é verdade, possa fazer furos no granito mais duro, mas, antes, como gotas de cera de lacre líquida, gotas que aderem, se incrustam e incorporam àquilo em que caem, até que a rocha vira uma bolha escarlate por completo.

— Até que por fim a mente da criança seja essas sugestões, e a soma das sugestões seja a mente da criança. E não apenas a mente da criança. A mente do adulto também; durante toda a sua vida. A mente que julga, deseja e decide — composta dessas sugestões. Mas todas essas sugestões são nossas sugestões! — O Diretor quase gritou em seu triunfo. — Sugestões do Estado. — Ele deu um soco na mesa mais próxima. — Portanto, concluímos que...

Um ruído o fez se virar.

— Ah, Meu Ford! — ele disse em outro tom. — Acabei acordando as crianças.

3

LÁ FORA, NO JARDIM, ERA HORA DE BRINCAR. Nus sob o sol quente de junho, seiscentos ou setecentos meninos e meninas corriam com gritos estridentes pelos gramados, ou jogavam bola, ou agachavam-se silenciosamente em grupos de dois ou três entre os arbustos floridos. As rosas desabrochavam, dois rouxinóis cantavam solilóquios no bosque, um cuco desafinava entre os limoeiros. O ar estava sonolento com o murmúrio de abelhas e helicópteros.

O Diretor e seus alunos ficaram por algum tempo assistindo a um jogo de Nove-Furos Centrífugos. Vinte crianças foram agrupadas em um círculo ao redor de uma torre de aço cromado. Uma bola lançada para cima, de modo a cair na plataforma no topo da torre, rolava para o interior, caía em um disco giratório rapidamente, era lançada através de uma ou outra das numerosas aberturas perfuradas no invólucro cilíndrico, e tinha que ser apanhada.

— Estranho — ponderou o Diretor, enquanto eles se viravam. — Estranho pensar que mesmo nos dias de Nosso Ford a maioria dos jogos era realizada sem aparatos maiores que uma ou duas bolas e alguns tacos, e talvez uma rede. Imagine a loucura de permitir que as pessoas participassem de jogos elaborados que não fazem absolutamente nada para aumentar o consumo. É loucura. Hoje em dia, os Controladores não aprovam nenhum jogo novo, a menos que possa ser demonstrado que existem tantos aparatos quanto o mais complicado dos jogos existentes. — Ele fez uma pausa.

— Mas que grupinho encantador — ele disse, apontando.

Em um pequeno compartimento gramado, entre grandes arbustos de urze mediterrânea, duas crianças, um menino de aproximadamente sete anos e uma menina que devia ser um ano mais velha, brincavam, sob a atenção concentrada de cientistas empenhados em um trabalho de descoberta, de um jogo sexual rudimentar.

— Encantador, encantador! — o D.I.C. repetiu, sentimental.

— Encantador — os meninos concordaram com modos educados. Mas seus sorrisos eram bem condescendentes. Eles haviam deixado de lado divertimentos infantis semelhantes muito recentemente para poder vê-los agora sem uma ponta de desprezo. Encantador? Mas era apenas um par de crianças brincando, era só isso. Apenas crianças.

— Eu sempre penso — o Diretor continuava no mesmo tom um tanto piegas, quando foi interrompido por uma sonora vaia.

De um arbusto vizinho emergiu uma enfermeira, levando pela mão um menino que uivava enquanto caminhava. Uma menina de aparência ansiosa seguia rapidamente logo atrás.

— O que aconteceu? — perguntou o Diretor.

A enfermeira deu de ombros.

— Nada de mais — ela respondeu. — Acontece que este garotinho parece bastante relutante em participar da brincadeira erótica normal. Eu tinha percebido isso uma ou duas vezes antes. E hoje de novo. Ele começou a gritar neste instante...

— Honestamente — disse a garotinha de aparência ansiosa —, eu não queria machucá-lo nem nada. Honestamente.

— Claro que não, querida — a enfermeira disse em tom tranquilizador. — E então — ela continuou, voltando-se para o diretor — vou levá-lo para uma consulta com o Superintendente Adjunto de Psicologia. Só para ver se há algo anormal.

— Muito bem — disse o Diretor. — Leve-o para dentro. Você fica aqui, garotinha — ele acrescentou, enquanto a enfermeira se afastava com sua carga que ainda uivava. — Qual o seu nome?

— Polly Trótski.

— É um nome muito bom — disse o Diretor. — Pode ir agora, e veja se consegue encontrar algum outro menino para brincar.

A criança correu para os arbustos e se perdeu de vista.

— Mas que criaturinha interessante! — disse o Diretor, olhando na direção dela. Então, voltando-se para seus alunos: — O que vou dizer a vocês agora pode parecer incrível. Mas também, quando você não está acostumado com a história, a maioria dos fatos sobre o passado realmente parece incrível.

Ele revelou a espantosa verdade. Por um período muito longo antes da época de Nosso Ford, e mesmo por algumas gerações depois, brincadeiras eróticas entre crianças eram consideradas anormais (uma explosão de gargalhadas); e não apenas anormais, mas imorais (não!), e por isso foram rigorosamente suprimidas.

Uma expressão de espanto e incredulidade apareceu no rosto de seus ouvintes. As coitadas das crianças não tinham permissão para se divertir? Eles não podiam acreditar.

— Até mesmo adolescentes — o D.I.C. estava dizendo —, até mesmo adolescentes como vocês...

— Não é possível!

— Tirando um pouco de autoerotismo sub-reptício e homossexualidade... absolutamente nada.

— Nada?

— Na maioria dos casos, até eles passarem dos vinte anos.

— Vinte anos? — Os alunos repetiram em um coro alto de descrença.

— Vinte — repetiu o Diretor. — Eu disse que vocês iam achar incrível.

— Mas o que aconteceu? — eles perguntaram. — Quais foram os resultados?

— Os resultados foram terríveis. — Uma voz profunda e ressonante quebrou surpreendentemente o diálogo.

Eles olharam ao redor. Na margem do pequeno grupo estava um estranho — um homem de estatura média, cabelos pretos, nariz aquilino, lábios carnudos e vermelhos, olhos muito escuros e penetrantes.

— Terríveis — ele repetiu.

O D.I.C. tinha naquele momento se sentado em um dos bancos de aço e borracha convenientemente espalhados pelos jardins; mas, ao ver o estranho, ficou de pé e quase se jogou para diante, mão estendida, sorrindo com todos os dentes, cheio de efusividade.

— Controlador! Que prazer inesperado! Meninos, o que vocês estão pensando? Este é o Controlador; este é sua fordaleza, Mustapha Mond.

Nas quatro mil salas da Central, os quatro mil relógios elétricos simultaneamente soaram as quatro da tarde. Vozes desencarnadas gritavam das bocas das trombetas.

— Turno Principal do Dia fora de serviço. Começo do Segundo Turno do Dia. Turno Principal do Dia fora...

No elevador, a caminho dos vestiários, Henry Foster e o Diretor Assistente de Predestinação deram as costas a Bernard Marx, do Gabinete de Psicologia: evitavam ser vistos com aquela pessoa de reputação desagradável.

O leve zumbido e barulho de máquinas ainda agitavam o ar carmesim da Loja de Embriões. Os turnos podiam se alternar, um rosto cor de lúpus dar lugar a outro; majestosa e eternamente as esteiras rolantes avançavam com sua carga de futuros homens e mulheres.

Lenina Crowne caminhou com passos rápidos em direção à porta.

Sua fordaleza Mustapha Mond! Os olhos dos alunos que o saudavam quase saltavam das órbitas. Mustapha Mond! O Controlador Residente da Europa Ocidental! Um dos Dez Controladores Mundiais. Um dos Dez… e ele se sentou no banco com o D.I.C., ele ia ficar, ia ficar sim, e falar de verdade com eles… direto da fonte. Direto da boca do próprio Ford.

Duas crianças cor de bronze emergiram de um arbusto vizinho, olharam para eles por um momento com olhos grandes e espantados, depois voltaram à sua diversão no meio das folhas.

— Todos vocês se lembram — disse o Controlador com sua voz forte e profunda —, todos vocês se lembram, suponho, daquele belo e inspirado ditado de Nosso Ford: História é besteira. História — ele repetiu lentamente — é besteira.

Ele acenou com a mão; e foi como se, com um espanador de plumas invisível, tivesse espanado um pouco de poeira, e a poeira fosse Harapa, fosse a Ur dos caldeus; algumas teias de aranha, e elas eram Tebas, Babilônia, Cnossos e Micenas. Uma espanada — e onde estava Odisseu, onde estava Jó, onde estavam Júpiter, Gautama e Jesus? Uma espanada — e aquelas partículas de poeira antiga chamadas Atenas e Roma, Jerusalém e o Médio Império — tudo se foi. Uma espanada — o lugar onde a Itália estava se encontrava vazio. Uma espanada, as catedrais; duas espanadas, Rei Lear e os Pensamentos de Pascal. Uma espanada, a Paixão; outra espanada, o Réquiem; mais outra espanada, a Sinfonia; espanadas.

— Vai aos Cinestésicos esta noite, Henry? — perguntou o Predestinador Assistente. — Ouvi dizer que o novo no Alhambra é de primeira. Há uma cena de amor em um tapete de pele de urso; dizem que é maravilhosa. Cada pelo do urso é reproduzido. Os efeitos táteis mais incríveis.

— É por isso que vocês não aprendem história — dizia o Controlador. — Mas agora chegou a hora...

O D.I.C. olhou nervoso para ele. Havia aqueles estranhos rumores de velhos livros proibidos escondidos em um cofre no escritório do Controlador. Bíblias, poesia — Ford sabia o quê.

Mustapha Mond interceptou seu olhar ansioso e os cantos de seus lábios vermelhos se contraíram ironicamente.

— Está tudo bem, Diretor — disse ele em tom de leve escárnio. — Não vou corrompê-los.

O D.I.C. estava confuso.

Aqueles que se sentem desprezados fazem bem em parecer desprezíveis. O sorriso no rosto de Bernard Marx era desdenhoso. Todos os pelos do urso, ora!

— Faço questão de ir — disse Henry Foster.

Mustapha Mond se inclinou para frente e balançou o dedo para eles.

— Simplesmente tentem entender isso — disse ele, e sua voz lhes causou um estranho estremecimento no diafragma. — Tentem entender como era ter uma mãe vivípara.

Aquela palavra obscena de novo. Mas nenhum deles sonhou em sorrir dessa vez.

— Tentem imaginar o que significava "viver com a família".

Eles tentaram, mas obviamente sem o menor sucesso.

— E vocês sabem o que era um "lar"?

Eles balançaram a cabeça em negativa.

De seu subsolo vermelho-escuro, Lenina Crowne subiu dezessete andares, virou à direita ao sair do elevador, desceu um longo corredor e, abrindo a porta marcada VESTIÁRIO DAS MOÇAS, mergulhou em um caos ensurdecedor de braços, seios e roupas de baixo. Torrentes de água quente caíam ou gorgolejavam em cem banheiras. Estrondeando e sibilando, oitenta máquinas de massagem com sistema de vibrocompressão a vácuo pressionavam e sugavam simultaneamente a carne firme e queimada de sol de oitenta soberbos espécimes femininos. Cada um deles falava no volume máximo. Uma máquina de música sintética entoava um solo de supercorneta.

— Oi, Fanny — disse Lenina para a jovem que tinha os ganchos e o armário bem ao lado.

Fanny trabalhava na Sala de Engarrafamento e seu sobrenome também era Crowne. Mas como os dois bilhões de habitantes do planeta tinham apenas dez mil nomes entre eles, a coincidência não era surpreendente.

Lenina puxou para baixo os zíperes: o da jaqueta, os dois da calça com as duas mãos, e também da roupa íntima, para afrouxá-la. Ainda calçando sapatos e meias, foi na direção dos banheiros.

43

Lar, Lar — alguns cômodos pequenos, sufocantes, super-habitados por um homem, por uma mulher periodicamente frutífera, por uma turba de meninos e meninas de todas as idades. Sem ar, sem espaço; uma prisão mal esterilizada; escuridão, doença e cheiros.

(A evocação do Controlador era tão vívida que um dos meninos, mais sensível que o resto, empalideceu com a mera descrição e estava a ponto de passar mal.)

Lenina saiu da banheira, enxugou-se com a toalha, pegou um longo tubo flexível preso à parede, apontou o bocal para o peito e, como se estivesse prestes a tentar o suicídio, apertou o gatilho. Um jato de ar aquecido a polvilhou com o melhor pó de talco. Oito aromas diferentes e água-de-colônia eram disponibilizados por pequenas torneiras na pia. Ela virou a terceira a partir da esquerda, aplicou um pouco de fragrância amadeirada e, levando os sapatos e as meias na mão, saiu para ver se uma das máquinas de vibrocompressão a vácuo estava livre.

E o lar era algo tão sórdido psíquica quanto fisicamente. Psiquicamente, era uma toca de coelho, um monturo, quente com os atritos da vida compactada, com o fedor de emoções. Que intimidades sufocantes, que relações perigosas, insanas, obscenas entre os membros do grupo familiar! De modo maníaco, a mãe cuidava de seus filhos (seus filhos)... cuidava deles como uma gata cuidava de seus gatinhos; mas uma gata que falava, uma gata que poderia dizer "Meu bebê, meu bebê", repetidas vezes. "Meu bebê, e ah, ah, em meu peito, as mãozinhas, a fome e aquele prazer agonizante indizível! Até que meu bebê dorme, dorme com uma bolha de leite branco no canto da boca. Meu bebezinho dorme..."

— Sim — disse Mustapha Mond, fazendo que sim com a cabeça —, agora vocês podem estremecer.

— Com quem você vai sair esta noite? — perguntou Lenina, voltando da vibrocompressão a vácuo como uma pérola iluminada por dentro, com um brilho rosado.

— Ninguém.

Lenina ergueu as sobrancelhas de espanto.

— Tenho me sentido um tanto incomodada ultimamente — explicou Fanny. — O dr. Wells me aconselhou a ter um Substituto de Gravidez.

— Mas, minha querida, você só tem dezenove anos. O primeiro Substituto de Gravidez não é obrigatório até os vinte e um.

— Eu sei, querida. Mas para algumas pessoas é melhor se elas começarem mais cedo. O dr. Wells me disse que morenas de pelve larga, como eu, deveriam ter seu primeiro Substituto de Gravidez aos dezessete anos. Então, na verdade estou dois anos atrasada, e não dois anos adiantada. — Ela abriu a porta de seu armário e apontou para a fileira de caixas e frascos etiquetados na prateleira superior.

— XAROPE DE CORPO LÚTEO — Lenina leu os nomes em voz alta. — OVARIN, FRESCO COM GARANTIA: NÃO DEVE SER USADO APÓS 10 DE AGOSTO DE 632 D.F. EXTRATO DE GLÂNDULA MAMÁRIA: PARA SER TOMADO TRÊS VEZES AO DIA, ANTES DAS REFEIÇÕES, COM UM POUCO DE ÁGUA. PLACENTIN: 5CC PARA SEREM INJETADOS VIA INTRAVENOSA A CADA TERCEIRO DIA. Argh! — Lenina estremeceu. — Como eu detesto intravenosas, você não?

— Sim. Mas quando é para fazer bem... — Fanny era uma garota particularmente sensata.

Nosso Ford — ou Nosso Freud, como, por alguma razão inescrutável, ele preferia chamar a si mesmo sempre que falava de questões psicológicas —, Nosso Freud havia sido o primeiro a revelar os terríveis perigos da vida familiar. O mundo estava cheio de pais: logo, estava cheio de miséria; cheio de mães: logo, cheio de todo tipo de perversão, do sadismo à castidade; cheio de irmãos, irmãs, tios, tias: cheio de loucura e suicídio.

— E ainda assim, entre os selvagens de Samoa, em certas ilhas da costa da Nova Guiné...

O sol tropical caía como mel quente sobre os corpos nus das crianças que se jogavam promiscuamente entre as flores dos hibiscos. Lar era qualquer uma das vinte casas de palha de palmeira. Nas ilhas Trobriand, a concepção era obra de fantasmas ancestrais; ninguém nunca tinha ouvido falar de pai.

— Extremos — disse o Controlador — se encontram. Pela boa razão de que foram feitos para se encontrar.

— O dr. Wells diz que um Substituto de Gravidez de três meses agora fará toda a diferença para minha saúde nos próximos três ou quatro anos.

— Bem, espero que ele esteja certo — disse Lenina. — Mas, Fanny, então quer dizer que pelos próximos três meses você não deve...

— Ah, não, querida. Apenas por uma ou duas semanas, só isso. Vou passar a noite no Clube jogando Bridge Musical. Imagino que você vai sair.

Lenina fez que sim com a cabeça.

— Com quem?

— Henry Foster.

— De novo? — O rosto gentil e redondinho de Fanny assumiu uma expressão incongruente de espanto dolorido e desaprovador. — Você está me dizendo que ainda está saindo com Henry Foster?

Mães e pais, irmãos e irmãs. Mas também havia maridos, esposas, amantes. Também havia monogamia e romance.

— Embora vocês provavelmente não saibam o que são essas coisas — disse Mustapha Mond.

Eles balançaram a cabeça em negativa.

Família, monogamia, romance. Exclusividade em toda parte, uma canalização estreita de impulso e energia.

— Mas todo mundo pertence a todo mundo — concluiu ele, citando o provérbio hipnopédico.

Os alunos assentiram, concordando de modo enfático com uma afirmação que mais de sessenta e duas mil repetições no escuro os fizeram aceitar não apenas como verdadeira, mas como axiomática, evidente por si mesma, indiscutível.

— Mas, afinal — Lenina protestou —, faz apenas por volta de quatro meses que estou tendo Henry.

— Apenas quatro meses! Essa é boa. E tem mais — continuou Fanny, lhe apontando um dedo acusador —, não houve ninguém além de Henry todo esse tempo. Houve?

Lenina ficou escarlate; mas seus olhos, o tom de sua voz, permaneceram desafiadores.

— Não, não houve mais ninguém — ela respondeu quase truculenta. — E não vejo por que deveria haver, ora bolas.

— Ah, ela não entende por que deveria haver — Fanny repetiu, como se para um ouvinte invisível atrás do ombro esquerdo de Lenina. Então, com uma mudança repentina de tom: — Mas, falando sério — ela disse —, eu acho que você deveria ter cuidado. É de péssimo gosto ir ficando e ficando com um homem só. Aos quarenta, ou trinta e cinco anos, não seria tão ruim. Mas na sua idade, Lenina! Não, não dá certo. E você sabe a objeção fortíssima que o D.I.C. tem a qualquer coisa intensa ou longa. Quatro meses de Henry Foster, sem ter outro homem... nossa, ele ficaria furioso se soubesse...

— Pensem na água sob pressão em um cano. — Eles pensaram. — Eu faço um furo nele — disse o Controlador. — Que jato!

Ele fez vinte furos. Apareceram vinte pequenas fontes insignificantes.

"Meu bebê. Meu bebê…!"

"Mãe!" — A loucura é contagiosa.

"Meu amor, meu único grande amor, precioso, precioso…"

Mãe, monogamia, romance. A fonte jorra alto; feroz e espumoso o jato selvagem. O desejo tem apenas uma saída. Meu amor, meu bebê. Não admira que esses pobres pré-modernos fossem loucos, perversos e miseráveis. Seu mundo não permitia que eles levassem as coisas de maneira leve, não permitia que fossem sãos, virtuosos, felizes. Com mães e amantes, com as proibições às quais não foram condicionados a obedecer, com as tentações e os remorsos solitários, com todas as doenças e com a dor interminável e isoladora, com as incertezas e a pobreza — eles foram forçados a sentir de maneira vigorosa. E sentindo com toda a força (tão forte, além do mais, na solidão, num isolamento irremediavelmente individual), como eles poderiam ser estáveis?

— Claro que não há necessidade de desistir dele. É só ter outra pessoa de vez em quando, só isso. Ele tem outras garotas, não tem?

Lenina admitiu que sim.

— Claro que tem. Confie em Henry Foster como o cavalheiro perfeito… sempre correto. E também é preciso pensar no Diretor. Você sabe como ele é chato com as regras…

Assentindo:

— Ele me deu um tapinha no bumbum esta tarde — disse Lenina.

— Aí, está vendo? — Fanny estava triunfante. — Isso mostra o que ele representa. A mais estrita convencionalidade.

— Estabilidade — disse o Controlador. — Estabilidade. Não há civilização sem estabilidade social. Não há estabilidade social sem estabilidade individual. — Sua voz era uma trombeta. Ouvindo-a, eles se sentiram mais importantes, mais empolgados.

A máquina gira, gira e deve continuar girando — para sempre. Se ela parar, é a morte. Um bilhão de pessoas lutava pela vida sobre a crosta desta Terra. As rodas começaram a girar. Em cento e cinquenta anos, havia dois bilhões. Pare todas as rodas. Em cento e cinquenta semanas, há mais uma vez apenas um bilhão; mil milhões de homens e mulheres morreram de fome.

As rodas devem girar continuamente, mas não podem girar sem cuidado. Deve haver homens para cuidar delas, homens tão firmes quanto as rodas em seus eixos, homens sãos, homens obedientes, estáveis em contentamento.

Chorando: Meu bebê, minha mãe, meu único, único amor; gemendo: Meu pecado, meu Deus terrível; gritando de dor, resmungando de febre, lamentando a velhice e a pobreza — como podem cuidar das rodas? E se não podem cuidar das rodas… Os cadáveres de mil milhões de homens e mulheres seriam difíceis de enterrar ou queimar.

— E convenhamos — o tom de Fanny era persuasivo —, também não é como se fosse doloroso ou desagradável ter um ou dois homens além de Henry. E já que você deveria ser um pouco mais promíscua…

— Estabilidade — insistiu o Controlador — Estabilidade. A necessidade primária e última. Estabilidade. Daí tudo isto.

Com um aceno de mão, ele indicou os jardins, o enorme edifício da Central de Condicionamento, as crianças nuas furtivas na vegetação rasteira ou correndo pelos gramados.

Lenina balançou a cabeça.

— De algum modo — ela devaneou — eu não tenho me entusiasmado muito com promiscuidade nos últimos tempos. Nem sempre isso acontece. Você também não percebe isso, Fanny?

Fanny assentiu em sinal de simpatia e compreensão.

— Mas é preciso fazer um esforço — ela sentenciou. — É preciso jogar o jogo. Afinal, todo mundo pertence a todo mundo.

— Sim, todo mundo pertence a todo mundo, cada um pertence a cada um — Lenina repetiu lentamente e, suspirando, ficou em silêncio por um momento; então, pegando a mão de Fanny, deu um pequeno aperto. — Você está certa, Fanny. Como sempre. Eu vou me esforçar.

O impulso contido transborda, e a inundação é sentimento, a inundação é paixão, a inundação é até loucura: depende da força da corrente, da altura e da resistência da barreira. O fluxo não controlado flui suavemente por seus canais designados até atingir um bem-estar calmo. O embrião está com fome; dia sim, dia não, a bomba de sangue substituto gira incessantemente suas oitocentas rotações por minuto. O bebê decantado uiva; logo uma enfermeira aparece com um frasco de secreção externa. As emoções ficam à espreita nesse intervalo de tempo entre o desejo e sua consumação. Encurte esse intervalo, quebre todas aquelas velhas barreiras desnecessárias.

— Rapazes de sorte! — disse o Controlador. — Nenhuma dor foi poupada para tornar suas vidas emocionalmente mais fáceis: para preservar vocês, tanto quanto possível, de ter quaisquer emoções.

— Ford está no seu calhambeque — murmurou o D.I.C. — Tudo vai bem no mundo.

— Lenina Crowne? — disse Henry Foster, repetindo a pergunta do Predestinador Assistente enquanto fechava o zíper das calças. — Ah, ela é uma garota esplêndida. Maravilhosamente pneumática. Estou surpreso que você ainda não a tenha tido.

— Não consigo imaginar por que isso não aconteceu — disse o Predestinador Assistente. — Mas certamente a terei. Na primeira oportunidade.

De seu lugar, do outro lado do corredor do vestiário, Bernard Marx ouviu por acaso o que diziam e empalideceu.

— E para dizer a verdade — disse Lenina —, estou começando a ficar um pouquinho entediada com nada além de Henry todos os dias. — Vestiu a meia esquerda. — Você conhece Bernard Marx? — perguntou num tom cuja excessiva casualidade era evidentemente forçada.

Fanny parecia surpresa.

— Você não está querendo dizer...?

— Por que não? Bernard é um Alfa Mais. Além disso, ele me convidou para ir a uma das Reservas Selvagens. Eu sempre quis ver uma Reserva Selvagem.

— Mas e a reputação dele?

— E eu lá estou ligando para a reputação dele?

— Dizem que ele não gosta de Golfe com Obstáculos.

— Dizem, dizem — Lenina zombou.

— E também passa a maior parte do tempo... sozinho. — Havia horror na voz de Fanny.

— Bem, ele não estará sozinho quando estiver comigo. E, por falar nisso, por que as pessoas são tão más com ele? Eu acho que ele é muito gentil. — Sorriu para si mesma; quão absurdamente tímido ele tinha sido! Quase assustado: como se ela fosse uma Controladora Mundial e ele um monitor de máquina Gama-Menos.

— Considerem suas próprias vidas — disse Mustapha Mond. — Algum de vocês já encontrou um obstáculo intransponível?

A pergunta foi respondida por um silêncio negativo.

— Algum de vocês já foi obrigado a viver por um longo intervalo de tempo entre a consciência de um desejo e sua realização?

— Bem — começou um dos meninos, e hesitou.

— Fale logo — disse o D.I.C. — Não deixe sua fordaleza esperando.

— Uma vez eu tive que esperar quase quatro semanas antes que uma garota que eu queria me deixasse tê-la.

— E você sentiu uma forte emoção em consequência disso?

— Horrível!

— Horrível, precisamente — disse o Controlador. — Nossos ancestrais eram tão estúpidos e míopes que, quando os primeiros reformadores apareceram e se ofereceram para livrá-los dessas emoções horríveis, eles não quiseram ter nada a ver com isso.

— Falando sobre ela como se fosse um pedaço de carne. — Bernard rangeu os dentes. — É tê-la para cá, tê-la para lá. Como se fosse um filé. Degradando-a como se ela fosse um filé. Ela disse que iria pensar sobre isso, disse que me daria uma resposta esta semana. Ah, Ford, Ford, Ford. — Ele gostaria de ir até onde eles estavam e dar na cara deles: com força, várias vezes.

— Sim, eu aconselho você a experimentá-la — Henry Foster estava dizendo.

— Peguem a Ectogênese. Pfitzner e Kawaguchi haviam elaborado toda a técnica. Mas os governos analisaram isso? Não. Existia algo chamado Cristianismo. As mulheres eram forçadas a continuar vivíparas.

— Ele é tão feio! — disse Fanny.

— Mas eu até que gosto da aparência dele.

— E também é tão baixinho. — Fanny fez uma careta; a altura baixa era algo tão horrível e tipicamente de casta inferior.

— Eu até que acho fofo — disse Lenina. — A gente sente vontade de acariciá-lo. Você sabe. Como um gato.

Fanny ficou chocada.

— Dizem que alguém cometeu um erro quando ele ainda estava na garrafa: pensaram que ele era um Gama e colocaram álcool em seu substituto de sangue. É por isso que ele é tão atrofiado.

— Que absurdo! — Lenina ficou indignada.

— O ensino no sono era na verdade proibido na Inglaterra. Havia algo chamado liberalismo. O Parlamento, se vocês sabem o que era isso, aprovou uma lei contra ele. Os registros ainda existem. Discursos sobre a liberdade do indivíduo. Liberdade para ser ineficiente e miserável. Liberdade de ser um pino redondo em um buraco quadrado.

— Mas, meu caro amigo, fique à vontade, por favor. Fique à vontade. — Henry Foster deu um tapinha no ombro do Predestinador Assistente. — Afinal, todo mundo pertence a todo mundo.

Cem repetições três noites por semana durante quatro anos, pensou Bernard Marx, que era um especialista em hipnopedia. Sessenta e duas mil e quatrocentas repetições formam uma verdade. Idiotas!

— Ou o sistema de castas. Constantemente proposto, constantemente rejeitado. Existia uma coisa chamada democracia. Como se os homens fossem mais do que físico-quimicamente iguais.

— Bem, tudo que posso dizer é que vou aceitar o convite dele.

Bernard os odiava, odiava. Mas eles eram dois, eles eram grandes, eles eram fortes.

— A Guerra dos Nove Anos começou em 141 d.F.

— Nem mesmo se fosse verdade essa história do álcool no substituto de sangue dele.

— Fosgênio, cloropicrina, iodoacetato de etila, difenilcianarsina, triclorometila, cloroformato, sulfeto de dicloroetila. Sem mencionar o ácido cianídrico.

— O que eu simplesmente não acredito — concluiu Lenina.

— O barulho de catorze mil aviões avançando em ordem aberta. Mas na Kurfürstendamm e no Oitavo Arrondissement, a explosão das bombas de antraz é pouco mais alta que o estouro de um saco de papel.

— Porque eu quero ver uma Reserva Selvagem.

$Ch_3C6H_2(NO_2)_3 + Hg(CNO)_2 =$ bem, o quê? Um enorme buraco no chão, uma pilha de alvenaria, alguns pedaços de carne e muco, um pé, ainda dentro de uma bota, voando pelo ar e pousando, flop, no meio dos gerânios — os escarlates; que show esplêndido naquele verão!

— Você não tem jeito, Lenina, eu desisto.

— A técnica russa para infectar suprimentos de água foi particularmente engenhosa.

De costas uma para a outra, Fanny e Lenina continuaram trocando de roupa em silêncio.

— A Guerra dos Nove Anos, o grande colapso econômico. Havia uma escolha entre o Controle Mundial e a destruição. Entre estabilidade e...

— Fanny Crowne também é uma boa garota — disse o Predestinador Assistente.

Nas creches, a aula de Consciência de Classe I havia acabado, as vozes estavam adaptando a demanda futura ao suprimento industrial futuro.

— Eu adoro voar — sussurraram elas. — Adoro voar, adoro ter roupas novas, adoro...

— O liberalismo, é claro, morreu de antraz, mas mesmo assim não era possível fazer as coisas pela força.

— Não tão pneumática quanto Lenina. Ah, nem de longe.

— Mas roupas velhas são pavorosas — continuou o incansável sussurro. — Sempre jogamos fora as roupas velhas. É melhor se livrar que consertar, é melhor se livrar que consertar, é melhor se livrar que...

— O governo é uma questão de sentar, não de atacar. Você governa com o cérebro e as nádegas, nunca com os punhos. Por exemplo, houve o recrutamento obrigatório para consumo.

— Pronto, estou pronta — disse Lenina, mas Fanny permanecia muda e afastada. — Vamos fazer as pazes, Fanny querida.

— Todo homem, mulher e criança são obrigados a consumir uma quantia específica por ano. No interesse da indústria. O único resultado...

— É melhor se livrar que consertar. Quanto mais remendo, menos riqueza; quanto mais remendo...

— Um dia desses — disse Fanny, enfática em seu desânimo —, você vai se meter em encrenca.

— Objeção de consciência numa escala enorme. Qualquer coisa para não consumir. De volta à natureza.

— Eu adoro voar. Eu adoro voar.

— De volta à cultura. Sim, isso mesmo, à cultura. Você não pode consumir muito se ficar paradinho lendo livros.

— Eu estou bonita? — Lenina perguntou. Sua jaqueta era feita de tecido de acetato verde-garrafa com pelo de viscose verde nos punhos e na gola.

— Oitocentas Vidas-Simples foram derrubadas por metralhadoras em Golders Green.

— É melhor se livrar que consertar, é melhor se livrar que consertar.

Short de veludo cotelê verde e meias brancas de lã com viscose dobradas abaixo do joelho.

— Depois aconteceu o famoso Massacre do Museu Britânico. Dois mil fãs de cultura sufocados com gás de sulfeto de dicloroetila.

Um boné verde e branco protegia os olhos de Lenina; seus sapatos eram verdes brilhantes e muito bem engraxados.

— No final — disse Mustapha Mond —, os Controladores perceberam que a força não adiantava. Os métodos mais lentos, mas infinitamente mais seguros, de ectogênese, condicionamento neopavloviano e hipnopedia...

E em volta da cintura, ela usava uma cartucheira de marroquim substituto verde, com detalhes prateados, abarrotado (pois Lenina não era uma intersexo) com o suprimento regulamentar de anticoncepcionais.

— As descobertas de Pfitzner e Kawaguchi foram finalmente utilizadas. Uma propaganda intensiva contra a reprodução vivípara.

— Perfeito! — Fanny gritou, entusiasmada. Ela nunca conseguia resistir ao charme de Lenina por muito tempo. — E que cinto malthusiano incrível!

— Acompanhado de uma campanha contra o Passado; do fechamento de museus, da explosão de monumentos históricos (ainda bem que a maioria deles já havia sido destruída durante a Guerra dos Nove Anos); da supressão de todos os livros publicados antes de 150 d.F.

— Eu simplesmente tenho que comprar um igual — disse Fanny.

— Existiam umas coisas chamadas pirâmides, por exemplo.

— Minha velha bandoleira preta.

— E um homem chamado Shakespeare. Vocês nunca ouviram falar disso tudo, é claro.

— É uma desgraça absoluta, essa minha bandoleira.

— Essas são as vantagens de uma educação científica.

— Quanto mais remendo, menos riqueza; quanto mais remendo, menos...

— A introdução do primeiro Modelo T de Nosso Ford...

— Comprei há quase três meses.

— Escolhida como a data de abertura da nova era.

— É melhor se livrar que consertar; é melhor se livrar...

— Existia uma coisa, como eu disse antes, chamada Cristianismo.

— É melhor se livrar que consertar.

— A ética e a filosofia do subconsumo...

— Adoro roupas novas, adoro roupas novas, adoro...

— Tão essencial quando existia subprodução; mas na era das máquinas e da fixação de nitrogênio — positivamente, um crime contra a sociedade.

— Henry Foster me deu.

— Todas as cruzes tiveram seus topos cortados e se tornaram Ts. Existia também uma coisa chamada Deus.

— É substituto de marroquim de verdade.

— Agora temos o Estado Mundial. E celebrações do Dia de Ford, Cantos Comunitários e Serviços de Solidariedade.

"Ford, como eu os odeio!" — Bernard Marx estava pensando.

— Existia uma coisa chamada Céu; mas mesmo assim eles bebiam enormes quantidades de álcool.

"É como carne, é como carne."

— Havia uma coisa chamada alma e outra chamada imortalidade.

— Pergunte a Henry onde ele conseguiu.

— Mas eles usavam morfina e cocaína.

"E o que torna tudo pior, ela pensa em si mesma como se fosse carne."

— Dois mil farmacologistas e bioquímicos foram subsidiados em 178 d.F.

— Ele parece zangado — disse o Predestinador Assistente, apontando para Bernard Marx.

— Seis anos depois, estava sendo produzida comercialmente. A droga perfeita.

— Vamos jogar uma isca para ele.

— Eufórico, narcótico, agradavelmente alucinógeno.

— Mas como você está tristonho, Marx, tristonho mesmo. — A palmada no ombro o fez estremecer, olhar para cima. Era aquele bruto do Henry Foster. — Você está precisando é de um grama de soma.

— Todas as vantagens do Cristianismo e do álcool; nenhum de seus defeitos.

"Ford, eu gostaria de matá-lo!" — Mas tudo o que ele fez foi dizer "Não, obrigado" e recusar o tubo de comprimidos oferecido.

— Tire férias da realidade sempre que quiser e volte sem nenhuma dor de cabeça ou mitologia.

— Pegue — insistiu Henry Foster. — Pegue.

— A estabilidade estava praticamente garantida.

— Um centímetro cúbico cura dez sentimentos negativos — disse o Predestinador Assistente, citando um pedaço de sabedoria hipnopédica caseira.

— Só faltava conquistar a velhice.

— Droga, droga! — gritou Bernard Marx.

— Esnobe.

— Hormônios gonadais, transfusão de sangue jovem, sais de magnésio...

— E lembre-se de que um grama é melhor que uma droga. — Saíram rindo.

— Todos os estigmas fisiológicos da velhice foram abolidos. E junto com eles, é claro...

— Não se esqueça de perguntar a ele sobre a cartucheira malthusiana — disse Fanny.

— Junto com eles, todas as peculiaridades mentais do velho. Os personagens permanecem constantes por uma vida inteira.

— ... duas rodadas de Golfe com Obstáculos a cumprir antes de escurecer. Preciso correr.

— Trabalho e diversão: aos sessenta, nossos poderes e gostos são o que eram aos dezessete. Os velhos, nos antigos tempos ruins, costumavam renunciar, aposentar-se, seguir uma religião, passar o tempo lendo, pensando... pensando!

"Idiotas, porcos!" — Bernard Marx dizia a si mesmo ao descer o corredor até o elevador.

— Agora — tal é o progresso — os velhos trabalham, os velhos copulam, os velhos não têm tempo, nenhum lazer a partir do prazer, nenhum momento para sentar e pensar: ou, se por acaso, por algum azar, um desses abismos de tempo se abrir na substância sólida de suas distrações, sempre há o soma, o delicioso soma, meio grama para meio feriado, um grama para um fim de semana, dois gramas para uma viagem ao belo Oriente, três para uma eternidade sombria na lua; retornando de onde se encontravam do outro lado do abismo, seguros no terreno sólido do trabalho e da distração cotidianos, correndo de um cinestésico para outro, de uma garota pneumática para outra, do campo de Golfe Eletromagnético para...

— Vá embora, garotinha — o D.I.C. gritou, irritado. — Vá embora, garotinho! Não estão vendo que sua fordaleza está ocupado? Vão fazer suas brincadeirinhas eróticas em outro lugar.

— Deixai vir a mim as criancinhas — disse o Controlador.

Lenta e majestosamente, com um leve zumbido de máquinas, as Esteiras Rolantes avançavam, trinta e três centímetros por hora. Na escuridão vermelha brilhavam inúmeros rubis.

4

I

O ELEVADOR ESTAVA LOTADO DE HOMENS dos vestiários Alfa, e a entrada de Lenina foi saudada com muitos acenos e sorrisos amigáveis. Ela era uma garota popular e, em um momento ou outro, já havia passado uma noite com quase todos eles.

Eram rapazes queridos, ela pensou ao retribuir os cumprimentos. Rapazes encantadores! Ainda assim, ela desejava que as orelhas de George Edzel não fossem tão grandes (talvez ele tivesse recebido apenas um pouquinho a mais de paratireoide no Metro 328?). E olhando para Benito Hoover, não pôde deixar de lembrar que ele era peludo demais quando estava sem roupa.

Virando-se, com os olhos um pouco tristes por causa da lembrança dos pelos negros e encaracolados de Benito, viu num canto o corpo pequeno e magro, o rosto melancólico de Bernard Marx.

— Bernard! — ela se aproximou dele. — Eu estava procurando você. — Sua voz soou clara acima do zumbido do elevador. Os outros olharam em volta com curiosidade. — Eu queria falar com você sobre nosso plano para o Novo México. — Pelo rabo do olho, ela viu Benito Hoover ficar boquiaberto de espanto. O queixo caído a irritou. "Surpreso porque eu não estou implorando para ir com ele de novo!", disse a si mesma. Então, em voz alta, e com mais calor do que nunca: — Eu adoraria ir com você por uma semana em julho — ela continuou. (De qualquer forma, ela estava provando publicamente sua infidelidade a Henry. Fanny deveria ficar satisfeita, ainda que fosse com Bernard.) — Quero dizer — Lenina lhe deu seu sorriso mais deliciosamente significativo —, se você ainda quiser me ter.

O rosto pálido de Bernard ficou vermelho. "Para que isso?", ela se perguntou, surpresa, mas ao mesmo tempo tocada por esse estranho tributo ao seu poder.

— Não seria melhor conversarmos sobre isso em outro lugar? — ele gaguejou, parecendo terrivelmente desconfortável.

"Como se eu estivesse dizendo algo chocante", pensou Lenina. "Ele não poderia parecer mais chateado se eu tivesse contado uma piada obscena: perguntado quem era sua mãe, ou algo assim."

— Quero dizer, com todas essas pessoas por perto... — Ele estava engasgado de timidez.

A risada de Lenina foi franca e sem nenhuma malícia.

— Como você é engraçado! — disse; e ela de fato o achava engraçado. — Você vai me avisar com pelo menos uma semana de antecedência, não vai? — ela continuou em outro tom. — Suponho que vamos pegar o Foguete Pacífico Azul? Ele parte da Torre Charing-T? Ou de Hampstead?

Antes que Bernard pudesse responder, o elevador parou.

— Cobertura! — gritou uma voz fanhosa.

O ascensorista era uma pequena criatura simiesca, vestida com a túnica preta de um Semi-Idiota Épsilon-Menos.

— Cobertura!

Ele escancarou os portões. A glória quente do sol da tarde o fez estremecer e piscar os olhos.

— Ah, cobertura! — ele repetiu em uma voz de êxtase. Foi como se tivesse despertado súbita e alegremente de um estupor escuro e aniquilador. — Cobertura!

Ele sorriu com uma espécie de adoração canina e cheia de expectativa para o rosto de seus passageiros. Conversando e rindo juntos, eles saíram para a luz. O ascensorista os viu sair.

— Cobertura? — ele disse mais uma vez, à guisa de interrogação.

Então uma campainha tocou e, do teto do elevador, um alto-falante começou, muito baixinho, mas muito imperiosamente, a emitir seus comandos.

— Desça — a voz disse. — Desça. Andar Dezoito. Desça, desça. Andar Dezoito. Desça, desça...

O ascensorista bateu os portões, apertou um botão e de imediato voltou para o crepúsculo monótono do poço, o crepúsculo de seu próprio estupor habitual.

Estava quente e claro no telhado. A tarde de verão seguia sonolenta com o zumbido dos helicópteros que passavam; e o murmúrio mais profundo dos aviões-foguetes acelerando, invisíveis, através do céu claro, oito ou dez quilômetros acima, era como uma carícia no ar suave. Bernard Marx respirou fundo. Olhou para o céu e ao redor do horizonte azul e por fim para o rosto de Lenina.

— Não é lindo? — Sua voz tremeu um pouco.

Ela sorriu para ele com uma expressão compreensiva, tremendamente simpática.

— Perfeito para Golfe com Obstáculos — ela respondeu, extasiada. — Mas agora preciso voar, Bernard. Henry fica irritado se eu o deixo esperando. Avise-me com antecedência sobre a data. —

E, acenando, ela atravessou correndo o amplo telhado plano em direção aos hangares. Bernard ficou olhando o cintilar cada vez mais distante das meias brancas, os joelhos queimados de sol dobrando-se e endireitando-se de novo e de novo, e o enrolar mais suave daquele short de veludo cotelê bem justo sob a jaqueta verde-garrafa. O rosto dele apresentava uma expressão de dor.

— Devo dizer que ela era bonita — disse uma voz alta e alegre logo atrás dele.

Bernard se assustou e olhou em volta. O rosto vermelho e rechonchudo de Benito Hoover estava sorrindo para ele: sorrindo com cordialidade explícita. Benito era de um bom humor notório. As pessoas diziam que ele poderia ter passado pela vida sem nunca ter tocado em soma. A malícia e o mau humor dos quais outras pessoas tinham que tirar férias nunca o afligiram. A realidade para Benito sempre foi ensolarada.

— Pneumática também. E como! — Então, em outro tom: — Mas, ora, ora — ele continuou —, você parece mal-humorado, hein? Você precisa é de um grama de soma. — Metendo a mão no bolso direito da calça, Benito sacou um frasco. — Um centímetro cúbico cura dez sentimentos... Mas, ora, ora!

Bernard subitamente se virou e saiu correndo.

Benito ficou olhando para ele.

— Qual será o problema desse sujeito? — ele se perguntou e, balançando a cabeça, decidiu que a história sobre o álcool ter sido colocado no substituto de sangue do pobre indivíduo devia ser verdade. — Deve ter prejudicado seu cérebro, suponho.

Guardou o frasco de soma e, pegando um pacote de chiclete de hormônio sexual, enfiou um pedaço na boca e saiu lentamente na direção dos hangares, ponderando.

Henry Foster mandou retirar sua máquina da baia e, quando Lenina chegou, já estava sentado no cockpit, esperando.

— Quatro minutos de atraso — foi seu único comentário quando ela subiu ao seu lado. Ele ligou os motores e acionou as pás do helicóptero. A máquina disparou verticalmente no ar. Henry acelerou; o zumbido da hélice foi se tornando mais agudo, de zangão a vespa, de vespa a mosquito; o velocímetro mostrava que eles estavam subindo a quase dois quilômetros por minuto. Londres diminuiu de tamanho embaixo deles. Os enormes edifícios com tampo de mesa, em poucos segundos, não passavam de um canteiro de cogumelos geométricos brotando do verde do parque e do jardim. No meio deles, de caule fino, um fungo mais alto e mais delgado, a Torre Charing-T erguia em direção ao céu um disco de concreto reluzente.

Como os vagos torsos de atletas fabulosos, enormes nuvens carnudas pairavam no ar azul acima de suas cabeças. De uma delas, de repente, caiu um pequeno inseto vermelho, zumbindo.

— Lá vai o Foguete Vermelho — disse Henry —, acabando de chegar de Nova York. — Olhando para seu relógio: — Sete minutos atrasado — acrescentou, balançando a cabeça. — Esses serviços atlânticos atrasam de uma maneira escandalosa.

Ele tirou o pé do acelerador. O zumbido das pás acima deles caiu uma oitava e meia, passando de vespa e zangão para abelha, para besouro, para escaravelho. O ímpeto ascendente da máquina diminuiu; um instante depois, eles estavam parados no ar. Henry empurrou uma alavanca; houve um clique. Lentamente no início, em seguida cada vez mais rápido, até que se tornasse uma névoa circular diante de seus olhos, a hélice à frente deles começou a girar. O vento de velocidade horizontal assobiava cada vez mais estridente nas pás. Henry ficou de olho no conta-giros; quando a agulha tocou a marca de mil e duzentos, ele desativou as hélices do helicóptero. A máquina teve impulso dianteiro suficiente para voar com suas asas.

Lenina olhou pela janela no chão entre seus pés. Eles estavam sobrevoando a zona de seis quilômetros de parque que separava o Centro de Londres de seu primeiro anel de subúrbios satélites. O verde estava infestado de vidas minúsculas que pareciam vermes.

Florestas de torres centrífugas de Nove-Furos reluziam entre as árvores. Perto de Shepherd's Bush, duas mil duplas mistas Beta-Menos jogavam Tênis de Superfície de Riemann. Uma fila dupla de quadras de Squash Rolante se alinhava na estrada principal de Notting Hill a Willesden. No estádio Ealing, uma exibição de ginástica Delta e de canto comunitário estava acontecendo.

— Que cor pavorosa é o cáqui — comentou Lenina, expressando os preconceitos hipnopédicos de sua casta.

Os edifícios do Estúdio Cinestésico Hounslow cobriam sete hectares e meio. Perto deles, um exército de trabalhadores de preto e cáqui estava ocupado revitrificando a superfície da Great West Road. Um dos enormes cadinhos itinerantes estava sendo virado enquanto eles passavam por cima. A pedra derretida se derramou num rio de incandescência ofuscante através da estrada, os rolos de amianto iam e vinham; na cauda de um carrinho de água com isolamento, o vapor subia em nuvens brancas.

Em Brentford, a fábrica da Corporação de Televisão era como uma cidadezinha.

— Eles devem estar mudando o turno — disse Lenina.

Como pulgões e formigas, as garotas Gama em verde-folha, os Semi-Imbecis em preto enxameavam ao redor das entradas ou faziam filas para ocupar seus lugares nos carros do monotrilho. Beta-Menos cor de amora iam e vinham no meio da multidão. O telhado do prédio principal estava animado com chegadas e partidas de helicópteros.

— Minha nossa — disse Lenina —, que bom que não sou uma Gama.

Dez minutos depois, eles estavam em Stoke Poges e haviam começado sua primeira rodada de Golfe com Obstáculos.

2

BERNARD CORREU PELO TELHADO COM OS OLHOS voltados para baixo a maior parte do tempo. Se visse, por acaso, um semelhante, desviava o olhar imediata e furtivamente. Era como um homem perseguido, mas perseguido por inimigos que não desejava ver, para que não parecessem ainda mais hostis do que imaginava e ele próprio não se sentir mais culpado e mais sozinho e desamparado.

"Benito Hoover, aquele desgraçado!" — E no entanto o homem tinha boas intenções. O que só tinha tornado tudo, de certa forma, muito pior. Aqueles que tinham boas intenções se comportavam da mesma maneira que aqueles que tinham más intenções. Até Lenina o estava fazendo sofrer. Lembrou-se daquelas semanas de tímida indecisão, durante as quais ele havia olhado, desejado e se desesperado para ter coragem de perguntar a ela. Ousava correr o risco de ser humilhado por uma recusa desdenhosa? Mas se ela dissesse sim, que êxtase! Bem, agora ela havia dito isso e ele ainda estava se sentindo miserável: miserável por ela ter pensado que era uma tarde tão perfeita para Golfe com Obstáculos, que tivesse saído apressada para se juntar a Henry Foster, que o tivesse achado engraçado por não querer falar de seus assuntos mais privados em público. Miserável, resumindo, porque ela se comportou como qualquer garota inglesa saudável e virtuosa deveria se comportar, e não de alguma outra maneira anormal e extraordinária.

Ele abriu a porta da sua baia e chamou uma dupla de atendentes Delta-Menos parada ali perto para vir e empurrar sua máquina para o telhado. Os hangares eram administrados por um único Grupo Bokanovsky, e os homens eram gêmeos, identicamente pequenos, negros e horríveis. Bernard deu suas ordens num tom áspero, um tanto arrogante e até ofensivo, de quem não se sente muito seguro de sua superioridade. Ter relações com membros das castas inferiores sempre foi, para Bernard, uma experiência das mais estressantes. Pois, qualquer que seja a causa (e a atual fofoca sobre o álcool em seu substituto de sangue pode muito provavelmente — pois acidentes acontecem — ter sido verdade), o físico de Bernard não era lá muito melhor que o de um Gama médio. Ele tinha oito centímetros a menos que a altura padrão dos Alfas, e era magro em proporção. O contato com os membros das castas inferiores sempre o lembrava dolorosamente dessa inadequação física. "Eu sou eu, mas gostaria de não ser"; sua consciência de si era aguda e perturbadora. Cada vez que se percebia olhando para o rosto de um Delta de frente e não de cima para baixo, sentia-se humilhado. A criatura o trataria com o respeito devido à sua casta? A pergunta o assombrava. Não sem razão. Pois Gamas, Deltas e Épsilons foram em certa medida condicionados a associar massa corpórea com superioridade social. Na verdade, um leve preconceito hipnopédico em favor do tamanho era universal. Daí o riso das mulheres a quem fez propostas, as brincadeiras de seus iguais entre os homens. A zombaria o fazia se sentir um estranho; e, sentindo-se um estranho, comportava-se como um estranho, o que aumentava o preconceito contra ele e intensificava o desprezo e a hostilidade despertados por seus defeitos físicos. O que, por sua vez, aumentava sua sensação de ser estranho e sozinho. Um medo crônico de ser menosprezado o fazia evitar seus iguais, o fazia ficar, no que dizia respeito a seus inferiores, envergonhado com relação à sua dignidade. Com que amargura ele invejava homens como Henry Foster e Benito Hoover! Homens que nunca precisaram gritar com um Épsilon para que uma ordem fosse obedecida; homens que consideravam sua posição garantida; homens que se moviam através do sistema de castas como um peixe através da água: tão completamente em casa que não tinham consciência de si mesmos ou do elemento benéfico e confortável em que viviam.

Com preguiça, assim lhe pareceu, e com relutância, os dois atendentes levaram seu avião para o telhado.

— Depressa! — Bernard disse com irritação. Um deles olhou para ele. Teria sido uma espécie de escárnio bestial o que ele detectou naqueles olhos cinzentos vazios? — Depressa! — gritou mais alto, e havia um tom desagradável em sua voz.

Subiu no avião e, um minuto depois, estava voando para o sul, em direção ao rio.

Os vários Escritórios de Propaganda e a Faculdade de Engenharia Emocional estavam alojados em um único prédio de sessenta andares na Fleet Street. No porão e nos andares baixos ficavam as prensas e os escritórios dos três grandes jornais de Londres — *Rádio Horário*, uma folha da casta superior, a *Gazeta Gama*, verde-clara, e, em papel cáqui e em palavras exclusivamente monossilábicas, o *Espelho Delta*. Em seguida, vinham os Escritórios de Propaganda de Televisão, Filmes Cinestésicos e Voz e Música Sintéticas, respectivamente, ocupando vinte e dois andares. Logo acima ficavam os laboratórios de pesquisa e as salas com isolamento acústico nas quais os Autores de Trilhas Sonoras e os Compositores Sintéticos faziam o delicado trabalho. Os dezoito andares superiores eram ocupados pela Faculdade de Engenharia Emocional.

Bernard pousou no telhado da Casa de Propaganda e saiu.

— Ligue para o sr. Helmholtz Watson — ordenou ao porteiro Gama-Mais — e diga-lhe que o sr. Bernard Marx está esperando por ele no telhado.

Sentou-se e acendeu um cigarro.

Helmholtz Watson estava escrevendo quando a mensagem chegou.

— Diga a ele que estou indo imediatamente — respondeu e desligou o receptor. Então, voltando-se para a secretária, continuou, no mesmo tom oficial e impessoal: — Vou deixar você guardar minhas coisas. — Ignorando o sorriso lustroso dela, levantou-se e caminhou a passos rápidos até a porta.

Era um homem de constituição forte, peitoral grande, ombros largos, maciço, mas rápido em seus movimentos, elástico e ágil. O forte pilar redondo de seu pescoço sustentava uma cabeça de belo formato. Seu cabelo era escuro e crespo, suas feições bem marcadas. De uma forma enfática e contundente, ele era bonito e parecia, como sua secretária nunca se cansava de repetir, um Alfa

Mais em cada detalhe. Por profissão, era professor na Faculdade de Engenharia Emocional (Departamento de Redação), e nos intervalos de suas atividades educacionais, atuava como Engenheiro Emocional. Escrevia com regularidade para o *Rádio Horário*, compunha cenários cinestésicos e tinha um talento especial para slogans e rimas hipnopédicas.

— Capaz — foi o veredicto de seus superiores. — Talvez (e eles balançaram as cabeças, baixando significativamente as vozes) um pouco capaz demais.

Sim, um pouco capaz demais; eles estavam certos. Um excesso mental havia produzido em Helmholtz Watson efeitos muito semelhantes aos que, em Bernard Marx, eram o resultado de um defeito físico. Poucos ossos e músculos haviam isolado Bernard de seus semelhantes, e a sensação de separação, sendo, por todos os padrões atuais, um excesso mental, tornou-se, por sua vez, a causa de uma separação mais ampla. O que deixava Helmholtz tão desconfortavelmente consciente de ser ele mesmo e sozinho era habilidade demais. O que os dois homens compartilhavam era o conhecimento de que eram indivíduos. Mas, enquanto o deficiente físico Bernard sofreu durante toda a vida com a consciência de estar separado, foi apenas recentemente que, tornando-se ciente de seu excesso mental, Helmholtz Watson se deu conta de sua diferença em relação às pessoas que o cercavam. Esse campeão de Squash Rolante, esse amante infatigável (dizia-se que ele tivera seiscentas e quarenta garotas diferentes em menos de quatro anos), esse admirável homem do comitê e o melhor socializador percebera repentinamente que esporte, mulher, atividades comunitárias ficavam apenas, no que dizia respeito a ele, em segundo lugar. De fato, e no fundo, ele estava interessado em outra coisa. Mas em quê? Em quê? Esse era o problema que Bernard viera discutir com ele — ou melhor, já que era sempre Helmholtz quem falava, ouvir o amigo discutir, mais uma vez.

Três garotas charmosas do Escritório de Propaganda por Voz Sintética o atacaram quando ele saiu do elevador.

— Ah, Helmholtz querido, por favor, venha fazer um piquenique com a gente em Exmoor. — Elas se agarraram a ele, implorando.

Ele balançou a cabeça e abriu caminho entre elas.

— Não, não.

— Não estamos convidando nenhum outro homem.

Mas Helmholtz permaneceu inabalável mesmo com essa promessa deliciosa.

— Não — ele repetiu. — Estou ocupado. — E se manteve resolutamente em seu curso. As garotas foram atrás. Só depois que ele realmente subiu no avião de Bernard e bateu a porta é que elas desistiram de persegui-lo. Não sem censurá-lo.

— Essas mulheres! — ele disse, enquanto a máquina subia. — Essas mulheres! — E balançou a cabeça, franziu a testa.

— Como são terríveis — Bernard concordou hipocritamente, desejando, ao falar as palavras, poder ter tantas garotas quanto Helmholtz, e com tão poucos problemas. Ele foi tomado por uma necessidade repentina e urgente de se gabar. — Vou levar Lenina Crowne para o Novo México comigo — disse no tom mais casual que pôde.

— Você vai? — disse Helmholtz, com total ausência de interesse. Então, depois de uma pequena pausa: — Esta última semana ou duas — ele continuou —, andei cortando todos os meus comitês e todas as minhas garotas. Você não pode imaginar o alvoroço que elas têm feito sobre isso na Faculdade. Ainda assim, valeu a pena, eu acho. Os efeitos... — Ele hesitou. — Bem, eles são estranhos, eles são muito estranhos.

Uma deficiência física pode produzir uma espécie de excesso mental. O processo, ao que parecia, era reversível. O excesso mental poderia produzir, para seus próprios fins, a cegueira e a surdez voluntárias da solidão deliberada, a impotência artificial do ascetismo.

O resto do voo curto foi realizado em silêncio. Quando eles chegaram e estavam confortavelmente esticados nos sofás pneumáticos do quarto de Bernard, Helmholtz começou outra vez.

Falando muito devagar, ele perguntou:

— Você já sentiu como se se tivesse algo dentro de si que estava apenas esperando que você desse uma chance para sair? Algum tipo de energia extra que você não está usando... você sabe, como toda a água que desce pelas cataratas em vez de passar pelas turbinas? — Olhou questionador para Bernard.

— Você quer dizer todas as emoções que alguém poderia sentir se as coisas fossem diferentes?

Helmholtz balançou a cabeça.

— Não exatamente. Estou pensando em uma sensação peculiar que às vezes tenho, a sensação de que tenho algo importante a dizer e o poder de dizê-lo: só que não sei o que é, e não consigo fazer uso desse poder. Se houvesse alguma forma diferente de escrever... Ou então outra coisa sobre a qual escrever... — Ele ficou em silêncio; então: — Veja — continuou por fim —, eu sou muito bom em inventar frases: você sabe, o tipo de palavras que de repente faz você pular, quase como se tivesse sentado em cima de um alfinete, de tão novas e excitantes que parecem, ainda que sejam sobre algo hipnopedicamente óbvio. Mas não parece o bastante. Não basta que as frases sejam boas; o que você faz com elas também deve ser bom.

— Mas as coisas com você vão indo bem, Helmholtz.

— Ah, tanto quanto possível — Helmholtz deu de ombros. — Mas não vão muito longe. E, também, não são importantes o bastante. Sinto que poderia fazer algo muito mais sério. Sim, e mais intenso, mais violento. Mas o quê? O que há de mais importante a dizer? E como alguém pode ser violento sobre o tipo de coisas sobre as quais se espera que escreva? As palavras podem ser como raios X, se você as usar corretamente: passam por qualquer coisa. Você lê e pronto, foi penetrado. Essa é uma das coisas que tento ensinar aos meus alunos — como escrever de modo penetrante. Mas de que adianta ser penetrado por um artigo sobre uma Canção Comunitária, ou o avanço mais recente nos órgãos-de-cheiro? Além disso, será que é possível tornar as palavras realmente penetrantes — sabe, como os raios X mais intensos — quando se está escrevendo sobre esse tipo de coisa? É possível dizer algo sobre nada? Essa é a questão, no fim das contas. Eu tento e tento...

— Quieto! — Bernard disse de repente, e ergueu um dedo de advertência; eles apuraram os ouvidos. — Acredito que há alguém na porta — ele sussurrou.

Helmholtz se levantou, atravessou a sala na ponta dos pés e, com um movimento rápido e brusco, escancarou a porta. Claro, não havia ninguém lá.

— Desculpe — disse Bernard, sentindo-se e parecendo desconfortavelmente tolo. — Acho que estou um pouco nervoso. Quando as pessoas suspeitam de você, você começa a suspeitar delas.

Passou a mão pelos olhos, suspirou, sua voz tornou-se queixosa. Ele estava se justificando.

— Se você soubesse o que eu tive que aguentar recentemente — disse ele quase chorando; e a onda de autopiedade foi como uma repentina fonte liberada. — Se ao menos você soubesse!

Helmholtz Watson ouviu com certa sensação de desconforto. "Coitado do Bernard!", falou para si mesmo. Mas, ao mesmo tempo, sentia-se bastante envergonhado por seu amigo. Queria que Bernard mostrasse um pouco mais de orgulho.

5

I

ÀS OITO HORAS A LUZ ESTAVA FALHANDO. Os alto-falantes da torre da Stoke Poges Club House começaram, em um tom mais que humano, a anunciar o fechamento dos campos. Lenina e Henry abandonaram o jogo e voltaram para o Clube. Do terreno do Truste de Secreções Internas e Externas vinha o mugido daqueles milhares de peças de gado que forneciam, com seus hormônios e seu leite, a matéria-prima para a grande fábrica de Farnham Royal.

Um zumbido incessante de helicópteros preencheu o crepúsculo. A cada dois minutos e meio, um sino e o som estridente de apitos anunciavam a partida de um dos trens leves de monotrilho que transportavam os jogadores de golfe de casta inferior de seu campo separado para a metrópole.

Lenina e Henry subiram na sua máquina e partiram. A duzentos metros, Henry diminuiu a velocidade das pás do helicóptero e eles ficaram planando por um ou dois minutos acima da paisagem que se desvanecia. A floresta de Burnham Beeches se estendia como uma grande poça de escuridão em direção à costa brilhante do céu ocidental. Carmesim no horizonte, o resto do pôr do sol se apagava, passando pelo laranja, subindo para o amarelo e um verde-água pálido. Ao norte, além e acima das árvores, a fábrica de Secreções Internas e Externas reluzia com um brilho elétrico feroz de cada janela de seus vinte andares. Abaixo deles estavam os edifícios do Clube de Golfe: os enormes alojamentos da casta inferior e, do outro lado de uma parede divisória, as casas menores reservadas para membros Alfa e Beta. Os caminhos para a estação de monotrilho estavam pretos, formigando com a atividade das castas inferiores. Debaixo da abóbada de vidro, um trem iluminado saiu em disparada. Seguindo seu curso para sudeste através da planície escura, os olhos deles foram atraídos para os edifícios majestosos do Crematório de Slough. Para a segurança dos aviões noturnos, suas quatro altas chaminés eram iluminadas e tinham sinais de perigo vermelhos no topo. Era um marco.

— Por que as chaminés têm essas coisas parecidas com varandas ao redor? — perguntou Lenina.

— Recuperação de fósforo — Henry explicou telegraficamente. — No caminho até a chaminé, os gases passam por quatro tratamentos distintos. O P2O5 costumava sair de circulação toda vez que alguém era cremado. Agora recuperam mais de noventa e oito por cento dele. Mais de um quilo e meio por cadáver adulto. O que resulta em quase quatrocentas toneladas de fósforo todos os anos somente da Inglaterra. — Henry falava com um orgulho feliz, regozijando-se de todo o coração com a conquista, como se fosse sua. — É ótimo pensar que podemos continuar sendo socialmente úteis mesmo depois de mortos. Fazendo as plantas crescerem.

Lenina, entretanto, havia desviado o olhar e estava olhando perpendicularmente para baixo, para a estação do monotrilho.

— É ótimo — ela concordou. — Mas é estranho que Alfas e Betas não façam crescer mais plantas do que aqueles repelentes Gamas, Deltas e Épsilons lá embaixo.

— Todos os homens são físico-quimicamente iguais — sentenciou Henry. — Além disso, até os Épsilons realizam serviços indispensáveis.

— Até um Épsilon. — Lenina lembrou-se subitamente de uma ocasião em que, ainda menina na escola, acordou no meio da noite e se deu conta pela primeira vez dos sussurros que assombravam o sono. Ela viu novamente o raio de luar, a fileira de pequenas camas brancas; ouviu mais uma vez a voz macia e suave que dizia (as palavras estavam ali, inesquecíveis, inesquecidas depois de tantas repetições noturnas): "Todo mundo trabalha para todo mundo. Não podemos viver sem ninguém. Até os Épsilons são úteis. Não poderíamos viver sem os Épsilons. Todo mundo trabalha para todo mundo. Não podemos viver sem ninguém…". Lenina se lembrou de seu primeiro choque de medo e surpresa; suas especulações durante meia hora de vigília; e então, sob a influência das repetições intermináveis, o acalmar gradual de sua mente, o apaziguamento, a chegada furtiva do sono…

— Suponho que os Épsilons realmente não se importem de ser Épsilons — ela disse em voz alta.

— Claro que não. Como poderiam? Eles não sabem o que é ser outra coisa. Nós nos importaríamos, é claro. Mas também fomos condicionados de forma diferente. Além disso, começamos com uma hereditariedade diferente.

— Estou feliz por não ser uma Épsilon — Lenina disse, convicta.

— E se você fosse uma Épsilon — disse Henry —, seu condicionamento não a teria deixado menos feliz por não ser uma Beta ou uma Alfa. — Engrenou a hélice dianteira e conduziu a máquina na direção de Londres. Atrás deles, a oeste, o carmesim e o laranja já tinham quase se desvanecido; uma massa escura de nuvens havia se infiltrado no zênite. Enquanto voavam sobre o crematório, o avião disparou para cima na coluna de ar quente que subia das chaminés, apenas para cair tão repentinamente quando passou para o frio descendente mais além.

— Que zigue-zague maravilhoso! — Lenina riu, deliciada.

Mas o tom de Henry foi quase, por um momento, melancólico.

— Sabe o que foi esse zigue-zague? — ele disse. — Era algum ser humano desaparecendo, de modo definitivo e final. Subindo em um jato de gás quente. Seria curioso saber quem era... se um homem ou uma mulher, um Alfa ou um Épsilon... — suspirou. Então, com uma voz resolutamente alegre: — De qualquer forma — concluiu —, há uma coisa da qual podemos ter certeza; quem quer que tenha sido, era feliz quando estava vivo. Todo mundo é feliz agora.

— Sim, todo mundo é feliz agora — repetiu Lenina. Eles tinham ouvido essas palavras cento e cinquenta vezes, todas as noites, durante doze anos.

Aterrissando no telhado do prédio de quarenta andares de Henry em Westminster, eles foram direto para o refeitório. Ali, em companhia ruidosa e alegre, fizeram uma excelente refeição. Soma foi servido com o café. Lenina tomou dois comprimidos de meio grama e Henry três. Às nove e vinte eles atravessaram a rua para o recém-inaugurado Cabaré da Abadia de Westminster. Era uma noite quase sem nuvens, sem lua e estrelada; mas, desse fato deprimente, Lenina e Henry felizmente não estavam a par. Os sinais elétricos do céu efetivamente mantinham a escuridão externa à distância. "CALVIN STOPES E SEUS DEZESSEIS SEXOFONISTAS." Na fachada da nova abadia, as letras gigantescas brilhavam de forma convidativa. "O MELHOR ÓRGÃO DE COR E CHEIRO DE LONDRES. TODAS AS MÚSICAS SINTÉTICAS MAIS RECENTES."

Entraram. O ar parecia quente e meio irrespirável com o cheiro de âmbar-gris e sândalo. No teto abobadado do corredor, o órgão de cor havia pintado momentaneamente um pôr do sol tropical. Os Dezesseis Sexofonistas estavam tocando uma velha favorita: "Não há Garrafa em todo o mundo como a minha querida Garrafinha". Quatrocentos casais dançavam sobre o chão polido. Lenina e Henry viraram o de número quatrocentos e um. Os sexofones uivavam como gatos melodiosos sob a lua, gemiam nos registros de alto e tenor como se a pequena morte estivesse nos calcanhares deles. Rico em harmonias, seu coro trêmulo foi subindo em direção ao clímax, cada vez mais alto — até que, por fim, com um aceno de mão, o maestro soltou a nota final estilhaçante da música etérea e eliminou da existência os dezesseis sopros meramente humanos. Trovão em Lá Bemol Maior. E depois, em um quase silêncio, em uma quase escuridão, seguiu-se uma deturgescência gradual, um diminuendo deslizando pouco a pouco, por quartos de tom, para baixo, até um acorde dominante sussurrado levemente que permaneceu (enquanto os ritmos cinco por quatro ainda pulsavam lá embaixo) carregando os segundos escurecidos com uma expectativa intensa. E por fim a expectativa foi cumprida. Houve um nascer do sol repentino e explosivo e, simultaneamente, os Dezesseis começaram a cantar:

Garrafa minha, é você que eu sempre quis!
Garrafa minha, por que fui decantado?
Dentro de você os céus são azuis,
O tempo está sempre bom;
Pois
Não há Garrafa em todo o mundo
Como a minha querida Garrafinha.

Dançando o cinco passos com os outros quatrocentos ao redor do interior da Abadia de Westminster, Lenina e Henry estavam dançando também em outro mundo: o caloroso, o colorido, o infinitamente amigável mundo das férias de soma. Como todos ali eram gentis, bonitos e divertidos! "Garrafa minha, é você que eu sempre quis..." Mas Lenina e Henry tinham o que queriam... Eles estavam lá dentro, aqui e agora: seguros lá dentro com o bom tempo e o céu eternamente azul. E quando, exaustos, os Dezesseis colocaram de lado seus sexofones e o aparato de Música Sintética estava tocando a melodia mais recente no lento Blues Malthusiano, era como se eles fossem embriões gêmeos balançando juntos de modo suave nas ondas de um oceano engarrafado de substituto de sangue.

— Boa noite, queridos amigos. Boa noite, queridos amigos. — Os alto-falantes cobriam suas ordens com uma polidez musical e cordial. — Boa noite, queridos amigos.

Obedientemente, junto com todos os outros, Lenina e Henry deixaram o prédio. As estrelas deprimentes já haviam viajado bastante pelos céus. Mas embora a tela de separação dos letreiros no céu já tivesse se dissolvido em grande parte, os dois jovens ainda mantinham a feliz ignorância da noite.

Por terem engolido meia hora antes do horário de fechamento, aquela segunda dose de soma ergueu uma parede bastante impenetrável entre o universo real e suas mentes. Cheios até a tampa, eles atravessaram a rua; cheios até a tampa, pegaram o elevador até o quarto de Henry no vigésimo oitavo andar. E, no entanto, cheia até a tampa como estava, e apesar daquele segundo grama de soma, Lenina não se esqueceu de tomar todas as precauções contraceptivas prescritas pelo regulamento. Anos de hipnopedia intensiva e, dos doze aos dezessete anos, exercícios malthusianos três vezes por semana tornaram a tomada dessas precauções quase tão automática e inevitável quanto piscar os olhos.

— Ah, e isso me lembra uma coisa — disse ela, ao voltar do banheiro. — Fanny Crowne quer saber onde você encontrou aquela linda cartucheira verde de marroquim que me deu.

2

OS DIAS DO CULTO DE SOLIDARIEDADE de Bernard eram quintas-feiras alternadas. Depois de um jantar cedo no Aphroditaeum (para o qual Helmholtz havia sido eleito recentemente pela Regra Dois), ele se despediu do amigo e, chamando um táxi no telhado, disse ao homem para voar até o Coral Comunitário Fordson. A máquina subiu algumas centenas de metros, depois se dirigiu para o leste e, ao girar, diante dos olhos de Bernard, de uma beleza gigantesca, estava o Coral. Iluminados por holofotes, seus trezentos e vinte metros de substituto de mármore de Carrara branco reluziam com uma incandescência de neve sobre Ludgate Hill; em cada um dos quatro cantos da plataforma do helicóptero, um imenso T brilhava rubro contra a noite, e da boca de vinte e quatro vastas trombetas douradas ressoava uma solene música sintética.

— Droga, estou atrasado — disse Bernard para si mesmo ao avistar o Big Henry, o relógio do Coral. E, claro, enquanto ele pagava o táxi, Big Henry soou a hora. — Ford — cantou uma imensa voz de baixo saída de todas as trombetas douradas. — Ford, Ford, Ford. — Nove vezes. Bernard correu para o elevador.

O grande auditório para as celebrações do Dia de Ford e outros Cânticos Comunitários em massa ficava na parte inferior do prédio. Acima dela, cem para cada andar, ficavam os sete mil quartos usados pelos Grupos de Solidariedade para seus cultos quinzenais. Bernard desceu para o trigésimo terceiro andar, disparou pelo corredor, hesitou por um momento do lado de fora do quarto 3210 e, depois de se conter, abriu a porta e entrou.

Graças a Ford! Ele não era o último. Três das doze cadeiras dispostas em volta da mesa circular ainda estavam desocupadas. Ele deslizou para a mais próxima o mais discretamente possível e se preparou para franzir a testa para os que chegariam ainda mais tarde, caso chegassem.

Virando-se para ele:

— O que você estava jogando esta tarde? — a garota à sua esquerda perguntou. — Obstáculo ou Eletromagnético?

Bernard olhou para ela (Ford! Era Morgana Rothschild) e, ruborizando, teve que admitir que não estava jogando nenhum dos dois. Morgana olhou para ele com espanto. Silêncio constrangedor.

Então, propositadamente, ela se virou e se dirigiu ao homem mais esportivo à sua esquerda.

— Mas que belo começo para um Culto de Solidariedade — pensou Bernard, angustiado, e previu para si mesmo mais um fracasso em alcançar a expiação. Se ao menos ele tivesse se dado tempo para olhar ao redor em vez de correr para a cadeira mais próxima! Poderia ter se sentado entre Fifi Bradlaugh e Joanna Diesel. Em vez disso, ele foi e cegamente se plantou ao lado de Morgana. Morgana! Ford! Aquelas sobrancelhas negras dela... melhor dizendo, aquela sobrancelha, ponto: pois as duas se encontravam acima do nariz. Ford! E à sua direita estava Clara Deterding. É verdade, as sobrancelhas de Clara não se encontravam. Mas ela era pneumática demais. Ao passo que Fifi e Joanna estavam absolutamente na medida. Rechonchudas, louras, não muito grandes... E era aquele grande imbecil, Tom Kawaguchi, que agora se sentava entre elas.

A última a chegar foi Sarojini Engels.

— Você está atrasada — o Presidente do Grupo disse com severidade. — Que não volte a acontecer.

Sarojini se desculpou e ocupou seu lugar entre Jim Bokanovsky e Herbert Bakunin. O grupo agora estava completo, o círculo de solidariedade perfeito e sem falhas. Homem, mulher, homem, em um círculo de alternância sem fim em volta da mesa. Doze deles prontos para se tornarem um, esperando para se unir, se fundir, perder suas doze identidades separadas em um ser maior.

O presidente se levantou, fez o sinal do T e, ligando a música sintética, soltou a batida suave e infatigável dos tambores e um coro de instrumentos — de quase sopro e supercordas — que plangentemente repetia e repetia a breve e inevitável melodia assustadora do primeiro Hino de Solidariedade. De novo, de novo — e não era o ouvido que ouvia o ritmo pulsante, era o diafragma; o lamento e o clangor daquelas harmonias recorrentes atormentavam não a mente, mas as entranhas nostálgicas da compaixão.

O presidente fez outro sinal do T e se sentou. O serviço havia começado. Os comprimidos de soma específicos foram postos no centro da mesa. O amoroso copo de soma sabor sorvete de morango foi passado de mão em mão e, com a fórmula "Eu bebo à minha aniquilação", bebido doze vezes. Então, com o acompanhamento da orquestra sintética, foi cantado o Primeiro Hino de Solidariedade.

Ford, somos doze que se tornam unidade,
Gotas que correm no Rio da Sociedade;
Faça-nos juntos agora correr
Rápido como teu calhambeque a resplandecer.

Doze estrofes de desejo. E depois o cálice amoroso foi passado uma segunda vez. A fórmula agora era "Eu bebo ao Ser Maior". Todos beberam. A música tocava incansavelmente. A batida dos tambores. O choro e o choque das harmonias eram uma obsessão nas entranhas derretidas. Foi cantado o Segundo Hino de Solidariedade.

Venha, Ser Maior, Amigo Social,
Aniquilar os Doze-em-Um de todo o mal!
Desejamos morrer, pois quando isso terminar,
Nossa vida maior haverá de começar.

Novamente doze estrofes. Àquela altura o soma havia começado a fazer efeito. Os olhos brilhavam, as bochechas estavam vermelhas, a luz interior da benevolência universal irrompia em cada rosto em sorrisos felizes e amigáveis. Até Bernard se sentiu um pouco derretido. Quando Morgana Rothschild se virou e lhe sorriu, ele fez o possível para retribuir. Mas a sobrancelha, aquele dois em um preto... infelizmente, ainda estava lá; mas ele não podia ignorá-la, não podia, por mais que tentasse. O derretimento não havia sido grande o bastante. Talvez se tivesse se sentado entre Fifi e Joanna... Pela terceira vez, a taça de amor girou.

— Eu bebo à iminência de Sua Vinda — disse Morgana Rothschild, cuja vez de iniciar o rito circular havia chegado. Seu tom de voz era alto, exultante. Ela bebeu e passou a taça para Bernard.

— Eu bebo à iminência de Sua Vinda — repetiu ele, com uma tentativa sincera de sentir que a vinda era iminente; mas a sobrancelha continuava a atormentá-lo, e a Vinda, no que lhe dizia respeito, estava terrivelmente distante. Ele bebeu e entregou a xícara a Clara Deterding. "Vai ser um fracasso de novo", ele disse a si mesmo. "Eu sei que vai." Mas continuou fazendo o possível para sorrir.

A taça amorosa havia feito seu circuito. Levantando a mão, o presidente fez um sinal; o coral iniciou o terceiro Hino de Solidariedade.

Sinta o Ser Maior chegar!
Alegrem-se e na morte venham se alegrar!
Derretam-se no rufar que o tambor faz!
Pois eu sou você e você em mim jaz.

À medida que um verso se seguia a outro, as vozes vibravam com uma excitação cada vez mais intensa. A sensação da iminência da Vinda foi como uma tensão elétrica no ar. O Presidente desligou a música e, com a nota final da última estrofe, houve um silêncio absoluto: o silêncio da expectativa estendida, estremecendo e rastejando com uma vida galvânica. O Presidente estendeu a mão; e de repente uma Voz, uma Voz profunda e forte, mais musical do que qualquer voz meramente humana, mais rica, mais calorosa, mais vibrante de amor, anseio e compaixão, uma Voz maravilhosa, misteriosa e sobrenatural falou acima de suas cabeças. De maneira muito lenta, "Ah, Ford, Ford, Ford", ela dizia baixando e em escala decrescente. Uma sensação de calor irradiava de forma emocionante do plexo solar a todas as extremidades dos corpos dos ouvintes; lágrimas brotaram em seus olhos; seus corações, seus intestinos pareciam se mover dentro deles, como se tivessem uma vida independente. "Ford!", eles estavam derretendo, "Ford!", dissolvidos, dissolvidos. Então, em outro tom, de repente, surpreendentemente. "Ouçam!", trombeteou a voz. "Ouçam!" Eles ouviram. Depois de uma pausa, ela mergulhou num sussurro, mas um sussurro que de alguma forma era mais penetrante que o grito mais alto. "Os pés do Ser Maior", continuou, e repetiu as palavras: "Os pés do Ser Maior". O sussurro quase morreu. "Os pés do Ser Maior estão nas escadas." E mais uma vez houve silêncio; e a expectativa, momentaneamente relaxada, foi esticada de novo, mais tensa, mais tensa, quase a ponto de romper. Os pés do Ser Maior — ah, eles os ouviam, eles os ouviam, descendo de leve as escadas, chegando cada vez mais perto das escadas invisíveis. Os pés do Ser Maior. E de repente o ponto de ruptura foi alcançado. Olhos fixos, lábios entreabertos, Morgana Rothschild levantou-se de um salto.

— Estou ouvindo — ela gritou. — Estou ouvindo.

— Ele está chegando — gritou Sarojini Engels.

— Sim, ele está chegando, estou ouvindo. — Fifi Bradlaugh e Tom Kawaguchi se levantaram ao mesmo tempo.

— Ah, ah, ah! — Joanna testemunhou sem conseguir articular as palavras.

— Ele está chegando! — gritou Jim Bokanovsky.

O Presidente inclinou-se para frente e, com um toque, lançou um delírio de címbalos e metais de sopro, batuques em fúria.

— Ah, ele está chegando! — gritou Clara Deterding. — Ai! — e foi como se ela estivesse tendo a garganta cortada.

Sentindo que já era hora de fazer alguma coisa, Bernard também deu um pulo e gritou:

— Estou ouvindo; Ele está chegando. — Só que não era verdade. Ele não ouviu nada e, para ele, ninguém estava chegando. Ninguém — apesar da música, apesar da excitação crescente. Mas ele acenava com os braços, gritava junto com os melhores deles; e quando os outros começaram a sacudir, bater e arrastar os pés numa dancinha, ele também sacudiu, bateu e arrastou os pés.

Eles rodaram, uma procissão circular de dançarinos, cada um com as mãos nos quadris do dançarino precedente, dando voltas e mais voltas, gritando em uníssono, batendo os pés no ritmo da música, batendo, batendo com as mãos nas nádegas da pessoa da frente; doze pares de mãos batendo como um; como um, doze nádegas gelatinosas retumbantes. Doze como um, doze como um. — Estou ouvindo, Ele está chegando. — A música acelerou; mais rápido bateram os pés, mais rápido, mais rápido caíram as mãos rítmicas. E, de repente, um grande baixo sintético retumbou as palavras que anunciaram a aproximação da expiação e a consumação final da solidariedade, a vinda do Doze em Um, a encarnação do Ser Maior.

— Orgialegria — ele cantava, enquanto o batuque continuava marcando sua tatuagem febril:

Orgialegria, Ford e diversão,
Beije meninas e faça delas uma com tesão.
Meninos sendo um em paz com as meninas;
Orgialegria libera as endorfinas.

— Orgialegria — os dançarinos pegaram o refrão litúrgico —, Orgialegria, Ford e diversão, beije as meninas... — E enquanto cantavam, as luzes começavam a diminuir lentamente: a diminuir e ao mesmo tempo a ficar mais quentes, mais ricas, mais vermelhas, até que por fim todos estavam dançando no crepúsculo carmesim de uma Loja de Embriões. — Orgialegria... — Na escuridão fetal e cor de sangue, os dançarinos continuaram por um tempo a circular, a bater e bater no ritmo infatigável. — Orgialegria... — Então o círculo oscilou, quebrou-se, caiu em desintegração parcial no anel de sofás que o circundava — um círculo dentro do outro — a mesa e suas cadeiras planetárias. — Orgialegria... — Com ternura, a voz profunda sussurrava e arrulhava; no crepúsculo avermelhado, era como se uma enorme pomba negra pairasse benevolente sobre os dançarinos agora prostrados ou em decúbito dorsal.

Eles estavam no telhado; Big Henry tinha acabado de soar as onze. A noite estava calma e quente.

— Não foi maravilhoso? — perguntou Fifi Bradlaugh. — Não foi simplesmente maravilhoso? — Ela olhava para Bernard com uma expressão de êxtase, mas de um êxtase no qual não existia nenhum traço de agitação ou excitação: pois estar excitado ainda é estar insatisfeito. O dela era o êxtase tranquilo da consumação alcançada, a paz, não da mera saciedade vazia e do nada, mas da vida equilibrada, das energias em repouso e em equilíbrio. Uma paz rica e viva. Pois o Serviço de Solidariedade tinha dado tanto quanto tirado, retirado apenas para reabastecer. Ela estava cheia, ela tinha ficado perfeita, ela ainda era mais do que ela mesma. — Você não achou que foi maravilhoso? — ela insistiu, olhando para o rosto de Bernard com aqueles olhos sobrenaturalmente brilhantes.

— Sim, achei maravilhoso — ele mentiu e desviou o olhar; a visão do rosto dela, transfigurado, era ao mesmo tempo uma acusação e um lembrete irônico de sua própria separação. Ele estava tão miseravelmente isolado agora quanto na hora em que o serviço religioso começou — mais isolado por causa de seu vazio não restaurado, sua saciedade morta. Separado e sem expiação, enquanto os outros estavam se fundindo no Ser Maior; sozinho, mesmo no abraço de Morgana — muito mais sozinho, na verdade, mais desesperadamente ele mesmo do que jamais esteve em sua vida antes. Ele emergiu daquele crepúsculo carmesim para o clarão elétrico comum com uma vergonha intensificada a ponto de lhe causar agonia. Ele estava bem miserável e talvez (os olhos brilhantes dela o acusavam), talvez fosse sua própria culpa.

— Maravilhoso demais — ele repetiu; mas a única coisa em que conseguia pensar era na sobrancelha de Morgana.

6

I

ESTRANHO, ESTRANHO, ESTRANHO, ERA O VEREDICTO de Lenina sobre Bernard Marx. Tão estranho, de fato, que no decorrer das semanas seguintes ela se perguntou mais de uma vez se não deveria mudar de ideia sobre o feriado no Novo México e ir para o Polo Norte com Benito Hoover. O problema é que ela já conhecia o Polo Norte, estivera lá com George Edzel no verão passado e, além disso, tinha achado o lugar bastante sombrio. Nada para fazer, e o hotel era desesperadoramente antiquado: nenhuma televisão instalada nos quartos, nenhum órgão de cheiro, apenas a música sintética mais nojenta e só vinte e cinco Quadras de Squash Rolante para mais de duzentos hóspedes. Não, decididamente ela não poderia encarar o Polo Norte de novo. Além disso, só estivera na América uma vez antes. E, mesmo assim, de modo muito inadequado! Um fim de semana vagabundo em Nova York: teria sido com Jean-Jacques Habibullah ou Bokanovsky Jones? Ela não conseguia se lembrar. De qualquer forma, não tinha absolutamente nenhuma importância. A perspectiva de voar para o oeste outra vez, e por uma semana inteira, era muito convidativa. Além disso, por pelo menos três dias daquela semana eles estariam na Reserva Selvagem. Não mais do que meia dúzia de pessoas em toda a Central já esteve dentro de uma Reserva Selvagem. Como psicólogo Alfa-Mais, Bernard era um dos poucos homens que ela conhecia com direito a uma licença. Para Lenina, era uma oportunidade única. E, no entanto, a estranheza de Bernard também era tão única que ela hesitava em aceitar, tinha chegado a pensar em arriscar o Polo de novo com o velho e divertido Benito. Pelo menos Benito era normal. Já Bernard...

— Álcool em seu substituto de sangue — era a explicação de Fanny para cada excentricidade. Mas Henry, com quem, certa noite, quando estavam juntos na cama, Lenina discutira com bastante ansiedade sobre seu novo amante, Henry comparara o pobre Bernard a um rinoceronte.

— Não se pode ensinar truques a um rinoceronte — ele explicou em seu estilo breve e vigoroso. — Certos homens são quase rinocerontes; eles não respondem adequadamente ao condicionamento. Pobres-diabos! Bernard é um deles. Felizmente, ele é muito bom em seu trabalho. Caso contrário, o Diretor nunca o teria mantido. No entanto — acrescentou como forma de consolo —, acho que ele é bastante inofensivo.

Bastante inofensivo, talvez; mas também bastante inquietante. Essa mania, para começar, de fazer coisas em particular. O que significava, na prática, não fazer nada. Pois o que havia que se pudesse fazer em particular? (Além, é claro, de ir para a cama: mas não se podia fazer isso o tempo todo.) Sim, o que havia? Muito pouco. A primeira tarde em que saíram juntos foi particularmente boa. Lenina havia sugerido um mergulho no Torquay Country Club, seguido de um jantar na Oxford Union. Mas Bernard achava que haveria muita gente. Então, que tal uma partida de Golfe Eletromagnético na St. Andrews? Novamente, não: Bernard achava o Golfe Eletromagnético uma perda de tempo.

— Então, para que serve esse tempo todo? — perguntou Lenina com certo espanto.

Aparentemente, para fazer caminhadas no Distrito dos Lagos; pois era isso que ele agora propunha. Pousar no topo do Skiddaw e caminhar por algumas horas no mato.

— Sozinho com você, Lenina.

— Mas, Bernard, nós vamos ficar sozinhos a noite toda.

Bernard corou e desviou o olhar.

— Eu quis dizer sozinhos para conversar — murmurou.

— Conversar? Mas como assim? — Andar e falar: parecia uma maneira muito estranha de passar a tarde.

No final, ela o convenceu, muito contra sua vontade, a voar até Amsterdã para assistir às Quartas de Final do Campeonato Feminino de Luta Peso Pesado.

— No meio de uma multidão — ele resmungou. — Como de costume. — Ele permaneceu obstinadamente sombrio durante toda a tarde; não falava com os amigos de Lenina (dos quais conheceram dezenas na somateria entre as lutas); e apesar de sua infelicidade, recusou-se terminantemente a aceitar o sundae de framboesa de meio grama que ela empurrou para as suas mãos. — Prefiro ser eu mesmo — disse ele. — Eu mesmo, e desagradável. Não outra pessoa, mesmo que fosse alegre.

— Melhor um grama na mão que dois voando — disse Lenina, produzindo um tesouro brilhante de sabedoria ensinada durante o sono.

Bernard afastou o copo oferecido com impaciência.

— Ora, não fique bravo — disse ela. — Lembre-se de que um centímetro cúbico cura dez sentimentos negativos.

— Ah, pelo amor de Ford, fique quieta! — ele gritou.

Lenina deu de ombros.

— Um grama é sempre melhor do que uma droga — ela concluiu com dignidade, e tomou o sundae sozinha.

Ao atravessarem o Canal na volta, Bernard insistiu em parar sua hélice e pairar sob as pás do helicóptero a cerca de trinta metros das ondas. O tempo havia piorado; um vento sudoeste havia soprado, o céu estava nublado.

— Olhe — ele ordenou.

— Mas isso é horrível — disse Lenina, afastando-se da janela. Ela ficou horrorizada com o vazio da noite, com a água negra salpicada de espuma subindo e descendo por baixo deles, com a face pálida da lua, tão abatida e distraída entre as nuvens apressadas. — Vamos ligar o rádio. Rápido! — Ela alcançou o botão do dial no painel e o girou aleatoriamente.

— … os céus são azuis dentro de você — cantaram dezesseis falsetes trêmulos — o tempo está sempre… — Em seguida, um soluço e silêncio. Bernard havia desligado o aparelho.

— Quero ver o mar em paz — disse ele. — Não dá para olhar nada com aquele barulho pavoroso.

— Mas é adorável. E eu não quero olhar.

— Mas eu quero — ele insistiu. — Isso me faz sentir como se… — hesitou, em busca de palavras com as quais se expressar — como se eu fosse mais eu, se é que você entende o que quero dizer. Mais por conta própria, não tão parte de outra coisa. Não apenas uma célula do corpo social. Isso não faz você se sentir assim também, Lenina?

Mas Lenina estava chorando.

— É horrível, é horrível — ela não parava de repetir. — E como você pode falar assim sobre não querer fazer parte do corpo social? Afinal, todo mundo trabalha para todo mundo. Não podemos viver sem ninguém. Nem mesmo os Épsilons…

— Sim, eu sei — Bernard disse com desdém. — "Até mesmo os Épsilons são úteis"! Eu também sou. E eu bem que gostaria de não ser, diabos!

Lenina ficou chocada com sua blasfêmia.

— Bernard! — Ela protestou com uma voz de espanto e angústia. — Como você pode?

Em um tom diferente:

— Como eu posso? — ele repetiu, meditativo. — Não, o verdadeiro problema é: como é que eu não posso, ou melhor, porque, afinal, sei muito bem por que não posso, como seria se eu pudesse, se fosse livre, não escravizado pelo meu condicionamento.

— Mas, Bernard, você está dizendo as coisas mais terríveis.

— Você não gostaria de ser livre, Lenina?

— Eu não sei o que você quer dizer com isso. Eu sou livre. Livre para ter os momentos mais maravilhosos. Hoje em dia todo mundo é feliz.

Ele riu:

— Sim, "hoje em dia todo mundo é feliz". Começamos a dar isso às crianças aos cinco anos. Mas você não gostaria de ser livre para ser feliz de alguma outra forma, Lenina? À sua maneira, por exemplo; não da maneira de todo mundo.

— Eu não sei o que você quer dizer com isso — ela repetiu. Então, voltando-se para ele: — Ah, vamos voltar, Bernard — ela suplicou. — Eu odeio tanto isto aqui.

— Você não gosta de estar comigo?

— Mas é claro, Bernard. A questão é este lugar horrível.

— Achei que estaríamos mais... mais juntos aqui... com nada além do mar e da lua. Mais juntos do que naquela multidão, ou mesmo nos meus aposentos. Você não entende isso?

— Eu não entendo nada — ela disse, decidida, determinada a preservar sua incompreensão intacta. — Nada. Muito menos — ela continuou em outro tom — por que você não toma soma quando

— Adultos intelectualmente e durante o horário de trabalho — continuou ele. — Criancinhas quando se trata de sentimento e desejo.

— Nosso Ford amava as criancinhas.

Ignorando a interrupção:

— Outro dia me ocorreu subitamente — continuou Bernard — que talvez seja possível ser um adulto o tempo todo.

— Eu não estou entendendo. — O tom de Lenina era firme.

— Eu sei que não. E é por isso que fomos para a cama juntos ontem como bebês em vez de sermos adultos e esperar.

— Mas foi divertido — insistiu Lenina. — Não foi?

— Ah, a maior diversão — respondeu ele, mas com uma voz tão triste, com uma expressão tão profundamente infeliz, que Lenina sentiu todo o seu triunfo de repente evaporar. Talvez ele a tivesse achado muito gorda, afinal de contas.

— Eu avisei — foi tudo o que Fanny disse, quando Lenina fez suas confidências a ela. — É o álcool que colocaram no substituto dele.

— Mesmo assim — Lenina insistiu — eu gosto dele. Ele tem mãos tão lindas. E a maneira como move os ombros... é muito atraente. — Ela suspirou. — Mas eu gostaria que ele não fosse tão estranho.

2

PARANDO POR UM MOMENTO DO LADO DE FORA da porta da sala do Diretor, Bernard respirou fundo e endireitou os ombros, preparando-se para enfrentar a antipatia e a desaprovação que tinha certeza de encontrar lá dentro. Bateu e entrou.

— Uma permissão para o senhor rubricar, Diretor — ele disse da maneira mais tranquila possível, e pousou o papel na escrivaninha.

O Diretor olhou para ele com irritação. Mas o carimbo do

Escritório do Controlador Mundial estava no cabeçalho do papel, além da assinatura de Mustapha Mond, grossa e preta, na parte inferior. Tudo estava perfeitamente em ordem. O Diretor não tinha escolha. Desenhou suas iniciais — duas pequenas letras pálidas abjetas aos pés de Mustapha Mond —, e estava prestes a devolver o documento sem uma palavra de comentário ou o cordial "vá com Ford", quando seu olhar foi atraído por algo escrito no corpo da licença.

— Para a Reserva do Novo México? — disse ele, e seu tom de voz e o rosto que ergueu para Bernard expressavam uma espécie de espanto agitado.

Surpreso com a surpresa dele, Bernard assentiu. Houve um silêncio.

O Diretor recostou-se na cadeira, franzindo a testa.

— Há quanto tempo foi isso? — perguntou, falando mais para si mesmo do que para Bernard. — Vinte anos, suponho. Quase vinte e cinco. Eu devia ter a sua idade... — Ele suspirou e balançou a cabeça.

Bernard se sentiu muito desconfortável. Um homem tão convencional, tão escrupulosamente correto quanto o Diretor — e cometer um solecismo tão grosseiro! Isso o fez querer esconder o rosto, correr para fora da sala. Não que ele mesmo visse algo intrinsecamente questionável em pessoas falando sobre o passado remoto; esse era um daqueles preconceitos hipnopédicos dos quais ele tinha (assim imaginava) se livrado por completo. O que o deixou incomodado foi saber que o Diretor desaprovava: desaprovava e ainda assim havia sido atraído para fazer o que era proibido. Sob qual compulsão interna? Em meio ao desconforto, Bernard ouviu com ansiedade.

— Tive a mesma ideia que você — dizia o Diretor. — Eu queria dar uma olhada nos selvagens. Consegui uma licença para o Novo México e fui passar as férias de verão lá. Com a garota que eu ao bater a porta atrás de si, pensando que estava sozinho, lutando contra a ordem das coisas; exultante pela consciência inebriante de seu significado e importância individuais. Até mesmo a ideia de perseguição o deixava impassível, era mais excitante que deprimente. Ele se sentia forte o bastante para enfrentar e superar a emoção negativa, forte o bastante para encarar até mesmo a Islândia. E essa confiança era ainda maior porque nem por um instante ele realmente acreditou que seria chamado a encarar qualquer coisa. As pessoas simplesmente não eram transferidas para coisas assim. A Islândia era apenas uma ameaça. Uma ameaça muito estimulante e vital. Caminhando pelo corredor, ele chegou até a assoviar.

Heroico foi o relato que fez naquela noite de sua entrevista com o D.I.C.

— Diante disso — concluiu —, eu disse a ele para ir para o Passado Sem Fundo e marchei para fora da sala. E foi isso. — Olhou para Helmholtz Watson com expectativa, aguardando sua devida recompensa de simpatia, encorajamento, admiração. Mas nenhuma palavra saiu de sua boca. Helmholtz ficou sentado em silêncio, olhando para o chão.

Ele gostava de Bernard; era grato por ser o único homem de seu conhecimento com quem poderia falar sobre os assuntos que considerava importantes. No entanto, havia coisas em Bernard que ele odiava. Essa ostentação, por exemplo. E as explosões de uma autocomiseração abjeta com as quais alternava. E o seu hábito deplorável de ser ousado depois do acontecimento e repleto, na ausência, da mais extraordinária presença de espírito. Ele odiava essas coisas — só porque gostava de Bernard. Os segundos se passaram. Helmholtz continuou a olhar para o chão. E de repente Bernard corou e se virou.

3

A VIAGEM TRANSCORREU SEM PROBLEMAS. O Foguete Pacífico Azul estava dois minutos e meio adiantado em New Orleans, perdeu quatro minutos num tornado sobre o Texas, mas voou numa corrente de ar favorável na longitude 95 Oeste e conseguiu pousar em Santa Fé com menos de quarenta segundos de atraso no cronograma.

— Quarenta segundos num voo de seis horas e meia. Não é tão ruim — admitiu Lenina.

Dormiram em Santa Fé naquela noite. O hotel era excelente, incomparavelmente melhor, por exemplo, que aquele horrível Palácio Aurora Bora em que Lenina sofrera tanto no verão anterior. Ar líquido, televisão, massagem com vibrocompressão a vácuo, rádio, solução fervente de cafeína, anticoncepcionais quentes e oito tipos diferentes de aromas estavam disponíveis em cada quarto. A planta de música sintética estava funcionando quando eles entraram no salão, e não deixava nada a desejar. Um aviso no elevador anunciou que havia sessenta Quadras de Squash Rolante no hotel, e que Golfe de Obstáculos e Eletromagnético podiam ser jogados no parque.

— Mas parece adorável demais — exclamou Lenina. — Quase gostaria que pudéssemos ficar aqui. Sessenta Quadras de Squash Rolante…

— Não haverá nenhuma na Reserva — Bernard avisou. — E sem cheiro, sem televisão, até mesmo sem água quente. Se acha que não vai aguentar, fique aqui até eu voltar.

Lenina ficou bastante ofendida.

— Claro que eu aguento. Eu só disse que era adorável aqui porque… bem, porque o progresso é adorável, não é?

— Quinhentas repetições uma vez por semana, dos treze aos dezessete — disse Bernard, cansado, como se falasse para si mesmo.

— O que você disse?

Seis vezes vinte e quatro... não, seria mais próximo de seis vezes trinta e seis. Bernard estava pálido e tremia de impaciência. Mas, inexoravelmente, a retumbância continuou.

— ... cerca de sessenta mil índios e mestiços... completos selvagens... nossos inspetores os visitam de tempos em tempos... caso contrário, nenhuma comunicação com o mundo civilizado... ainda preservam seus hábitos e costumes repulsivos... casamento, se você sabe o que é isso, minha cara jovem; famílias... sem condicionamento... superstições monstruosas... Cristianismo, totemismo e adoração dos ancestrais... línguas extintas, como *zuñi*, espanhol e atabasca... pumas, porcos-espinhos e outros animais ferozes... doenças infecciosas... padres... lagartos peçonhentos...

— Não diga!

Por fim conseguiram escapar. Bernard correu para o telefone. Rápido, rápido; mas levou quase três minutos para chegar a Helmholtz Watson.

— Já poderíamos estar entre os selvagens — ele se queixou. — Maldita incompetência!

— Tome um grama — sugeriu Lenina.

Ele recusou, preferindo sua raiva. E, finalmente, graças a Ford, a ligação havia sido completada e sim, era Helmholtz; Helmholtz, a quem explicou o ocorrido, e que prometeu passar lá imediatamente, imediatamente, e fechar a torneira, sim, de uma vez, mas aproveitou para lhe dizer o que o D.I.C. tinha dito, em público, ontem à noite...

— O quê? Ele está procurando alguém para tomar meu lugar? — A voz de Bernard estava agoniada. — Então está mesmo decidido? Ele mencionou a Islândia? Mencionou, você disse? Ford! Islândia... — Ele desligou o fone e se voltou para Lenina. Seu rosto estava pálido, sua expressão totalmente abatida.

— O que aconteceu? — ela perguntou.

— O que aconteceu? — Ele caiu pesadamente em uma cadeira. — Vou ser enviado para a Islândia.

Com frequência, no passado, ele havia se perguntado como seria estar sujeito (sem soma e com nada além de seus próprios recursos internos para confiar) a alguma grande provação, alguma dor, alguma perseguição; ele até ansiava por uma aflição dessas. Não fazia uma semana, no escritório do Diretor, imaginou-se resistindo com coragem, aceitando estoicamente o sofrimento sem dizer uma palavra. As ameaças do diretor de fato o exaltaram, o fizeram se sentir grande. Mas isso, como ele agora percebeu, era porque não havia levado as ameaças muito a sério; não tinha acreditado que, quando chegasse a hora, o D.I.C. faria alguma coisa de verdade. Agora que parecia que as ameaças realmente seriam cumpridas, Bernard estava chocado. Daquele estoicismo imaginado, daquela coragem teórica, não sobrava um vestígio.

Enfureceu-se com ele mesmo — que idiota! —, contra o Diretor — que injusto não lhe dar aquela outra chance, aquela outra chance que, agora ele não tinha nenhuma dúvida, sempre pretendeu aproveitar. E Islândia, Islândia...

Lenina balançou a cabeça.

— "Se ficar doente vou" — ela citou —, "eu tomo um grama e apenas sou."

No fim, ela o convenceu a engolir quatro comprimidos de soma. Cinco minutos depois, as raízes e os frutos foram abolidos; a flor do presente desabrochou rosada. Uma mensagem do porteiro anunciou que, por ordem do Diretor, um Guarda da Reserva havia chegado com um avião e estava esperando no telhado do hotel. Eles subiram imediatamente. Um oitavão* de uniforme verde-Gama os saudou e começou a recitar o programa da manhã.

Uma vista aérea de dez ou doze dos principais *pueblos*, em seguida um desembarque para o almoço no vale de Malpaís. O alojamento lá era confortável, e no *pueblo* os selvagens provavelmente estariam celebrando seu festival de verão. Seria o melhor lugar para passar a noite.

*Tradução da palavra *octoroon*, termo deletério do começo do século XX, hoje em desuso, para designar pessoas com um oitavo de ancestralidade africana ou aborígene australiana e sete oitavos de origem europeia. Parte de um conjunto de designações raciais que enfatizavam a quantidade mínima de ancestralidade da pessoa: outros termos comuns eram "quadrão" (para pessoas com um quarto de ancestralidade africana ou aborígene) e "mulato" (para pessoas com metade dessa ancestralidade). (N. do T.)

Eles se sentaram no avião e partiram. Dez minutos mais tarde, estavam cruzando a fronteira que separava a civilização da selvageria. Subindo e descendo colinas, atravessando os desertos de sal ou areia, passando pelas florestas, pelas profundezas violeta dos cânions, sobre penhascos, picos e mesetas com tampo achatado, a cerca avançava contínua e irresistivelmente em linha reta, o símbolo geométrico do objetivo triunfante humano. E ao seu pé, aqui e ali, um mosaico de ossos brancos, uma carcaça ainda não apodrecida, escura no chão amarronzado, marcava o lugar onde veados ou bois, pumas, porcos-espinhos ou coiotes, ou os gananciosos urubus atraídos pelo cheiro de carniça e fulminados como se por justiça poética, haviam chegado perto demais dos fios destruidores.

— Eles nunca aprendem — disse o piloto de uniforme verde, apontando para os esqueletos no chão abaixo deles. — E nunca aprenderão — acrescentou e riu, como se de alguma forma tivesse conquistado um triunfo pessoal sobre os animais eletrocutados.

Bernard também riu; depois de dois gramas de soma, a piada parecia, por algum motivo, boa. Riu e então, quase imediatamente, adormeceu, e no sono foi carregado sobre Taos e Tesuque; sobre Nambe, Picuris e Pojoaque, sobre Sia e Cochiti, sobre Laguna, Acoma e a Mesa Encantada, sobre Zuñi, Cibola e Ojo Caliente, e finalmente acordou para encontrar a máquina parada no chão, Lenina carregando as malas para uma casinha quadrada e o oitavão verde-Gama falando algo incompreensível com um jovem índio.

— Malpaís — explicou o piloto, enquanto Bernard descia. — Este é o alojamento. E vai haver um baile hoje à tarde no *pueblo*. Ele vai levar vocês lá. — Apontou para o jovem selvagem taciturno. — Vai ser divertido, espero. — Ele sorriu. — Tudo o que eles fazem é divertido. — E com isso subiu no avião e ligou os motores. — Volto amanhã. E lembre-se — acrescentou de forma tranquilizadora a Lenina —, eles são bem mansos; selvagens não farão mal nenhum a você. Eles têm experiência suficiente com bombas de gás para saber que não devem pregar peças. — Ainda rindo, acionou as pás do helicóptero, acelerou e foi embora.

A MESETA ERA COMO UM NAVIO ANCORADO em um estreito de poeira cor de leão. O canal serpenteava entre margens íngremes e, inclinada de uma parede a outra através do vale, corria uma faixa verde: o rio e seus campos. Na proa daquele navio de pedra no centro do estreito, e aparentemente numa parte dele, num afloramento moldado e geométrico da rocha nua, ficava o *pueblo* de Malpaís. Um bloco em cima do outro, cada andar menor que o inferior, as casas altas se erguiam como pirâmides com degraus e amputadas no céu azul. Aos pés desses degraus, uma confusão de edifícios baixos, um entrecruzamento de paredes; e em três lados os precipícios despencavam na planície. Algumas colunas de fumaça subiam perpendicularmente para o ar sem vento e se perdiam.

— Esquisito — disse Lenina. — Muito esquisito. — Era sua palavra comum de condenação. — Não estou gostando. E não gosto daquele homem. — Ela apontou para o guia índio que havia sido designado para levá-los até o *pueblo*. Seu sentimento era evidentemente correspondido; as próprias costas do homem, enquanto caminhava diante deles, eram hostis, taciturnamente desdenhosas. — Além disso — ela baixou a voz —, ele fede.

Bernard não tentou negar. Seguiram em frente.

De repente, era como se todo o ar tivesse ganhado vida e estivesse pulsando, pulsando com o movimento infatigável do sangue. Lá em cima, em Malpaís, estavam batendo tambores. Os pés deles entraram no ritmo daquele coração misterioso; eles aceleraram o passo. A trilha que seguiam os levou até o pé do precipício. Os lados do navio da grande mesa elevavam-se sobre eles, a noventa metros da amurada.

— Eu gostaria que pudéssemos ter trazido o avião — disse Lenina, olhando ressentida para a encosta lisa logo à frente. — Eu odeio caminhar. E você se sente tão pequeno quando está no chão, no pé de uma colina.

Eles caminharam, percorrendo parte do caminho na sombra da meseta, contornaram uma projeção e ali, numa ravina erodida pela água, estava a escada da escotilha. Subiram. Era um caminho muito íngreme que ziguezagueava de um lado para outro da ravina. Às vezes, a pulsação dos tambores era quase inaudível, em outros momentos pareciam estar batendo logo ali na esquina.

Quando estavam na metade do caminho, uma águia passou voando tão perto deles que o vento de suas asas soprou um ar frio em seus rostos. Em uma fenda da rocha havia uma pilha de ossos. Era tudo opressivamente esquisito, e o índio fedia cada vez mais. Eles por fim saíram da ravina para a luz do sol. O topo do planalto era um convés plano de pedra.

— Como a Torre Charing-T — foi o comentário de Lenina. Mas ela não pôde desfrutar da descoberta dessa semelhança tranquilizadora por muito tempo. Um som abafado de pés macios os fez se virar. Nus da garganta ao umbigo, os corpos marrom-escuros pintados de linhas brancas ("como quadras de tênis de asfalto", Lenina explicaria mais tarde), os rostos inumanos com manchas de cor escarlate, preta e ocre, dois índios vinham correndo pelo caminho. Seus cabelos negros estavam trançados com pelo de raposa e flanela vermelha. Mantos de penas de peru esvoaçavam de seus ombros; enormes diademas de penas explodiam espalhafatosamente em volta de suas cabeças. A cada passo que davam, ouviam-se o tilintar e o chocalhar de suas pulseiras de prata, seus pesados colares de contas de osso e turquesa. Eles avançaram sem dizer uma palavra, correndo silenciosamente com seus mocassins de pele de veado. Um deles estava segurando uma escova de penas; o outro carregava, em cada mão, o que parecia ser, a distância, três ou quatro pedaços de corda grossa. Uma das cordas se retorceu inquieta e, de repente, Lenina percebeu que eram cobras.

Os homens se aproximaram; seus olhos escuros a fitavam, mas sem dar qualquer sinal de reconhecimento, o menor sinal de que a tinham visto ou que estavam conscientes de sua existência. A cobra que se contorcera voltou a pender molemente com as demais. Os homens passaram.

— Não estou gostando disso — disse Lenina. — Não estou gostando disso.

Gostou ainda menos do que a esperava na entrada do *pueblo*, onde o guia os havia deixado enquanto entrava para receber instruções. A sujeira, para começar, as pilhas de lixo, a poeira, os cachorros, as moscas. Seu rosto se enrugou numa careta de desgosto. Levou o lenço ao nariz.

— Mas como eles podem viver assim? — ela explodiu numa voz de incredulidade indignada. (Não era possível.)

Bernard deu de ombros filosoficamente.

— De qualquer maneira — disse —, eles têm feito isso nos últimos cinco ou seis mil anos. Então, suponho que já devam estar acostumados.

— Mas a limpeza é o caminho da fordeza — ela insistiu.

— Sim, e civilização é esterilização — continuou Bernard, concluindo em tom de ironia a segunda lição hipnopédica de higiene elementar. — Mas essas pessoas nunca ouviram falar de Nosso Ford e não são civilizadas. Portanto, não há razão para...

— Ah! — Ela agarrou o braço dele. — Veja.

Um índio quase nu descia muito devagar a escada do terraço do primeiro andar de uma casa vizinha, degrau após degrau, com a cautela trêmula da extrema velhice. Seu rosto era bastante enrugado e preto, como uma máscara de obsidiana. A boca desdentada havia murchado. Nos cantos dos lábios e em cada lado do queixo, algumas cerdas longas brilhavam quase brancas contra a pele escura. Os longos cabelos não trançados caíam em mechas grisalhas em volta do rosto. Seu corpo estava curvado e emaciado até os ossos, quase sem carne. Ele descia muito devagar, parando em cada degrau antes de se aventurar a dar outro passo.

— Qual o problema com ele? — Lenina sussurrou. Seus olhos estavam arregalados de horror e espanto.

— Ele é velho, só isso — respondeu Bernard da forma mais descuidada que pôde. Ele também estava espantado; mas fez um esforço para parecer impassível.

— Velho? — ela repetiu. — Mas o Diretor é velho; muita gente é velha; eles não são assim.

— Isso é porque não permitimos que eles fiquem assim. Nós os preservamos de doenças. Balanceamos artificialmente suas secreções internas, mantendo um equilíbrio juvenil. Não permitimos que sua proporção de magnésio-cálcio caia abaixo do que era aos trinta. Damos transfusão de sangue jovem a eles. Mantemos seu metabolismo estimulado sempre. Então é claro que eles não se parecem com isso. Em parte — acrescentou — porque a maioria deles morre muito antes de atingir a idade desta velha criatura. Juventude quase intacta até os sessenta anos, e então, pou! fim.

Mas Lenina não estava ouvindo. Estava observando o velho. Lentamente, lentamente, ele desceu. Seus pés tocaram o chão. Ele se virou. Em suas órbitas profundas, seus olhos ainda eram extraordinariamente brilhantes. Eles a olharam por um longo momento, sem expressão, sem surpresa, como se ela nem tivesse estado ali. Então, devagar, com as costas curvadas, o velho passou mancando por eles e foi embora.

— Mas é terrível — sussurrou Lenina. — É terrível. Não devíamos ter vindo aqui. — Ela procurou por seu soma no bolso... apenas para descobrir que, por algum descuido sem precedentes, ela havia deixado o vidrinho no alojamento. Os bolsos de Bernard também estavam vazios.

Lenina estava sem ajuda nenhuma para enfrentar os horrores de Malpaís, que vinham se aglomerando sobre ela de maneira densa e rápida. O espetáculo de duas jovens dando os seios a seus bebês a fez corar e virar o rosto. Ela nunca tinha visto nada tão indecente em sua vida. E o pior é que, em vez de ignorar isso com tato, Bernard começou a fazer comentários abertos sobre essa cena vivípara revoltante. Envergonhado, agora que os efeitos do soma haviam passado, da fraqueza que demonstrara naquela manhã no hotel, ele se esforçou para se mostrar forte e pouco ortodoxo.

— Que relacionamento maravilhosamente íntimo — disse ele, de modo deliberadamente ultrajante. — E que intensidade de sentimento isso deve gerar! Muitas vezes penso que alguém pode ter perdido algo por não ter tido uma mãe. E talvez você tenha perdido algo por não ser mãe, Lenina. Imagine-se sentada ali com um bebezinho todo seu...

— Bernard! Como pode? — A passagem de uma velha com oftalmia e uma doença de pele a distraiu de sua indignação.

— Vamos embora — ela implorou. — Não estou gostando disso.

Mas nesse momento o guia voltou e, acenando para que o seguissem, abriu caminho pela rua estreita entre as casas.

Dobraram uma esquina. Um cachorro morto estava caído numa pilha de lixo; uma mulher com bócio procurava piolhos no cabelo de uma menina. O guia deles parou ao pé de uma escada, ergueu a mão perpendicularmente e a lançou horizontalmente para frente. Em silêncio, eles fizeram o que ele mandou: subiram a escada e atravessaram a porta, a qual dava acesso a uma sala comprida e estreita, um tanto escura e cheirando a fumaça, gordura cozida e roupas muito gastas e há muito não lavadas. Na outra extremidade da sala havia mais uma porta, por onde vinham um raio de luz e o barulho, muito alto e próximo, dos tambores.

Eles cruzaram a soleira e se encontraram em um amplo terraço. Abaixo deles, fechada pelas casas altas, ficava a praça da aldeia, apinhada de índios. Cobertores de cores vivas, penas nos cabelos pretos, o brilho da turquesa e peles escuras reluzentes de calor. Lenina levou o lenço ao nariz de novo. No espaço aberto no centro da praça havia duas plataformas circulares de alvenaria e barro amassado: os telhados, evidentemente, de câmaras subterrâneas; pois no centro de cada plataforma havia uma escotilha aberta, com uma escada emergindo da escuridão inferior. O som de uma flauta subterrânea soou e quase se perdeu na persistência constante e implacável dos tambores.

Lenina gostava dos tambores. Fechando os olhos, entregou-se ao trovejar suave e repetido deles, permitindo que invadisse sua consciência mais e mais completamente, até que, por fim, não havia mais nada no mundo a não ser essa pulsação profunda de som. Isso a fez se lembrar de forma tranquilizadora dos ruídos sintéticos dos Serviços de Solidariedade e das comemorações do Dia de Ford.

— Orgialegria — ela sussurrou para si mesma. Esses tambores tocavam exatamente os mesmos ritmos.

Houve uma explosão repentina de canto: centenas de vozes masculinas gritando ferozmente num uníssono metálico áspero. Algumas notas longas e silêncio, o silêncio estrondoso dos tambores;

depois uma estridência, num agudo oscilante, a resposta das mulheres. Em seguida, os tambores mais uma vez; e mais uma vez a afirmação profunda e selvagem da masculinidade dos homens.

Esquisito... Sim. O lugar era esquisito, a música também, as roupas, o bócio, as doenças de pele e os velhos. Mas a performance em si... não parecia haver nada de especialmente esquisito naquilo.

— Isso me lembra um Canto Comunitário de casta inferior — ela disse a Bernard.

Mas, um pouco mais tarde, isso já a estava lembrando bem menos daquela função inócua. Pois subitamente enxameou, do fundo dessas câmaras redondas no subsolo, uma tropa medonha de monstros. Horrivelmente mascarados ou pintados de modo a apagar todo e qualquer semblante de humanidade, eles começaram uma estranha dança cambaleante ao redor da praça; girando e girando, cantando o tempo todo, girando e girando: cada vez um pouco mais rápido; e os tambores mudaram e aceleraram seu ritmo, de modo que se tornou como uma pulsação de febre nos ouvidos; e a multidão começou a cantar com os dançarinos, cada vez mais alto; e primeiro uma mulher gritou, depois outra e outra, como se estivessem sendo mortas; e então de repente o líder dos dançarinos saiu da fila, correu até um grande baú de madeira que estava em uma extremidade da praça, levantou a tampa e puxou de dentro um par de cobras pretas. Um grande grito veio da multidão, e todos os outros dançarinos correram em sua direção com as mãos estendidas. Ele jogou as cobras para os primeiros a chegar, e mergulhou de volta no baú para pegar mais. Cada vez mais, cobras pretas, marrons e sarapintadas: ele não parava de distribuí-las. E a dança começou novamente em um ritmo diferente. Eles continuaram a girar e girar com suas cobras, serpenteando, com um movimento ondulante suave de joelhos e quadris. Girando e girando. Então o líder fez um sinal e, uma após a outra, todas as cobras foram atiradas no meio da praça; um velho emergiu do subsolo e as aspergiu com fubá de milho, e da outra passagem veio uma mulher e as aspergiu com água de um jarro preto. O velho ergueu a mão e, de maneira espantosa, assustadora, houve um silêncio absoluto. Os tambores pararam de bater, a vida parecia ter chegado ao fim. O velho apontou para as duas escotilhas que davam entrada para o mundo inferior. E lentamente, levantada por mãos invisíveis de baixo, emergiu de uma a imagem pintada de uma águia, da outra a de um homem, nu e pregado numa cruz. Eles ficaram pendurados ali, aparentemente autossustentados, como se estivessem assistindo. O velho bateu palmas. Nu, exceto por uma tanga de algodão branca, um rapaz de seus dezoito anos saiu da multidão e parou diante dele, as mãos cruzadas sobre o peito e a cabeça baixa. O velho fez o sinal da cruz sobre ele e se afastou. Lentamente, o menino começou a contornar a pilha de cobras se contorcendo. Havia completado a primeira volta e estava na metade da segunda quando, entre os dançarinos, um homem alto usando máscara de coiote e segurando na mão um chicote de couro trançado avançou em sua direção. O menino seguiu em frente como se não soubesse da existência do outro. O coiote ergueu o chicote, houve um longo momento de expectativa, depois um movimento rápido, o assobio do chicote e seu impacto sonoro e estridente sobre a carne. O corpo do menino estremeceu; mas ele não emitiu nenhum som, caminhou no mesmo ritmo lento e constante. O coiote bateu de novo e de novo; e a cada golpe, primeiro um suspiro, e então um gemido profundo subiu da multidão. O menino caminhou. Duas, três, quatro voltas. O sangue escorria. Cinco voltas, seis voltas. De repente, Lenina cobriu o rosto com as mãos e começou a soluçar.

— Ah, impeça eles, impeça eles! — implorou.

Mas o chicote caiu e caiu inexoravelmente. Sete voltas. De repente, o rapaz cambaleou e, ainda sem fazer barulho, caiu de cara no chão. Curvando-se sobre ele, o velho tocou suas costas com uma longa pena branca, ergueu-a por um momento, rubra, para que as pessoas a vissem, depois sacudiu-a três vezes em cima das cobras. Algumas gotas caíram e os tambores irromperam outra vez num pânico de notas apressadas; um grande grito se fez ouvir. Os dançarinos avançaram, pegaram as cobras e correram para fora da praça. Homens, mulheres, crianças, toda a multidão correu atrás deles. Um minuto depois, a praça estava vazia, apenas o rapaz permanecia deitado onde havia caído, completamente imóvel. Três velhas saíram de uma das casas e, com certa dificuldade, levantaram-no e carregaram-no para dentro. A águia e o homem da cruz montaram guarda por um tempo sobre o *pueblo* vazio; depois, como se já tivessem visto o suficiente, afundaram pelas aberturas, fora da vista, para o mundo inferior.

Lenina ainda soluçava.

— Terrível demais — ela repetia, e todos os consolos de Bernard foram em vão. — Que horrível! Esse sangue! — Ela estremeceu. — Ah, como eu gostaria de ter meu soma.

Ouviu-se o som de pés na antessala.

Lenina não se mexeu, mas ficou sentada com o rosto nas mãos, sem ver, distante. Apenas Bernard se virou.

A roupa do jovem que agora entrava no terraço era indígena; mas seus cabelos trançados eram da cor de palha, seus olhos de um azul-claro e sua pele, uma pele branca, bronzeada.

— Olá. Boa manhã — disse o estranho, num inglês impecável, mas peculiar. — Vocês são civilizados, não são? Vêm do Outro Lugar, fora da Reserva?

— Mas quem diabos...? — Bernard disse, atônito.

O jovem suspirou e balançou a cabeça.

— Um cavalheiro deveras infeliz. — E apontando para as manchas de sangue no centro da praça: — Estão vendo aquela mancha amaldiçoada? — ele perguntou com uma voz que tremia de emoção.

— Um grama é melhor que uma droga — disse Lenina mecanicamente por trás das mãos. — Queria tanto ter meu soma!

— Era eu quem deveria ter estado lá — continuou o jovem. — Por que eles não me deixaram ser o sacrifício? Eu teria dado dez voltas: doze, quinze. Palowhtiwa só foi até sete. Eles poderiam ter tido o dobro de sangue de mim. Púrpura do mar universal. — Ele abriu os braços em um gesto generoso; então, desesperadamente, deixou-os cair de novo. — Mas não me deixaram. Minha compleição lhes desagradava. Sempre foi assim. Sempre. — Lágrimas brotaram dos olhos do jovem; ele ficou com vergonha e se virou.

O espanto fez Lenina esquecer a privação do soma. Ela descobriu o rosto e, pela primeira vez, olhou para o estranho.

— Você quer dizer que queria levar as chicotadas?

Ainda voltado para o outro lado, o jovem fez um sinal afirmativo.

— Pelo bem do *pueblo*: para fazer a chuva vir e o milho crescer. E para agradar Pookong e Jesus. E depois para mostrar que posso suportar a dor sem gritar. Sim — e sua voz de repente assumiu uma nova ressonância, ele se virou, endireitando os ombros, altivo, e erguendo o queixo de modo orgulhoso e desafiador —, para mostrar que sou um homem... Ah! — deu um suspiro e ficou em silêncio, boquiaberto. Ele tinha visto, pela primeira vez na vida, o rosto de uma garota cujas bochechas não eram da cor de chocolate ou pele de cachorro, cujo cabelo era ruivo e permanentemente ondulado, e cuja expressão (incrível novidade!) era de interesse benevolente. Lenina estava sorrindo para ele; um rapaz tão bonito, ela estava pensando, e um corpo realmente lindo. O sangue subiu para o rosto do jovem; ele baixou os olhos, ergueu-os outra vez por um momento apenas para encontrá-la ainda sorrindo para ele, e estava tão emocionado que precisou se virar e fingir que estava olhando fixamente para algo do outro lado da praça.

As perguntas de Bernard foram uma distração. Quem? Como? Quando? De onde? Mantendo os olhos fixos no rosto de Bernard (pois ele desejava tanto ver Lenina sorrindo que simplesmente não ousava olhar para ela), o jovem tentou se explicar. Linda e ele — Linda era sua mãe (a palavra fazia Lenina parecer desconfortável) — eram estranhos na Reserva. Linda viera do Outro Lugar havia muito tempo, antes de ele nascer, com um homem que era seu pai. (Bernard apurou os ouvidos.) Ela foi caminhar sozinha por aquelas montanhas lá ao norte, caiu em um lugar íngreme e machucou a cabeça. ("Continue, continue", disse Bernard, entusiasmado.) Alguns caçadores de Malpaís a encontraram e a trouxeram para o *pueblo*. Quanto ao homem que era seu pai, Linda nunca mais o vira. Seu nome era Tomakin. (Sim, "Thomas" era o primeiro nome do D.I.C.) Ele deve ter voado para longe, de volta para o Outro Lugar, para longe, sem ela — um homem mau, cruel e impiedoso.

— E assim acabei por nascer em Malpaís — concluiu. — Em Malpaís. — E balançou a cabeça.

A miséria daquela casinha nos arredores do *pueblo*!

Um espaço de poeira e refugos o separava da aldeia. Dois cães famintos farejavam obscenamente o lixo à sua porta. Lá dentro, quando eles entraram, o crepúsculo fedia e estava barulhento de moscas.

— Linda! — o jovem chamou.

Da sala interna, uma voz feminina bastante rouca disse:

— Já vou.

Eles esperaram. Em tigelas no chão estavam os restos de uma refeição, talvez de várias refeições.

A porta se abriu. Uma mulher loura muito troncuda cruzou a soleira e ficou olhando para os estranhos, incrédula, boquiaberta. Lenina percebeu com desgosto que lhe faltavam dois dos dentes da frente. E a cor dos que restavam... Ela estremeceu. Era pior que o velho. Tão gorda. E todas as rugas em seu rosto, a flacidez, as rugas. E as bochechas flácidas, com aquelas manchas arroxeadas. E as veias vermelhas em seu nariz, os olhos injetados de sangue. E aquele pescoço... aquele pescoço; e o cobertor que ela usava sobre a cabeça, esfarrapado e sujo. E sob a túnica marrom em forma de saco aqueles seios enormes, a protuberância da barriga, os quadris. Ah, muito pior do que o velho, muito pior! E de repente a criatura explodiu numa torrente de palavras, avançou para ela com os braços estendidos e... Ford! Ford! era revoltante demais, mais um segundo e ela ia vomitar... apertou-a contra aquelas protuberâncias, os seios, e começou a cobri-la de beijos. Ford! A cobri-la de beijos, babando e cheirando horrível demais, era evidente que nunca tomou um banho, e simplesmente fedia àquela coisa bestial que era posta em garrafas Delta e Épsilon (não, não era verdade sobre Bernard), definitivamente fedia a álcool. Ela interrompeu o contato o mais rápido que pôde.

Um rosto choroso e distorcido a confrontou; a criatura estava chorando.

— Ah, minha querida, minha querida. — A torrente de palavras fluiu aos soluços. — Se você soubesse como estou feliz: depois de todos esses anos! Um rosto civilizado. Sim, e roupas civilizadas. Porque eu pensei que nunca mais veria uma peça de seda de acetato de verdade novamente. — Tocou a manga da camisa de Lenina. Suas unhas eram pretas. — E esse shortinho adorável de veludo de viscose! Sabe, querida, eu ainda tenho minhas roupas velhas, com as quais cheguei aqui, separei tudo numa caixa. Depois eu mostro a vocês. Embora, é claro, todo o acetato esteja agora cheio de buracos. Mas que bandoleira branca tão adorável: devo dizer que seu marroquim verde é ainda mais adorável. Não que isso tenha me feito muito bem, essa bandoleira. — Suas lágrimas começaram a fluir de novo. — Suponho que John tenha lhe dito. O que tive que sofrer — e nem um grama sequer de soma. Só um gole de mescal de vez em quando, quando Popé costumava trazer. Popé é um rapaz que eu conhecia. Mas isso faz você se sentir tão mal depois, o mescal, e você enjoa com o peiote; além disso, sempre tornava aquela sensação terrível de vergonha muito pior no dia seguinte. E eu tive tanta vergonha. É só pensar nisto: eu, uma Beta — tendo um filho: ponha-se no meu lugar. — (A mera sugestão fez Lenina estremecer.) — Embora não tenha sido minha culpa, eu juro; porque ainda não sei como aconteceu, uma vez que fiz todo o Exercício Malthusiano... você sabe, por números, um, dois, três, quatro, sempre, eu juro; mas mesmo assim aconteceu e, claro, não havia nada como uma Central de Aborto aqui. A propósito, ele ainda fica em Chelsea? — ela perguntou. Lenina fez que sim com a cabeça. — E ainda fica iluminado às terças e sextas? — Lenina assentiu outra vez. — Aquela adorável torre de vidro rosa! — A pobre Linda ergueu o rosto e com os olhos fechados contemplou em êxtase a brilhante imagem lembrada. — E o rio à noite — ela sussurrou. Grandes lágrimas escorreram lentamente por entre suas pálpebras apertadas. — E voando de volta à noite de Stoke Poges. E depois um banho quente e uma massagem de vibrocompressão a vácuo... Mas é isso. — Ela respirou fundo, balançou a cabeça, tornou a abrir os olhos, fungou uma ou duas vezes, assoou o nariz com os dedos e os enxugou na saia da túnica. — Ah, sinto muito — disse em resposta à careta involuntária de desgosto de Lenina. — Eu não devia ter feito isso. Sinto muito. Mas o que é que se deve fazer quando faltam lenços? Eu me lembro de como isso costumava me incomodar, toda essa sujeira e não haver nada asséptico aqui. Eu estava com um corte horrível na cabeça quando me trouxeram para cá. Você não pode imaginar o que costumavam colocar nele. Sujeira, apenas sujeira. "Civilização é esterilização", eu sempre lhes dizia. E "Estreptococo-Gê para Banbury-Tê, para ver um bom banheiro e um w.c." como se fossem crianças. Mas é claro que eles não entenderam. Como deveriam entender? E no final suponho que me acostumei. E de qualquer forma, como você pode manter as coisas limpas quando não há água quente disponível? E olhe estas roupas. Esta lã pavorosa não é como o acetato. Isso dura e dura. E você é que deve consertá-la se rasgar. Mas eu sou uma Beta; trabalhei na Sala de Fertilização; ninguém nunca me ensinou a fazer algo assim. Não era trabalho meu. Além disso, não era certo remendar roupas. Quando tivessem buracos, o negócio era jogar fora e comprar novas. "Quanto mais remendo, menos riqueza." Não é isso? Remendar é antissocial. Mas aqui é tudo diferente. É como viver com lunáticos. Tudo o que eles fazem é loucura. — Ela olhou em volta; viu que John e Bernard as haviam deixado e estavam andando para cima e para baixo na poeira e no lixo do lado de fora da casa; apesar disso, abaixou a voz confidencialmente e se inclinou, enquanto Lenina se enrijecia e se encolhia, tão perto que o fedor de veneno de embrião agitava os pelinhos de sua bochecha. — Por exemplo — ela sussurrou com voz rouca —, veja a forma como eles têm um ao outro aqui. Loucura, estou lhe dizendo, loucura total. Todo mundo pertence a todo mundo; não é? não é? — ela insistia, puxando a manga de Lenina. Lenina assentiu com a cabeça virada para longe dela, soltou o fôlego que estava prendendo e conseguiu respirar de novo, um ar relativamente imaculado. — Bem, aqui — a outra continuou —, ninguém deve pertencer a mais de uma pessoa. E se você tem pessoas da maneira normal, os outros pensam que você é malvada e antissocial. Eles odeiam e desprezam você. Uma vez, muitas mulheres vieram e fizeram uma cena porque seus homens vieram me ver. Ora, e por que não? E então elas partiram para cima de mim. Não, foi terrível demais. Não posso falar disso. — Linda cobriu o rosto com as mãos e estremeceu. — Elas são tão odiosas, as mulheres aqui. Loucas, loucas e cruéis. E é claro que eles não sabem nada sobre o Exercício Malthusiano, ou garrafas, ou decantação, ou qualquer coisa desse tipo. Então elas acabam tendo filhos o tempo todo, como cães. Dá nojo. E pensar que eu... Ah, Ford, Ford, Ford! Mesmo assim, John foi um grande conforto para mim. Não sei o que eu teria feito sem ele. Mesmo que ele ficasse tão chateado sempre que um homem... desde pequeno, inclusive. Uma vez (mas aí ele já era maior) ele tentou matar o pobre Waihusiwa — ou foi Popé? — só porque eu costumava tê-los às vezes. Porque nunca consegui fazê-lo entender que era isso que os civilizados deveriam fazer. Loucura é contagiosa, acho eu. De qualquer forma, John parece ter pegado isso dos índios. Porque, é claro, ele passava muito tempo com eles. Muito embora eles sempre tenham sido tão horríveis com ele e não o deixassem fazer todas as coisas que os outros meninos faziam. O que foi uma coisa boa de certa forma, porque tornou mais fácil para mim condicioná-lo um pouco. Embora você não tenha ideia de como isso é difícil. Há tanto que não sabemos; não era da minha conta saber. Quero dizer, quando uma criança pergunta a você como funciona um helicóptero ou quem fez o mundo... bem, o que você responderá se for um Beta e tiver sempre trabalhado na Sala de Fertilização? O que você deve responder?

8

LÁ FORA, NA POEIRA E NO MEIO DO LIXO (eram quatro cachorros agora), Bernard e John estavam andando devagar para cima e para baixo.

— É tão difícil para mim perceber — Bernard estava dizendo —, reconstruir. É como se vivêssemos em planetas diferentes, em séculos diferentes. Uma mãe, e toda essa sujeira, e deuses, e velhice, e doença... — Ele balançou a cabeça. — É quase inconcebível. Eu nunca vou entender, a menos que você explique.

— Explicar o quê?

— Isto. — Ele indicou o *pueblo*. — Aquilo. — E era a casinha logo além da aldeia. — Tudo. Toda a sua vida.

— Mas o que há para dizer?

— Desde o começo. Desde suas primeiras lembranças.

— Desde minhas primeiras lembranças. — John franziu a testa. Houve um longo silêncio.

Estava muito quente. Eles haviam comido muitas tortilhas e milho doce. Linda disse:

— Venha se deitar, bebê. — Eles se deitaram juntos na cama grande.

— Cante. — E Linda cantou. Cantou: "Estreptococo-Gê para Banbury-Tê" e "Bye, Baby, Até já, Logo você vai decantar". Sua voz ia ficando cada vez mais fraca...

Ouviu-se um barulho alto e John acordou assustado. Um homem estava dizendo algo para Linda, e Linda estava rindo. Ela puxou o cobertor até o queixo, mas o homem puxou para baixo novamente. Os cabelos dele eram como duas cordas pretas, e ao redor de seu braço havia um lindo bracelete de prata com pedras azuis. John gostou do bracelete; mas ao mesmo tempo estava assustado; escondeu o rosto contra o corpo de Linda. Linda pousou a mão sobre ele, e ele se sentiu mais seguro. Com essas outras palavras que ele não entendeu tão bem, ela disse ao homem:

— Não com John aqui. — O homem olhou para ele, depois mais uma vez para Linda, e disse algumas palavras em voz baixa. Linda disse: "Não". Mas o homem se curvou sobre a cama em sua direção e seu rosto estava enorme, terrível; as mechas pretas de cabelo tocaram o cobertor.

— Não — disse Linda de novo, e ele sentiu a mão dela apertando-o com mais força. — Não, não! — Mas o homem segurou um de seus braços e doeu. John gritou. O homem levantou a outra mão e o ergueu. Linda ainda o segurava, ainda dizendo: — Não, não. — O homem disse algo breve e zangado, e de repente suas mãos sumiram.

— Linda, Linda. — John chutou e esperneou; mas o homem o carregou até a porta, abriu-a, colocou-o no chão no meio da outra sala e foi embora, fechando a porta atrás de si. Ele se levantou e correu para a porta. Ficando na ponta dos pés, conseguiu alcançar o grande trinco de madeira. Ele o ergueu e empurrou; mas a porta não abria. — Linda — ele gritou. Ela não respondeu.

John se lembrou de uma sala enorme, bastante escura; e havia grandes coisas de madeira com cordas amarradas a elas, e muitas mulheres em pé ao redor delas: fazendo cobertores, Linda disse. Linda lhe disse para se sentar no canto com as outras crianças, enquanto ela ia ajudar as mulheres. Ele brincou com os meninos por muito tempo. De repente, as pessoas começaram a falar muito alto, e havia mulheres empurrando Linda para longe, e Linda estava chorando. Ela foi até a porta e ele correu atrás dela. Perguntou por que eles estavam com raiva.

— Porque eu quebrei uma coisa — ela disse. E então ela ficou com raiva também. — E como é que eu ia saber como fazer a tecelagem imbecil deles? — disse. — Selvagens bestiais. — Ele perguntou o que eram selvagens. Quando voltaram para casa, Popé estava esperando na porta e entrou com eles. Popé tinha uma grande cabaça cheia de uma coisa que parecia água; só que não era água, mas algo com um cheiro ruim que queimava a boca e fazia você tossir. Linda bebeu um pouco e Popé bebeu um pouco, e então Linda riu muito e falou muito alto; e então ela e Popé foram para a outra sala. Quando Popé foi embora, ele entrou no quarto. Linda estava na cama e dormindo tão profundamente que ele não conseguiu acordá-la.

Popé costumava vir com frequência. Ele disse que a coisa na cabaça se chamava mescal; mas Linda disse que deveria se chamar soma; só que fazia você se sentir mal depois. Ele odiava Popé. Odiava todos eles: todos os homens que iam ver Linda. Uma tarde, quando estava brincando com as outras crianças — estava frio, ele se lembrava, e havia neve nas montanhas —, ele voltou para casa e ouviu vozes raivosas no quarto. Eram vozes de mulheres e diziam palavras que ele não entendia; mas sabia que eram palavras terríveis. Então, de repente, pou!, algo foi jogado no chão com um estrondo; ele ouviu pessoas se movendo rapidamente, e houve outro estrondo e então um barulho como o de alguém batendo numa mula, só que não tão ossuda; então Linda gritou.

— Ah, por favor, não, não, não! — ela disse. — Ele entrou correndo. Havia três mulheres envoltas em cobertores escuros. Linda estava na cama. Uma das mulheres estava segurando seus pulsos. Outra estava deitada sobre suas pernas, para que ela não pudesse chutar. A terceira a golpeava com um chicote. Uma, duas, três vezes; e a cada chicotada Linda dava um grito. Chorando, ele puxou a franja do cobertor da mulher.

— Por favor, por favor. — Com a mão livre, ela o mantinha a distância. O chicote desceu outra vez, e novamente Linda gritou. Ele agarrou a enorme mão morena da mulher entre as suas e a mordeu com toda a força. Ela gritou, soltou a mão com um puxão e lhe deu um empurrão tão forte que ele caiu. Enquanto estava deitado no chão, ela o acertou três vezes com o chicote. Doeu mais do que qualquer coisa que ele já tivesse sentido: doeu como fogo. O chicote voltou a assobiar e caiu. Mas dessa vez quem gritou foi Linda.

— Mas por que eles queriam machucar você, Linda? — John perguntou naquela noite. Ele estava chorando, porque as marcas vermelhas do chicote em suas costas ainda doíam terrivelmente. Mas também estava chorando porque as pessoas eram tão terríveis e injustas, e porque ele era apenas um menino e não podia fazer nada contra elas. Linda também estava chorando. Ela era adulta, mas não era grande o suficiente para lutar contra três deles. Também não era justo para ela. — Por que eles queriam machucar você, Linda?

— Não sei. Como é que eu vou saber? — Foi difícil ouvir o que ela disse, porque Linda estava deitada de bruços e seu rosto estava afundado no travesseiro. — Elas dizem que aqueles homens são os homens delas — continuou; e não parecia estar falando com ele; parecia estar falando com alguém dentro de si mesma. Uma longa conversa que ela não entendia; e no final Linda começou a chorar mais alto do que nunca.

— Ah, não chore, Linda. Não chore.

Ele se apertou contra ela. Colocou o braço em volta de seu pescoço. Linda gritou:

— Ah, tome cuidado. Meu ombro! Ai! — e o empurrou com força. Sua cabeça bateu contra a parede. — Seu idiotinha! — ela gritou; e então, de repente, começou a esbofeteá-lo. Uma bofetada atrás da outra...

— Linda — ele gritou. — Ah, mãe, não!

— Eu não sou sua mãe. Eu não serei sua mãe.

— Mas, Linda... Ai! — Ela lhe deu um tapa na bochecha.

— Eu me transformei numa selvagem — ela gritou. — Tendo filhotes como um animal... Se não fosse por você, eu poderia ter ido ao Inspetor, poderia ter fugido. Mas não com um bebê. Isso teria sido muito vergonhoso.

Ele viu que ela iria bater nele novamente e ergueu o braço para proteger o rosto.

— Ah, não, Linda, por favor, não.

— Seu animalzinho! — Ela puxou o braço dele; seu rosto ficou descoberto.

— Não, Linda. — Ele fechou os olhos, esperando o golpe.

Mas ela não bateu. Depois de algum tempo, ele abriu os olhos novamente e viu que Linda estava olhando para ele. Tentou sorrir para ela. De repente, ela colocou os braços em volta dele e o beijou de novo e de novo.

Às vezes, por vários dias, Linda nem se levantava. Ficava deitada na cama, tristonha. Ou então bebia aquele negócio que Popé trazia, ria muito e ia dormir. Outras vezes ficava doente. Com frequência se esquecia de dar banho nele, e não havia nada para comer, exceto tortilhas frias. Ele se lembrou da primeira vez que Linda encontrou aqueles bichinhos em seu cabelo, como ela gritou e gritou. Os momentos mais felizes eram quando ela lhe contava sobre o Outro Lugar.

— E você realmente pode sair voando sempre que quiser?

— Sempre que quiser. — E ela lhe contava sobre a linda música que saía de uma caixa e todos os jogos legais que você podia jogar, e as coisas deliciosas para comer e beber, e a luz que vinha quando você pressionava uma coisinha na parede, e as fotos que você podia ouvir, sentir e cheirar, bem como ver, e outra caixa para fazer cheiros agradáveis, e as casas rosa, verdes, azuis e prateadas, altas como montanhas, e todos felizes e ninguém nunca triste ou zangado, e todo mundo pertencendo a todo mundo, e as caixas onde você podia ver e ouvir o que estava acontecendo do outro lado do mundo, e bebês em lindas garrafas limpinhas: tudo tão limpo, e sem cheiros desagradáveis, absolutamente nenhuma sujeira; e as pessoas nunca solitárias, mas vivendo juntas e sendo tão alegres e felizes, como as danças de verão aqui em Malpaís, mas muito mais felizes, e a felicidade ali existia em todos os dias, todos os dias... Ele ficava ali ouvindo. E às vezes, quando ele e as outras crianças estavam cansados de brincar demais, um dos velhos do *pueblo* falava com eles, com aquelas outras palavras, do grande Transformador do Mundo, e da longa luta entre a Mão Esquerda e a Mão Direita, entre o Seco e o Molhado; de Awonawilona, que criou um grande nevoeiro pensando durante a noite, e depois criou o mundo inteiro com o nevoeiro; da Mãe Terra e Pai do Céu; de Ahaiyuta e Marsailema, os gêmeos da Guerra e do Acaso; de Jesus e de Pookong; de Maria e de Etsanatlehi, a mulher que se torna jovem de novo; da Pedra Negra de Laguna, da Grande Águia e de Nossa Senhora de Acoma. Histórias estranhas, ainda mais maravilhosas para ele por serem contadas com as outras palavras, e, portanto, não totalmente compreendidas. Deitado na cama, ele pensava no Céu, em Londres e em Nossa Senhora de Acoma e nas fileiras e mais fileiras de bebês em garrafas limpas, em Jesus voando, em Linda voando e no grande Diretor de Incubadoras Mundiais e em Awonawilona.

Muitos homens vinham ver Linda. Os meninos começaram a apontar o dedo para ele. Naquelas outras palavras estranhas, diziam que Linda era má; eles a chamavam de nomes que ele não entendia, mas que sabia que eram nomes ruins. Um dia, eles cantaram uma música sobre ela, repetidas vezes. Ele jogou pedras neles. Eles revidaram; uma pedra afiada lhe cortou a bochecha. O sangue não parava; ele ficou coberto de sangue.

Linda o ensinou a ler. Com um pedaço de carvão ela desenhava figuras na parede: um animal sentado, um bebê dentro de uma garrafa; e depois escrevia letras. VIVI VIU A UVA. O RATO ROEU A ROUPA. Ele aprendeu com rapidez e facilidade. Quando foi capaz de ler todas as palavras que Linda escreveu na parede, ela abriu sua grande caixa de madeira e tirou de debaixo daquelas calças vermelhas engraçadas que ela nunca usava um livrinho fino. Ele já tinha visto aquilo antes.

— Quando você for maior — ela disse —, vai poder ler. — Bem, agora ele era grande o suficiente. Ele estava orgulhoso. — Lamento, mas acho que você não vai achar isso muito emocionante — disse ela. — Mas é a única coisa que tenho. — Ela suspirou. — Se ao menos você pudesse ver as adoráveis máquinas de leitura que costumávamos ter em Londres! — Ele começou a ler. *O condicionamento químico e bacteriológico do embrião. Instruções práticas para trabalhadores Beta da Loja de Embriões.* Ele levou um quarto de hora só para ler o título. Jogou o livro no chão.

— Que livro horrível, horrível! — ele disse, e começou a chorar.

Os meninos ainda cantavam sua canção horrível sobre Linda. Às vezes eles também riam dele por andar tão esfarrapado. Quando ele rasgava as roupas, Linda não sabia como remendá-las. No Outro Lugar, disse ela, as pessoas jogavam fora as roupas furadas e compravam roupas novas.

— Trapos, trapos! — os meninos costumavam gritar com ele. "Mas eu sei ler", dizia a si mesmo, "e eles não. Eles nem sabem o que é leitura." Era bastante fácil, se ele pensasse bastante sobre a leitura, fingir que não se importava quando zombavam dele. Pediu a Linda que lhe devolvesse o livro.

Quanto mais os meninos apontavam e cantavam, com mais afinco ele lia. Em pouco tempo conseguia ler todas as palavras muito bem. Até mesmo as mais compridas. Mas o que elas significavam? Ele perguntou a Linda; mas mesmo quando ela sabia responder, não parecia fazê-lo com muita clareza. E geralmente ela não conseguia responder de jeito nenhum.

— O que são produtos químicos? — ele perguntava.

— Oh, coisas como sais de magnésio e álcool para manter os Deltas e Épsilons pequenos e atrasados, e carbonato de cálcio para os ossos, todo esse tipo de coisa.

— Mas como se fazem produtos químicos, Linda? De onde eles vêm?

— Bem, eu não sei. Eles vêm de garrafas. E quando as garrafas estão vazias, você manda buscar mais na Loja de Produtos Químicos. Suponho que são as pessoas da Loja de Produtos Químicos que os fazem. Ou então mandam buscar na fábrica. Não sei. Nunca fiz nada com química. Meu trabalho sempre foi com os embriões.

A mesma cena se repetia com todas as outras coisas que ele perguntava. Linda nunca parecia saber. Os velhos do *pueblo* tinham respostas muito mais definidas.

— A semente dos homens e todas as criaturas, a semente do Sol, e a semente da Terra e a semente do Céu: Awonawilona criou todas elas a partir da Neblina do Crescimento. Agora o mundo tem quatro úteros; e ele colocou as sementes no mais baixo dos quatro ventres. E aos poucos as sementes começaram a crescer...

Um dia (John calculou mais tarde que devia ter sido pouco depois de seu aniversário de doze anos), ele chegou em casa e encontrou um livro que nunca tinha visto caído no chão do quarto. Era um livro grosso e parecia muito antigo. A encadernação tinha sido comida por ratos; algumas de suas páginas estavam soltas e amassadas. Ele o pegou, olhou para a página de rosto: o livro se chamava *As obras completas de William Shakespeare*.

Linda estava deitada na cama, bebendo aquele mescal horrível e fedorento de uma caneca.

— Foi Popé quem trouxe — ela disse. Sua voz era pastosa e rouca como se fosse a voz de outra pessoa. — Estava em um dos baús da Kiva do Antílope. Ele provavelmente estava lá havia centenas de anos. Acho que era verdade, porque olhei para ele e parecia estar cheio de bobagens. Nada civilizado. Mesmo assim, vai ser bom o bastante para você praticar sua leitura. — Ela deu um último gole, pousou a caneca no chão ao lado da cama, virou-se de lado, soluçou uma ou duas vezes e foi dormir.

Ele abriu o livro ao acaso.

Viver num leito infecto que tresanda a fartum,
Onde fervilha a podridão, juntando-se em carícias
Num chiqueiro asqueroso!

receber o golpe. Mas a mão apenas o segurou pelo queixo e virou seu rosto, para forçá-lo a olhar mais uma vez nos olhos de Popé. Por muito tempo, por horas e horas. E de repente — ele não conseguiu evitar — começou a chorar. Popé caiu na gargalhada.

— Pode ir — disse ele, com as outras palavras índias. — Pode ir, meu bravo Ahaiyuta. — Ele correu para a outra sala para esconder as lágrimas.

— Você tem quinze anos — disse o velho Mitsima com as palavras índias. — Agora posso ensinar você a trabalhar a argila.

Agachados perto do rio, eles trabalharam juntos.

— Em primeiro lugar — disse Mitsima, pegando um pedaço da argila molhada entre as mãos —, fazemos uma pequena lua. — O velho espremeu o caroço até fazer um disco, então dobrou as bordas; a lua se tornou uma caneca rasa.

Lentamente e sem habilidade, ele imitou os gestos delicados do velho.

— Uma lua, uma caneca e agora uma cobra. — Mitsima enrolou outro pedaço de argila num longo cilindro flexível, formou um círculo e o pressionou de encontro à borda do copo. — E depois mais uma cobra. E mais uma. E mais uma. — Rodada a rodada, Mitsima construiu as laterais do pote; começava estreito, depois ficava mais largo, e em seguida estreitava de novo para formar o pescoço. Mitsima apertou e deu tapinhas, acariciou e raspou; e lá estava, finalmente, no formato do conhecido pote de água de Malpaís, mas de um branco cremoso em vez de preto, e ainda macio ao toque. A paródia tortuosa do pote de Mitsima, o seu próprio, estava ao seu lado. Olhando para os dois potes, ele teve que rir.

— Mas o próximo será melhor — disse, e começou a umedecer outro pedaço de argila.

Modelar, dar forma, sentir seus dedos ganhando habilidade e poder, isso lhe deu um prazer extraordinário.

— Á, Bê, Cê, vitamina Dê — cantava para si mesmo enquanto trabalhava. A gordura está no fígado, o bacalhau no mar. — E Mitsima também cantou: uma canção sobre matar um urso. Eles trabalharam o dia todo, e o dia todo ele foi preenchido por uma felicidade intensa e envolvente.

— No próximo inverno — disse o velho Mitsima —, vou ensinar você a fazer o arco.

Ele ficou um longo tempo fora de casa e, por fim, as cerimônias lá dentro foram concluídas. A porta se abriu; eles saíram. Kothlu veio primeiro, a mão direita estendida e firmemente fechada, como se guardasse dentro dela uma joia preciosa. Com a mão fechada estendida de forma semelhante, Kiakimé veio atrás. Eles caminharam em silêncio, e em silêncio, atrás deles, vieram os irmãos, irmãs, primos e toda a tropa de idosos.

Eles saíram do *pueblo*, atravessaram a meseta. Na beira da encosta, pararam, de frente para o sol da manhã. Kothlu abriu a mão. Trazia uma pitada de fubá branco na palma da mão; soprou sobre ela, murmurou algumas palavras e depois jogou esse punhado de pó branco na direção do sol. Kiakimé fez o mesmo. Então o pai de Kiakimé deu um passo adiante e, segurando um bastão emplumado de oração, fez uma longa prece e jogou o bastão junto com o fubá.

— Está consumado — disse o velho Mitsima em voz alta. — Eles estão casados.

— Bem — disse Linda, ao se afastarem do local —, tudo o que posso dizer é que parece muito barulho para fazer tão pouco. Em países civilizados, quando um menino quer ter uma menina, ele simplesmente... Mas para onde é que você está indo, John?

Ele não prestou atenção no seu chamado, mas correu, para longe, para longe, para qualquer lugar onde pudesse ficar sozinho.

Está consumado. As palavras do velho Mitsima se repetiram em sua mente. Consumado, consumado. Em silêncio e a uma grande distância, mas violenta, desesperada e inutilmente, ele amava Kiakimé. E agora estava consumado. Ele tinha dezesseis anos.

Na lua cheia, na Kiva do Antílope, segredos seriam contados, segredos seriam revelados e carregados. Eles desceriam, rapazes, para dentro da *kiva*, e sairiam de lá homens. Os meninos estavam todos com medo e ao mesmo tempo impacientes. E então chegou o dia. O sol se pôs, a lua nasceu. Ele foi com os outros. Os homens estavam parados, no escuro, logo na entrada da *kiva*; a escada levava para as profundezas iluminadas de vermelho. Os meninos que lideravam o grupo já haviam começado a descer. De repente, um dos homens deu um passo à frente, pegou-o pelo braço e o puxou para fora das fileiras. Ele se libertou e voltou para seu lugar entre os outros. Dessa vez, o homem bateu nele, lhe puxou o cabelo.

— Não é para você, cabelo-branco!

— Não é para o filho da cadela — disse um dos outros homens. Os meninos riram.

— Vá embora! — E enquanto ele ainda pairava à margem do grupo: — Vá embora! — os homens voltaram a gritar. Um deles se abaixou, pegou uma pedra e jogou.

— Vai, vai, vai! — Choveram pedras. Sangrando, ele fugiu para a escuridão. Da *kiva* iluminada em vermelho veio o ruído de um canto. O último dos meninos havia descido a escada. Ele estava sozinho.

Sozinho, fora do *pueblo*, na planície nua da meseta. As rochas pareciam ossos branqueados ao luar. No vale, os coiotes uivavam para a lua. Os hematomas doíam, os cortes ainda sangravam; mas não foi de dor que ele soluçou; era porque estava sozinho, porque havia sido expulso, sozinho, para aquele mundo esquelético de rochas e luar. Na beira do precipício, ele se sentou. A lua estava atrás dele; olhou para a sombra negra da meseta, para a sombra negra da morte. Bastava dar um passo, um pequeno salto... Ele estendeu a mão direita ao luar.

Do corte em seu pulso, o sangue ainda escorria. A cada poucos segundos, uma gota caía, escura, quase incolor na luz morta. Pingando, pingando, pingando. O amanhã, o amanhã, outro amanhã...

Ele havia descoberto o Tempo, a Morte e Deus.

— Sozinho, sempre sozinho — dizia o jovem.

As palavras despertaram um eco lamentoso na mente de Bernard. Sozinho, sozinho.

— Eu também — disse ele, numa confissão súbita de confiança. — Terrivelmente sozinho.

— É mesmo? — John pareceu surpreso. — Eu achava que no Outro Lugar... Quer dizer, Linda sempre me disse que lá ninguém nunca ficava sozinho.

Bernard corou de maneira bem desconfortável.

— Sabe — ele disse, murmurando e desviando o olhar —, eu sou bastante diferente da maioria das pessoas, suponho. Se por acaso alguém é decantado de modo diferente...

— Sim, é isso mesmo. — O jovem assentiu. — Se alguém é diferente, está fadado a ser solitário. Eles são terríveis com um solitário. Você sabia que me excluíram de tudo? Quando os outros meninos foram enviados para passar a noite nas montanhas — sabe, quando você tem que sonhar qual é o seu animal sagrado —, eles não me deixaram ir com os outros; não me contaram nenhum dos segredos. Mas eu fui sozinho — acrescentou. — Não comi nada por cinco dias e depois saí uma noite sozinho para aquelas montanhas ali — apontou.

Bernard sorriu com condescendência.

— E você sonhou com alguma coisa? — perguntou.

O outro assentiu.

— Mas não devo lhe dizer com o quê. — Ficou em silêncio por um momento; então, em voz baixa: — Um dia — continuou —, eu fiz algo que nenhum dos outros fez: fiquei em pé, encostado a uma rocha no meio do dia, no verão, com os braços abertos, como Jesus na cruz.

— Para quê?

— Queria saber como era ser crucificado. Pendurado ali ao sol...

— Mas por quê?

— Por quê? Bem... — hesitou. — Porque senti que deveria. Se Jesus pôde suportar. E também, se alguém fez algo de errado... Além disso, eu estava infeliz; esse foi outro motivo.

— Parece uma maneira engraçada de curar a infelicidade — disse Bernard. Mas pensando bem, ele decidiu que, afinal, havia algum sentido nisso. Melhor do que tomar soma...

— Eu desmaiei depois de um tempo — disse o jovem. — Caí de cara no chão. Está vendo a marca onde me cortei? — Afastou o cabelo amarelo e espesso da testa. A cicatriz apareceu, pálida e enrugada, em sua têmpora direita.

Bernard olhou, e então rapidamente, com um pequeno estremecimento, desviou os olhos. Seu condicionamento fazia com que sentisse mais incômodo do que pena. A mera sugestão de doença ou ferimentos era para ele não apenas horripilante, mas também repulsiva e um tanto nojenta. Como sujeira, deformidade ou velhice. Ele mudou logo de assunto.

— Será que você gostaria de voltar para Londres conosco? — ele perguntou, dando o primeiro passo em uma campanha cuja estratégia vinha elaborando secretamente desde que, na casinha, havia descoberto quem devia ser o "pai" daquele jovem selvagem. — Você gostaria disso?

O rosto do jovem se iluminou.

— Você está falando sério?

— Claro; se eu conseguir permissão, quero dizer.

— Linda também?

— Bem... — ele hesitou, na dúvida. Aquela criatura repulsiva! Não, era impossível. A menos que, a menos que... De repente, ocorreu a Bernard que o próprio estado repulsivo dela poderia ser uma grande vantagem. — Mas é claro! — gritou, compensando as primeiras hesitações com excesso de cordialidade ruidosa.

O jovem respirou fundo.

— Pensar que isso possa estar se tornando realidade: o que sempre sonhei em toda a minha vida. Você se lembra do que Miranda disse?

— Quem é Miranda?

Mas o jovem evidentemente não ouviu a pergunta.

— "Oh! Que milagre!" — ele estava dizendo; e seus olhos brilharam, seu rosto estava bastante afogueado. — "Que soberbas criaturas aqui vieram! Como os homens são belos!" — O rubor aumentou de repente; ele estava pensando em Lenina, num anjo de viscose verde-garrafa, lustroso de juventude e alimentos para a pele, rechonchudo, sorrindo com benevolência. Sua voz falhou. — "Ó admirável mundo novo" — ele começou, então fez uma pausa repentina; o sangue havia deixado suas bochechas; ele estava pálido como papel. — Você é casado com ela? — ele perguntou.

— Eu sou o quê?

— Casado. Você sabe... para sempre. Eles dizem "para sempre" nas palavras índias; não pode ser quebrado.

— Pelo amor de Ford, não! — Bernard não conseguiu conter o riso.

John também riu, mas por outro motivo: riu de pura alegria.

— "Ó admirável mundo novo" — ele repetiu. — "Ó admirável mundo novo que tem tais habitantes." Vamos logo com isso.

— Você tem uma maneira muito peculiar de falar às vezes — disse Bernard, olhando para o jovem com perplexidade. — E, de qualquer forma, não seria melhor você esperar até ver realmente o novo mundo?

— A srta. Crowne saiu de férias de soma — explicou. — Dificilmente volta antes das cinco. O que nos deixa sete horas.

Ele poderia voar para Santa Fé, cuidar de todos os negócios que tinha de tratar e estar em Malpaís de novo muito antes que ela acordasse.

— Ela ficará bastante segura aqui sozinha?

— Segura como voar de helicóptero — garantiu o oitavão.

Eles subiram na máquina e partiram logo. Às dez horas e trinta e quatro minutos da manhã pousaram no telhado dos Correios de Santa Fé; às dez e trinta e sete, Bernard conseguiu falar com o Escritório do Controlador Mundial em Whitehall; às dez e trinta e nove estava falando com o quarto-secretário pessoal de sua fordaleza; às dez e quarenta e quatro estava repetindo sua história para o primeiro-secretário, e às dez e quarenta e sete minutos e meio era a voz profunda e ressonante do próprio Mustapha Mond que soava em seus ouvidos.

— Eu me atrevi a pensar — gaguejou Bernard — que vossa fordaleza poderia achar o assunto de interesse científico suficiente...

— Sim, eu acho que é de interesse científico suficiente — disse a voz profunda. — Traga esses dois indivíduos de volta a Londres com você.

— Vossa fordaleza está ciente de que vou precisar de uma licença especial...

— As ordens necessárias — disse Mustapha Mond — estão sendo enviadas para o Diretor da Reserva neste momento. Você irá imediatamente para o Escritório do Diretor. Bom dia, sr. Marx.

Silêncio. Bernard desligou o telefone e correu para o telhado.

— Escritório do Diretor — disse ele para o oitavão verde-Gama.

Às dez e cinquenta e quatro, Bernard estava apertando a mão do Diretor.

— Encantado, sr. Marx, encantado. — Sua retumbância foi de deferência. — Acabamos de receber ordens especiais...

— Eu sei — disse Bernard, interrompendo-o. — Estava conversando com sua fordaleza ao telefone um momento atrás. — Seu tom entediado indicava que ele tinha o hábito de falar com sua fordaleza todos os dias da semana. Desabou numa cadeira. — Se você tomar todas as medidas necessárias o mais rápido possível. O mais rápido possível — repetiu enfaticamente. Estava se divertindo muito.

Às onze e três, já tinha todos os papéis necessários no bolso.

— Até logo — ele disse em tom condescendente ao Diretor, que o acompanhou até os portões do elevador. — Até logo.

Caminhou até o hotel, tomou um banho, fez uma massagem com vibrocompressão a vácuo e barbeamento eletrolítico, ouviu o noticiário da manhã, viu meia hora de televisão, almoçou bem tranquilo e às duas e meia voou de volta com o oitavão para Malpaís.

O rapaz estava do lado de fora do alojamento.

— Bernard — ele chamou. — Bernard! — Não houve resposta.

Sem fazer barulho em seus mocassins de pele de veado, ele subiu correndo os degraus e experimentou a porta. A porta estava trancada.

Eles tinham ido embora! Embora! Essa era a coisa mais terrível que já lhe havia acontecido. Ela tinha lhe pedido que fosse ali para vê-los, e agora eles não estavam mais lá. Ele se sentou na escada e chorou.

Meia hora mais tarde, ocorreu-lhe olhar pela janela. A primeira coisa que viu foi uma mala verde, com as iniciais L.C. pintadas na tampa. A alegria explodiu como fogo dentro dele. Pegou uma pedra. O vidro quebrado tilintou no chão. Um instante depois, ele estava dentro da sala. Abriu a mala verde; e de repente estava respirando o perfume de Lenina, enchendo os pulmões com a essência dela. Seu coração batia descontroladamente; por um momento ele quase desmaiou. Então, curvando-se sobre a preciosa caixa, tocou-a, levantou-a contra a luz, examinou-a. Os zíperes do short de veludo de viscose sobressalente de Lenina foram a princípio um quebra-cabeça, depois de resolvido, um deleite. Zip e depois zip; zip e depois zip; ele estava encantado. As sandálias verdes dela eram as coisas mais bonitas que ele já tinha visto. Desdobrou um par de zipcalcinhas, corou e guardou-o rapidamente; mas beijou um lenço de acetato perfumado e enrolou uma echarpe no pescoço. Abrindo uma caixa, derramou uma nuvem de pó perfumado. Suas mãos ficaram enfarinhadas com aquilo. Ele as limpou no peito, nos ombros, nos braços nus. Perfume delicioso! Fechou os olhos; roçou a bochecha contra o próprio braço empoado. Toque de pele lisa contra seu rosto, cheiro em suas narinas de poeira almiscarada: a presença real dela.

— Lenina — ele sussurrou. — Lenina!

Um barulho o assustou e o fez se virar cheio de culpa. Enfiou os objetos surrupiados de volta na mala e fechou a tampa; então parou para ouvir mais uma vez, olhou. Nenhum sinal de vida, nenhum som. E, no entanto, ele certamente tinha ouvido algo: algo como um suspiro, algo como o ranger de uma tábua. Foi na ponta dos pés até a porta e, abrindo-a com cautela, viu-se olhando para um amplo patamar. No lado oposto do patamar havia outra porta entreaberta. Ele saiu, empurrou, espiou.

Lá, em uma cama baixa, o lençol puxado para trás, vestida com um par de zipijamas rosa de uma só peça, estava Lenina, profundamente adormecida e tão bonita no meio de seus cachos, tão comoventemente infantil com seus dedos rosados e seu rosto sério adormecido, tão confiante na impotência de suas mãos largadas e membros relaxados, que as lágrimas vieram aos seus olhos.

Com uma infinidade de precauções totalmente desnecessárias — pois nada menos que um tiro de pistola poderia ter chamado Lenina de volta de suas férias de soma antes da hora marcada —, ele entrou no quarto, ajoelhou-se no chão ao lado da cama. Ficou olhando fixamente, apertou as mãos, seus lábios se moveram.

— Seus olhos — ele murmurou:

Seus olhos, seu cabelo, seu rosto, seu andar, sua voz;
Dizes em tua fala — quanta dor! — que a mão dela,
em cuja comparação todos os brancos são tinta
traçando sua própria crítica, a cujo contato macio
a plumagem do cisne áspera fica...

Uma mosca zumbiu ao seu redor; abanando as mãos, ele a afastou.
— Moscas — ele lembrou,

Tocar conseguem no cândido milagre da querida mão de Julieta
E mortal bênção podem dos lábios lhe roubar
Que, com modéstia pura e vestal,
Corados ainda ficam por julgarem que os beijos são pecado.

Muito devagar, com o gesto hesitante de quem se estende para acariciar um pássaro tímido e possivelmente bastante perigoso, ele estendeu a mão. Ela ficou pendendo ali, trêmula, a pouco mais de um centímetro daqueles dedos flácidos, à beira do contato. Ousaria ele? Ousaria profanar o relicário... Não, não o fez. O pássaro era muito perigoso. Sua mão se afastou. Como ela era linda! Que linda!

Então, de repente, ele se viu refletindo que só precisava segurar o zíper no pescoço dela e dar um puxão longo e forte. Fechou os olhos, balançou a cabeça com um gesto de um cachorro sacudindo as orelhas ao sair da água. Pensamento detestável! Ele tinha vergonha de si mesmo. Modéstia pura e vestal...

Houve um zumbido no ar. Outra mosca tentando roubar bênçãos imortais? Uma vespa? Ele olhou, não viu nada. O zumbido foi ficando cada vez mais alto, localizando-se do lado de fora das janelas fechadas. O avião! Em pânico, levantou-se com dificuldade e correu para a outra sala, saltou pela janela aberta e, apressando-se ao longo do caminho entre os agaves altos, chegou a tempo de receber Bernard Marx quando ele desceu do helicóptero.

10

OS PONTEIROS DE TODOS OS QUATRO MIL RELÓGIOS elétricos em todos os quatro mil quartos do Bloomsbury Centre marcavam duas horas e vinte e sete da tarde. "Esta colmeia de indústria", como o Diretor gostava de chamá-la, estava em plena atividade. Todos estavam ocupados, tudo em movimento ordenado. Sob os microscópios, com suas longas caudas chicoteando furiosamente, os espermatozoides se enterravam de cabeça nos óvulos; e, fertilizados, os ovos estavam se expandindo, se dividindo ou, se bokanovskificados, brotando e se fragmentando em populações inteiras de embriões separados. Da Sala de Predestinação Social, as escadas rolantes desciam ruidosamente para o subsolo, e ali, na escuridão carmesim, bastante quentes em sua almofada de peritônio e repletos até a saciedade de substituto de sangue e hormônios, os fetos cresciam e cresciam, ou, envenenados, definhavam em uma Epsilonidade atrofiada. Com um leve zumbido e chocalhar, as prateleiras móveis se arrastavam imperceptivelmente ao longo das semanas e dos éons recapitulados, até que, na Sala de Decantação, os bebês recém-retirados das garrafas soltavam seu primeiro grito de horror e espanto.

Os dínamos ronronavam no subsolo, os elevadores subiam e desciam. Em todos os onze andares dos Berçários, era a hora da alimentação. De mil e oitocentas garrafas, mil e oitocentas crianças etiquetadas com cuidado sugavam ao mesmo tempo seu quartilho de secreção externa pasteurizada.

Acima deles, em dez camadas sucessivas de dormitório, os meninos e as meninas que ainda eram muito jovens e precisavam de uma tarde de sono estavam tão ocupados quanto todos os outros, embora não soubessem, ouvindo inconscientemente as aulas hipnopédicas de higiene e sociabilidade, de consciência de classe e de vida amorosa da criança. Acima deles ficavam as salas de jogos, onde, como estava chovendo, novecentas crianças mais velhas se divertiam com tijolos e modelagem de argila, caça ao zíper e brincadeiras eróticas.

Bzzz, bzzz! A colmeia zumbia, ocupada, animada. Alegre era o canto das meninas debruçadas sobre seus tubos de ensaio, os Predestinadores assobiavam enquanto trabalhavam, e piadas gloriosas se contavam sobre as garrafas vazias na Sala de Decantação. Mas o rosto do Diretor, quando entrou na Sala de Fertilização com Henry Foster, estava sério, rígido de severidade.

— Um exemplo público nesta sala — disse. — Porque contém mais trabalhadores de casta alta do que qualquer outra na Central. Eu disse a ele para me encontrar aqui às duas e meia.

— Ele faz seu trabalho muito bem — Henry disse com generosidade hipócrita.

— Eu sei. Mas isso é mais um motivo para severidade. Sua eminência intelectual traz responsabilidades morais correspondentes.

Quanto maiores os talentos de um homem, maior seu poder de desvio. É melhor que um sofra do que muitos serem corrompidos. Encare o assunto desapaixonadamente, sr. Foster, e verá que nenhuma ofensa é tão hedionda quanto a falta de ortodoxia no comportamento. O assassinato mata apenas o indivíduo; e, afinal, o que é um indivíduo? — Com um gesto amplo, indicou as fileiras de microscópios, os tubos de ensaio, as incubadoras. — Podemos criar um novo com a maior facilidade; quantos quisermos. A heterodoxia ameaça mais do que a vida de um mero indivíduo; atinge a Sociedade propriamente dita. Sim, a própria Sociedade — ele repetiu. — Ah, mas aí vem ele.

Bernard havia entrado na sala e avançava por entre as fileiras de fertilizadores na direção deles. Um verniz de autoconfiança alegre ocultava mal e mal seu nervosismo. A voz com que ele disse "Bom dia, Diretor" era absurdamente alta; e por isso, corrigindo seu erro, ele disse:

— Você me pediu para vir lhe falar aqui — expressando-se num tom bastante baixo, um guincho.

— Sim, sr. Marx — disse o Diretor de modo prodigioso. — Eu pedi que você viesse até aqui. Você voltou de suas férias ontem à noite, pelo que entendi.

— Sim — respondeu Bernard.

— S-sim — repetiu o Diretor, demorando-se, como uma serpente, no "s". Então, subitamente elevando a voz: — Senhoras e senhores — trombeteou. — Senhoras e senhores.

O canto das meninas em seus tubos de ensaio, o assobio preocupado dos Microscopistas cessaram de repente. Houve um silêncio profundo; todos olharam ao redor.

— Senhoras e senhores — o Diretor repetiu mais uma vez —, desculpem-me por interromper assim seus trabalhos. Um dever doloroso me constrange. A segurança e a estabilidade da Sociedade estão em perigo. Sim, em perigo, senhoras e senhores. Este homem — apontou acusador para Bernard —, este homem que está diante de vocês aqui, este Alfa-Mais a quem tanto foi dado e de quem, em consequência, tanto deve ser esperado, este seu colega — ou deveria antecipar e dizer este ex-colega? — traiu grosseiramente a confiança que lhe foi dada. Por suas visões heréticas sobre esporte e soma, pela escandalosa falta de ortodoxia de sua vida sexual, por sua recusa em obedecer aos ensinamentos de Nosso Ford e se comportar fora do horário de expediente, "mesmo como uma criança" (aqui o Diretor fez o sinal do T), ele provou ser um inimigo da Sociedade, um subversor, senhoras e senhores, de toda a Ordem e Estabilidade, um conspirador contra a própria Civilização. Por isso, proponho despedi-lo, despedi-lo com ignomínia do cargo que ocupou nesta Central; proponho solicitar imediatamente sua transferência para uma Subcentral da classe mais baixa, e para que sua punição possa servir aos melhores interesses da Sociedade, o mais afastado possível de qualquer centro populacional importante. Na Islândia, ele terá poucas oportunidades de desencaminhar outros com seu exemplo desfordizante. — O Diretor fez uma pausa; então, cruzando os braços, voltou-se de maneira impressionante para Bernard. — Marx — ele disse —, você pode mostrar alguma razão pela qual eu não deveria agora mesmo executar o julgamento que lhe está sendo perpetrado?

— Posso, sim — Bernard respondeu com uma voz muito alta.

Um tanto surpreso, mas ainda majestoso:

— Então mostre — disse o Diretor.

— Claro. Mas está na passagem. Um momento. — Bernard correu para a porta e a abriu. — Entre — ele ordenou, e a razão veio e se mostrou.

Houve um suspiro, um murmúrio de espanto e horror; uma jovem gritou; de pé em uma cadeira para ver melhor, alguém derrubou dois tubos de ensaio cheios de espermatozoides. Inchada, flácida e entre aqueles corpos jovens e firmes, aqueles rostos sem distorções, um monstro estranho e aterrorizante de meia-idade,

Linda entrou na sala, afetando um sorriso coquete mas triste e sem cor, e rebolando suas enormes ancas enquanto caminhava, com o que pretendia ser uma ondulação voluptuosa. Bernard caminhou ao seu lado.

— Lá está ele — disse, apontando para o Diretor.

— Você achou que eu não o reconheci? — Linda perguntou, indignada; depois, voltando-se para o Diretor: — Claro que eu reconheci você; Tomakin, eu reconheceria você em qualquer lugar, entre mil. Mas talvez você tenha se esquecido de mim. Você não se lembra? Não se lembra, Tomakin? Sua Linda. — Ela ficou olhando para ele, a cabeça inclinada para o lado, ainda sorrindo, mas com um sorriso que se tornava, diante da expressão de nojo petrificado do Diretor, cada vez menos autoconfiante, que vacilou e por fim se extinguiu. — Você não se lembra, Tomakin? — ela repetiu com uma voz trêmula. Seus olhos estavam ansiosos, agonizantes. O rosto manchado e flácido contorceu-se grotescamente em uma careta de tristeza extrema. — Tomakin! — Ela estendeu os braços. Alguém começou a rir.

— Qual é o significado — começou o Diretor — desta monstruosa...

— Tomakin! — Ela correu para a frente, arrastando seu cobertor, jogou os braços em volta do pescoço dele, escondendo o rosto em seu peito.

Um rumor de gargalhadas se tornou um uivo irreprimível.

— ... desta monstruosa piada de mau gosto — gritou o Diretor. Com o rosto vermelho, ele tentou se desvencilhar do abraço dela. Linda se agarrava a ele com desespero.

— Mas eu sou Linda, sou Linda. — As risadas abafavam sua voz. — Você me fez ter um bebê — ela gritou acima do tumulto. Houve um silêncio repentino e terrível; olhos flutuaram desconfortáveis, sem saber para onde olhar. O Diretor ficou pálido de repente, parou de lutar e permaneceu, as mãos nos pulsos dela, olhando para ela, horrorizado. — Sim, um bebê: e eu fui a mãe dele. — Ela lançou a obscenidade como um desafio ao silêncio indignado; então, separando-se repentinamente dele, envergonhada, envergonhada, cobriu o rosto com as mãos, soluçando. — Não foi culpa minha, Tomakin. Porque eu sempre fiz meus exercícios, não foi? Não foi? Sempre... Eu não sei como... Se você soubesse como é horrível, Tomakin. Mas ele foi um conforto para mim, mesmo assim. — Voltando-se para a porta: — John! — ela chamou. — John!

Ele entrou de imediato, parou por um momento logo depois da porta, olhou em volta, pisando macio com seus mocassins, caminhou rapidamente pela sala, caiu de joelhos na frente do Diretor e disse em voz clara:

— Meu pai!

A palavra (pois "pai" não era tão obsceno — com sua conotação de algo distante da repugnância e obliquidade moral da procriação —, mas meramente grosseiro, uma impropriedade escatológica em vez de pornográfica), a palavra comicamente obscena aliviou o que havia se tornado uma tensão intolerável. As risadas explodiram, enormes, quase histéricas, ribombando, como se nunca fossem parar. Meu pai: e era o Diretor! Meu pai! Ah, Ford, ah, Ford! Isso era bom demais. A gritaria e o rugido se renovaram, os rostos pareciam à beira da desintegração, as lágrimas escorriam. Mais seis tubos de ensaio de espermatozoides foram derrubados. Meu pai!

Pálido, com os olhos arregalados, o Diretor olhou ao redor em uma agonia de humilhação perplexa.

Meu pai! As risadas, que haviam dado sinais de que estavam morrendo, irromperam novamente mais altas do que nunca. Ele tapou os ouvidos com as mãos e saiu correndo da sala.

DEPOIS DA CENA NA SALA DE FERTILIZAÇÃO, toda a casta superior de Londres ficou louca para ver a criatura deliciosa que havia caído de joelhos diante do Diretor de Incubadoras e Condicionamento — ou melhor, do ex-Diretor, pois o pobre homem havia renunciado imediatamente depois e nunca mais pôs os pés na Central outra vez —, havia se jogado no chão e o chamara (a piada era quase boa demais para ser verdade!) "meu pai". Já Linda provocou o efeito contrário; ninguém tinha a menor vontade de vê-la. Alguém dizer que era mãe, isso não era brincadeira: era uma obscenidade. Além do mais, ela não era uma selvagem de verdade, tinha saído de uma garrafa e sido condicionada como qualquer outra pessoa: então, não poderia ter ideias realmente exóticas. Por fim — e este era de longe o motivo mais forte para as pessoas não quererem ver a pobre Linda —, havia sua aparência. Gorda; havia perdido sua juventude; dentes ruins e pele manchada, e aquela figura (Ford!), simplesmente não era possível olhar para ela sem se sentir enjoado, sim, positivamente enjoado. Portanto, as melhores pessoas estavam decididas a não ver Linda. E Linda, por sua vez, não desejava vê-las. O retorno à civilização era para ela o retorno ao soma, era a possibilidade de se deitar na cama e tirar férias após férias, sem nunca ter que voltar a uma dor de cabeça ou a um acesso de vômito, sem nunca se sentir como sempre se sentia depois do peiote, como se tivesse feito algo tão vergonhosamente antissocial que nunca mais conseguiria levantar a cabeça. O soma não pregava nenhuma dessas peças desagradáveis. As férias que ele proporcionava eram perfeitas, e se a manhã seguinte era desagradável, isso não acontecia porque assim fosse intrinsecamente, mas apenas em comparação com as alegrias das férias. O remédio era tornar as férias perpétuas. Com avidez, ela clamava por doses cada vez maiores e mais frequentes. No começo o dr. Shaw objetou; mas depois acabou por deixá-la ter o que desejava. Ela tomava até vinte gramas por dia.

— O que vai acabar com ela em um ou dois meses — o médico confidenciou a Bernard. — Um dia o centro respiratório ficará paralisado. Sem mais respiração. E acabou. O que também é uma coisa boa. Se pudéssemos rejuvenescer, claro que seria diferente. Mas não podemos.

De modo surpreendente, como todos pensavam (pois nessas férias de soma Linda estava convenientemente fora do caminho), John levantou objeções.

— Mas você não está encurtando a vida dela, dando-lhe tanto?

— Em certo sentido, sim — admitiu o dr. Shaw. — Mas, por outro lado, nós estamos alongando a vida dela. — O jovem ficou olhando para ele sem compreender. — O soma pode fazer você perder alguns anos no tempo — continuou o médico. — Pense, no entanto, nas durações enormes e incomensuráveis que isso pode dar a você fora do tempo. As férias de soma são um pouco do que nossos ancestrais costumavam chamar de eternidade.

John começou a entender.

— A eternidade estava em nossos lábios e olhos — ele murmurou.

— Hein?

— Nada.

— Naturalmente — continuou o dr. Shaw —, você não pode permitir que as pessoas se encaminhem para a eternidade se tiverem algum trabalho sério a fazer. Mas como ela não tem nenhum trabalho sério...

— Mesmo assim — John persistiu —, não acredito que isso seja certo.

O médico deu de ombros.

— Bem, é claro, se você preferir que ela fique gritando feito louca o tempo todo.

No final, John foi forçado a ceder. Linda conseguiu seu soma. Daí em diante, ela permaneceu em seu quartinho no trigésimo sétimo andar do prédio de Bernard, na cama, com o rádio e a televisão sempre ligados, a torneira de patchuli pingando e os comprimidos de soma ao alcance da mão: lá ela permaneceu; e no entanto ela não estava lá, estava o tempo todo longe, infinitamente longe, de férias; de férias em algum outro mundo, onde a música do rádio era um labirinto de cores sonoras, um labirinto deslizante e palpitante, que conduzia (por belas e inevitáveis curvas) a um centro luminoso de absoluta convicção; onde as imagens dançantes da caixa de televisão eram os intérpretes de algum cinestésico musical indescritivelmente delicioso; onde o patchuli pingando era mais do que cheiro — era o sol, era um milhão de sexofones, era Popé fazendo amor, só que muito mais, incomparavelmente mais, e sem fim.

— Não, não podemos rejuvenescer. Mas estou muito

— ... o dito Selvagem — assim corriam as instruções de Bernard — deverá fazer uma excursão pela vida civilizada em todos os seus aspectos...

Ele estava tendo uma visão panorâmica dessa vida no momento, uma visão panorâmica da plataforma da Torre Charing-T. O Chefe da Estação e o Meteorologista Residente atuavam como guias. Mas foi Bernard quem mais falou. Intoxicado, ele se comportava como se, no mínimo, fosse um Controlador Mundial visitante. Mais leve que o ar.

O Foguete Verde de Bombaim caiu do céu. Os passageiros desceram. Oito gêmeos dravídicos idênticos em cáqui olhavam para fora das oito vigias da cabine: os comissários de bordo.

— Mil duzentos e cinquenta quilômetros por hora — disse o Chefe da Estação de maneira impressionante. — O que acha disso, sr. Selvagem?

John achou muito bom.

— Mesmo assim — disse ele —, Puck poderia colocar um cinto ao redor da Terra quatro vezes em dez minutos.

— O Selvagem — escreveu Bernard em seu relatório a Mustapha Mond — mostra surpreendentemente pouco espanto ou admiração pelas invenções civilizadas. Isso se deve, em parte, sem dúvida, ao fato de que ele ouviu falar delas pela mulher Linda, sua m...

(Mustapha Mond franziu a testa. "Será que o tolo acha que sou muito melindroso para ver a palavra escrita por extenso?")

— Em parte por seu interesse estar focado no que ele chama de "a alma", que ele persiste em considerar como uma entidade independente do ambiente físico, enquanto, conforme tentei apontar para ele...

O Controlador pulou as frases seguintes, e estava prestes a virar a página em busca de algo mais interessante e concreto, quando seu olhar foi atraído por uma série de frases bastante extraordinárias. "... embora eu deva admitir", ele leu, "que concordo com o Selvagem em achar a infantilidade civilizada muito fácil ou, como ele diz, não suficientemente cara; e eu gostaria de aproveitar esta oportunidade para chamar a atenção de vossa fordaleza..."

A raiva de Mustapha Mond deu lugar quase que de imediato à alegria. A ideia dessa criatura solenemente lhe passar um sermão — a ele! — sobre a ordem social era de fato muito grotesca. O homem deve ter ficado louco. "Eu deveria dar-lhe uma lição", disse ele a si mesmo; então jogou a cabeça para trás e riu alto. Naquele momento, de qualquer forma, a lição não seria dada.

Era uma pequena fábrica de refletores para helicópteros, uma filial da Corporação de Equipamentos Elétricos. Eles foram recebidos no próprio telhado (pois aquela carta circular de recomendação do Controlador surtiu efeitos mágicos) pelo Técnico-Chefe e pelo Gerente de Elemento Humano. Eles desceram as escadas para a fábrica.

— Cada processo — explicou o Gerente de Elemento Humano — é realizado, na medida do possível, por um único Grupo Bokanovsky.

E, com efeito, oitenta e três Deltas braquicefálicos negros quase sem nariz estavam realizando prensagem a frio. As cinquenta e seis máquinas de mandrilhamento de quatro fusos estavam sendo manipuladas por cinquenta e seis Gamas ruivos e de nariz aquilino. Cento e sete Épsilons senegaleses condicionados para suportar o calor estavam trabalhando na fundição. Trinta e três mulheres Deltas, de cabeça comprida e cabelos alourados, com pelve estreita, e todas de um metro e sessenta e nove centímetros de altura, com uma diferença máxima de vinte milímetros, estavam cortando parafusos. Na sala de montagem, os dínamos estavam sendo montados por dois conjuntos de anões Gamas-Mais. As duas bancadas rebaixadas de trabalho estavam frente a frente; entre elas rastejava a esteira rolante com sua carga de peças separadas; quarenta e sete cabeças louras eram confrontadas por quarenta e sete cabeças morenas. Quarenta e sete narizinhos arrebitados por quarenta e sete narizes de gancho; quarenta e sete queixos recuados por quarenta e sete queixos de prognatas. Os mecanismos concluídos eram inspecionados por dezoito garotas de cabelos castanhos encaracolados idênticas, em verde-Gama, embalados em caixotes por trinta e quatro homens Deltas-Menos canhotos e de pernas curtas, e carregados nas vans e nos caminhões que aguardavam por sessenta e três Semi-Imbecis Épsilons magros, sardentos e de olhos azuis.

— Ó admirável mundo novo. — Por alguma malícia de sua memória, o Selvagem se viu repetindo as palavras de Miranda. — Ó admirável mundo novo que tem tais habitantes.

— E garanto a vocês — concluiu o Gerente de Elemento Humano, ao saírem da fábrica — que dificilmente temos problemas com nossos trabalhadores. Sempre encontramos...

Mas o Selvagem de repente se separou de seus companheiros e vomitou de modo violento atrás de uma moita de louros, como se a terra sólida tivesse sido um helicóptero capturado numa bolsa de ar.

— O Selvagem — escreveu Bernard — se recusa a tomar soma e parece muito angustiado porque a mulher Linda, sua m..., continua permanentemente de férias. É digno de nota que, apesar da senilidade e do aspecto extremamente repulsivo de sua m..., o Selvagem vai vê-la com frequência e parece estar muito apegado a ela: um exemplo interessante da maneira como o condicionamento precoce pode ser usado para modificar e até mesmo ir contra os impulsos naturais (neste caso, o impulso de recuar de um objeto desagradável).

Em Eton, eles pousaram no telhado da Escola Superior. No lado oposto do Pátio da Escola, os cinquenta e dois andares da Torre de

Lupton brilhavam brancos ao sol. À sua esquerda, a Faculdade e, à sua direita, o Coral Comunitário da Escola erguiam suas veneráveis pilhas de ferroconcreto armado e vita-vidro. No centro do quadrilátero ficava a pitoresca estátua de aço cromado de Nosso Ford.

O dr. Gaffney, o Reitor, e a srta. Keate, a Diretora, os receberam quando saltaram do avião.

— Vocês têm muitos gêmeos aqui? — o Selvagem perguntou um tanto apreensivo, quando iniciaram a turnê de inspeção.

— Ah, não — respondeu o Reitor. — Eton é reservado com exclusividade para meninos e meninas da casta alta. Um óvulo, um adulto. Isso torna a educação mais difícil, é claro. Mas como eles serão chamados a assumir responsabilidades e lidar com emergências inesperadas, não há como evitar. — Ele suspirou.

Bernard, por sua vez, tinha se interessado muito pela srta. Keate.

— Se você estiver livre em qualquer segunda, quarta ou sexta-feira à noite — ele dizia. Apontando com o polegar para o Selvagem. — Ele está curioso, você sabe — acrescentou Bernard. — Pitoresco.

A srta. Keate sorriu (e seu sorriso era muito encantador, ele pensou); disse obrigada; ficaria encantada em ir a uma das festas dele. O Reitor abriu uma porta.

Cinco minutos naquela sala de aula Alfa Duplo Mais deixaram John um pouco confuso.

— O que é relatividade elementar? — ele sussurrou para Bernard. Bernard tentou explicar, mas pensou melhor e sugeriu que fossem para outra sala de aula.

Atrás de uma porta no corredor que conduzia à sala de geografia Beta-Menos, uma voz de soprano disse em voz alta:

— Um, dois, três, quatro — e, em seguida, com uma impaciência cansada: — Descansar.

— Exercício Malthusiano — explicou a Diretora. — A maioria de nossas meninas é intersexo, é claro. Eu também sou intersexo. — Ela sorriu para Bernard. — Mas temos cerca de oitocentas não esterilizadas que precisam de treinamento constante.

Na sala de geografia Beta-Menos, John aprendeu que "uma reserva selvagem é um lugar que, devido às condições climáticas ou geológicas desfavoráveis, ou à pobreza de recursos naturais, não compensava a despesa de civilizar". Um clique; a sala estava escura; e de repente, na tela acima da cabeça do Mestre, estavam os Penitentes de Acoma prostrando-se diante de Nossa Senhora e lamentando como John os ouvia lamentar, confessando seus pecados diante de Jesus na Cruz, diante da imagem da águia de Pookong. Os jovens etonianos praticamente gritavam de tanto rir. Ainda gemendo, os Penitentes puseram-se de pé, despiram-se das vestes e, com chicotes atados, começaram a se bater, golpe após golpe. Redobrados, os risos afogaram até o registro amplificado dos gemidos deles.

— Mas por que eles riem? — perguntou o Selvagem com perplexidade dolorida.

— Por quê? — O Reitor se voltou para ele com um rosto ainda bastante sorridente. — Por quê? Mas porque é tão extraordinariamente engraçado.

No crepúsculo cinematográfico, Bernard arriscou um gesto que, no passado, mesmo a escuridão total dificilmente o teria encorajado a fazer. Forte em sua nova importância, ele colocou o braço em volta da cintura da Diretora. Ela cedeu, sem muita convicção. Ele estava prestes a arrancar um beijo ou dois e talvez um beliscão suave, quando as venezianas se abriram de novo.

— Talvez seja melhor continuarmos — disse a srta. Keate, e encaminhou-se para a porta.

— E esta — disse o Reitor um instante depois — é a Sala de Controle Hipnopédico.

Centenas de caixas de música sintética, uma para cada dormitório, alinhavam-se em prateleiras ao redor de três lados da sala; enfiados em nichos na quarta parede, estavam os rolos de trilha sonora de papel nos quais as várias lições hipnopédicas eram impressas.

— Você desliza o rolo aqui dentro — explicou Bernard, interrompendo o dr. Gaffney —, pressiona este botão...

— Não, aquele outro — corrigiu o Reitor, irritado.

— Aquele outro, então. O rolo se desenrola. As células de selênio transformam os impulsos de luz em ondas sonoras e...

— E pronto — concluiu o dr. Gaffney.

— Eles leem Shakespeare? — perguntou o Selvagem enquanto caminhavam em direção aos Laboratórios Bioquímicos, passando pela Biblioteca da Escola.

— Claro que não — disse a Diretora, corando.

— Nossa biblioteca — disse o dr. Gaffney — contém apenas livros de referência. Se nossos jovens precisarem de distração, poderão obtê-la nos cinestésicos. Não os incentivamos a se entregar a qualquer diversão solitária.

Cinco ônibus cheios de meninos e meninas, cantando ou em um abraço silencioso, passaram por eles na estrada vitrificada.

— Acabam de voltar — explicou o dr. Gaffney, enquanto Bernard, sussurrando, marcava um horário com a Diretora para aquela mesma noite — do Crematório de Slough. O condicionamento para a morte começa aos dezoito meses. Cada criança passa duas manhãs por semana em um Hospital para Moribundos. Todos os melhores brinquedos são guardados lá, e elas recebem creme de chocolate nos dias de morte. Elas aprendem a encarar a morte como uma coisa natural.

— Como qualquer outro processo fisiológico — a Diretora disse profissionalmente.

Oito horas no Savoy. Tudo combinado.

No caminho de volta para Londres, eles pararam na fábrica da Corporação de Televisão em Brentford.

— Importa-se de esperar aqui um momento enquanto dou um telefonema? — perguntou Bernard.

O Selvagem esperou e observou. O turno principal do dia estava saindo do serviço. Multidões de trabalhadores de casta inferior formavam uma fila em frente à estação do monotrilho: setecentos ou oitocentos homens e mulheres Gama, Delta e Épsilon, dividindo entre eles todos não mais que uma dúzia de rostos e estaturas. Para cada um deles, com sua passagem, o balconista empurrava uma caixinha de papelão. A longa lagarta de homens e mulheres avançava de um jeito bem lento.

— O que há naqueles — (lembrando O *mercador de Veneza*) —, naqueles caixões? — o Selvagem perguntou quando Bernard voltou a se juntar a ele.

— A ração diária de soma — respondeu Bernard de modo um tanto indiferente, pois estava mastigando um pedaço de goma de mascar de Benito Hoover. — Eles recebem depois que o trabalho acaba. Quatro comprimidos de meio grama. Seis aos sábados.

Pegou o braço de John carinhosamente e caminharam de volta para o helicóptero.

Lenina entrou cantando no vestiário.

— Você parece muito satisfeita com você mesma — disse Fanny.

— Eu estou satisfeita — respondeu ela. Zip! — Bernard ligou meia hora atrás. — Zip, zip! Ela tirou o short. — Ele tem um compromisso inesperado. — Zip! — Me pediu para levar o Selvagem ao cinestésico hoje à noite. Preciso sair voando. — Correu para o banheiro.

— Ela é uma garota de sorte — Fanny disse a si mesma ao ver Lenina partir.

Não havia inveja no comentário; a afável Fanny estava apenas declarando um fato. Lenina tinha sorte mesmo; sorte por ter compartilhado com Bernard uma porção generosa da imensa celebridade do Selvagem, sorte por refletir em sua pessoa insignificante a glória elegante do momento. A secretária da Associação Fordiana de Moças não havia pedido que ela desse uma palestra sobre suas experiências? Ela não havia sido convidada para o Jantar Anual do Clube Aphroditaeum? Ela já não tinha aparecido no Noticiário Cinestésico — aparecido visível, audível e tatilmente para incontáveis milhões em todo o planeta?

Pouco menos lisonjeiras foram as atenções dispensadas a ela por indivíduos notáveis. O Segundo-Secretário do Controlador Mundial Residente a convidou para jantar e tomar café da manhã. Ela havia passado um fim de semana com o Ministro da Justiça de Ford e outro com o Arquimaestro Comunitário de Canterbury. O Presidente da Corporação de Secreções Internas e Externas estava sempre ao telefone, e ela estivera em Deauville com o Vice-Governador do Banco da Europa.

— É maravilhoso, claro. E, no entanto, de certa forma — ela confessou a Fanny —, sinto como se estivesse ganhando algo sob falsidade ideológica. Porque, é claro, a primeira coisa que todos querem saber é como é fazer amor com um Selvagem. E preciso dizer que não sei. — Ela balançou a cabeça. — A maioria dos homens não acredita em mim, é claro. Mas é verdade. Eu gostaria que não fosse — ela acrescentou tristemente e suspirou. — Ele é muito bonito; você não acha?

— Mas ele não gosta de você? — perguntou Fanny.

— Às vezes acho que sim e às vezes acho que não. Ele sempre faz o possível para me evitar; sai da sala quando eu entro; não me toca; nem olha para mim. Mas às vezes, se me viro de repente, eu o pego me olhando; e então, bem, você sabe como os homens ficam quando gostam de você.

Sim, Fanny sabia.

— Não consigo entender — disse Lenina.

Ela não conseguia entender; e não estava apenas confusa, estava bastante chateada.

— Porque, sabe, Fanny, eu gosto dele.

Gostava dele cada vez mais. Bem, agora haveria uma chance real, ela pensou, enquanto se perfumava após o banho. Borrifa, borrifa, borrifa: uma chance real. Seu bom humor transbordou em uma música.

Abrace-me até me drogar, meu bem;
Beije-me até o coma;
Abrace-me, neném;
Amor é bom que nem soma.

O órgão de cheiro tocava um Capricho Herbal deliciosamente refrescante — arpejos ondulantes de tomilho e lavanda, alecrim, manjericão, murta, estragão; uma série de modulações ousadas mediante teclas de especiarias em âmbar-gris; e um lento retorno que vem de sândalo, cânfora, cedro e feno recém-ceifado (com ocasionais toques sutis de discórdia — um quê de pudim de rim, a mais leve suspeita de esterco de porco), de volta aos aromáticos simples com os quais a peça começou. A explosão final do tomilho se dissipou; uma salva de palmas; as luzes se acenderam. Na máquina de música sintética, o rolo de trilha sonora começou a se desenrolar. Era um trio para hiperviolino, supervioloncelo e oboé-substituto que agora enchia o ar com seu langor agradável. Trinta ou quarenta compassos; e depois, contra esse pano de fundo instrumental, uma voz muito mais do que humana começou a gorjear; ora gutural, ora da cabeça, ora oca como uma flauta, ora carregada de harmônicos ardentes, ela passou sem esforço do registro grave de Kaspar Förster, nas próprias fronteiras do tom musical, para uma nota de morcego trinada acima do dó mais alto, da qual (em 1770, na Ópera Ducal de Parma, e para o espanto de

Mozart) Lucrezia Aguiari, somente ela entre todas as cantoras da história, certa vez emitira penetrante.

Afundados em suas cabines pneumáticas, Lenina e o Selvagem cheiravam e ouviam. Agora era a vez também dos olhos e da pele.

As luzes da casa se apagaram; letras de fogo destacavam-se sólidas, como se fossem autossustentáveis na escuridão. TRÊS SEMANAS EM UM HELICÓPTERO. UM CINESTÉSICO SUPERMUSICAL, SINTÉTICO-FALANTE, COLORIDO, ESTEREOSCÓPICO. COM ACOMPANHAMENTO SINCRONIZADO DE ÓRGÃOS DE CHEIRO.

— Segure essas maçanetas de metal nos braços da sua cadeira — sussurrou Lenina. — Caso contrário, você não obterá nenhum dos efeitos sentimentais.

O Selvagem fez o que lhe foi dito.

Enquanto isso, aquelas letras flamejantes haviam desaparecido; houve dez segundos de escuridão total; então, de repente, deslumbrantes e incomparavelmente mais sólidos do que teriam parecido em carne e osso reais, muito mais reais que a realidade, surgiram as imagens estereoscópicas, de um negro gigantesco e de uma jovem braquicéfala de cabelos dourados Beta-Mais, presos nos braços um do outro.

O Selvagem levou um susto. Essa sensação em seus lábios! Levou a mão à boca; a excitação cessou; deixou a mão cair de volta na maçaneta de metal; começou de novo. O órgão de cheiro, entretanto, exalava almíscar puro. Expirando, uma superpomba de trilha sonora soltou um arrulho; e vibrando apenas trinta e duas vezes por segundo, um baixo africano mais profundo deu a resposta: "Aa-aah." "Ooh-ah! Ooh... ah!". Os lábios estereoscópicos voltaram a se unir, e mais uma vez as zonas erógenas faciais dos seis mil espectadores no Alhambra vibraram com um prazer galvânico quase insuportável. "Ooh."

O enredo do filme era bastante simples. Poucos minutos depois dos primeiros Oohs e Aahs (com um dueto já cantado e um pouco de amor feito naquela famosa pele de urso, cada pelo dela — o

Predestinador Assistente estava perfeitamente certo — podia ser sentido de modo separado e distinto), o negro sofria um acidente de helicóptero e caía de cabeça. Tunc! Mas que pontada na testa! Um coro de ais e uis se elevou da plateia.

A concussão bagunçou todo o condicionamento do negro. Ele começou a desenvolver em relação à loura Beta uma paixão exclusiva e maníaca. Ela protestou. Ele persistiu. Houve lutas, perseguições, um ataque a um rival, e por fim um sequestro sensacional. A loura Beta foi arrebatada para o céu e mantida lá, pairando, por três semanas em um *tête-à-tête* descontroladamente antissocial com o negro ensandecido. Por fim, após uma série de aventuras e muitas acrobacias aéreas, três jovens e bonitos Alfas conseguiram resgatá-la. O negro foi despachado para uma Central de Recondicionamento de Adultos e o filme terminou feliz e de maneira decente, com a loura Beta se tornando amante de todos os seus três salvadores. Eles pararam por um momento para cantar um quarteto sintético, com acompanhamento superorquestral completo e gardênias no órgão de cheiro. Então a pele de urso fez uma aparição final e, em meio a um clangor de sexofones, o último beijo estereoscópico se desvaneceu na escuridão, a última excitação elétrica morreu nos lábios como uma mariposa agonizante que estremece, estremece, cada vez mais febrilmente, cada vez mais debilmente, e enfim se aquieta.

Mas, para Lenina, a mariposa não morreu por completo. Mesmo depois que as luzes se acenderam, enquanto eles arrastavam os pés devagar junto com a multidão em direção aos elevadores, o fantasma dela ainda flutuava contra seus lábios, ainda traçava estradas estremecidas de ansiedade e prazer em sua pele. Suas bochechas estavam vermelhas. Ela segurou o braço do Selvagem e o pressionou, sem firmeza, contra o seu corpo. Ele olhou para ela por um momento, pálido, dolorido, desejoso e envergonhado de seu desejo. Ele não era digno, não... Seus olhos se encontraram por um momento. Que tesouros ela prometia! O resgate de uma rainha em termos de temperamento. Depressa, ele desviou o olhar e soltou seu braço preso. Ele tinha um pavor irracional de que ela deixasse de ser algo de que ele se considerasse indigno.

— Não acho que você deva ver coisas assim — disse ele, apressando-se em transferir da própria Lenina para as circunstâncias circundantes a culpa por qualquer passado ou possível futuro lapso de perfeição.

— Que coisas, John?

— Coisas como esse filme tenebroso.

— Tenebroso? — Lenina estava surpresa. — Mas eu achei maravilhoso.

— Foi vil — disse ele, indignado. — Ignóbil.

Ela balançou a cabeça.

— Não entendi. — Por que ele era tão esquisito? Por que saiu de seu caminho para estragar as coisas?

No taxicóptero, ele mal olhou para ela. Preso por votos fortes que nunca haviam sido pronunciados, obediente a leis que havia muito tinham cessado de vigorar, ele se sentou afastado e em silêncio. Em alguns momentos, como se um dedo tivesse puxado alguma corda esticada, quase quebrando, todo o seu corpo tremia de repente.

O taxicóptero pousou no telhado do prédio de Lenina. "Finalmente", pensou ela, exultante, ao sair do táxi. Finalmente: embora ele tivesse realmente sido muito esquisito agora. Parada sob um poste de luz, ela olhou em seu espelho de mão. Finalmente. Sim, seu nariz estava um pouco brilhante. Sacudiu o pó solto de seu estojo. Enquanto ele pagava o táxi: haveria tempo. Ela esfregou o nariz para apagar o brilho, pensando: "Ele é muito bonito. Não há necessidade de ser tímido como Bernard. E mesmo assim… Qualquer outro homem teria feito isso há muito tempo. Bem, agora finalmente". Aquele fragmento de rosto no pequeno espelho redondo de repente sorriu para ela.

— Boa noite — disse uma voz estrangulada atrás dela. Lenina se virou. Ele estava parado na porta do táxi, os olhos fixos, encarando-a; evidentemente ficou olhando todo esse tempo enquanto ela empoava o nariz, esperando; mas esperando o quê?, ou hesitando, tentando tomar uma decisão, e o tempo todo pensando, pensando — ela não conseguia imaginar quais seriam os pensamentos extraordinários. — Boa noite, Lenina — ele repetiu, e fez uma estranha tentativa de sorriso.

— Mas, John... Eu pensei que você ia... Quero dizer, você não...?

Ele fechou a porta e se inclinou para dizer algo ao motorista. O táxi levantou voo.

Olhando para baixo pela janela do chão, o Selvagem pôde ver o rosto de Lenina voltado para cima, pálido na luz azulada das lâmpadas. A boca estava aberta, ela o estava chamando. Sua figura diminuta se afastava dele com velocidade; o quadrado decrescente do telhado parecia estar caindo na escuridão.

Cinco minutos depois, ele estava de volta ao seu quarto. Tirou de seu esconderijo o livro mordiscado pelos ratos, folheou com cuidado religioso as páginas manchadas e esfareladas e começou a ler *Otelo*. Otelo, lembrou ele, era como o herói de *Três semanas em um helicóptero*: um homem negro.

Enxugando os olhos, Lenina atravessou o telhado até o elevador. Em seu caminho para o vigésimo sétimo andar, ela sacou o frasco de soma. Um grama, ela decidiu, não seria suficiente; a situação dela era para mais que um grama. Mas se tomasse dois gramas, corria o risco de não acordar a tempo amanhã de manhã. Optou por um meio-termo e, na palma da mão esquerda em concha, sacudiu três comprimidos de meio grama.

12

BERNARD TEVE QUE GRITAR ATRÁS DA PORTA trancada; o Selvagem não abria.

— Mas todo mundo está lá, esperando por você.

— Eles que esperem — respondeu a voz abafada atrás da porta.

— Mas você sabe muito bem, John — (como é difícil soar persuasivo quando se está quase gritando!) —, eu pedi a eles que fossem conhecê-lo.

— Você deveria ter me perguntado antes se eu queria conhecê-los.

— Mas você sempre veio antes, John.

— E é precisamente por isso que não quero ir de novo.

— Só para me agradar — Bernard berrou, tentando bajulá-lo. — Você não vem para me agradar?

— Não.

— Está falando sério?

— Sim.

Desesperado agora:

— Mas o que devo fazer? — Bernard lamentou.

— Vá para o inferno! — berrou a voz exasperada lá de dentro.

— Mas o Arquimaestro Comunitário de Canterbury está lá esta noite. — Bernard estava quase chorando.

— *Ai yaa tákwa!* — Foi somente em *zuñi* que o Selvagem pôde expressar de modo adequado o que sentia a respeito do Arquimaestro Comunitário. — *Háni!* — ele acrescentou como uma reflexão tardia; e então (com que ferocidade derrisória!): — *Sons éso tse-ná.* — E cuspiu no chão, como Popé teria feito.

No fim, Bernard teve de se esgueirar de volta, humilhado, para seus aposentos e informar à assembleia impaciente que o Selvagem não apareceria naquela noite. A notícia foi recebida com indignação. Os homens ficaram furiosos por terem sido levados a se comportarem educadamente com aquele sujeito insignificante de reputação desagradável e opiniões heréticas. Quanto mais alta a posição deles na hierarquia, mais profundo era seu ressentimento.

— Pregar uma peça dessas em mim — o Arquimaestro ficava repetindo. — Em mim!

Quanto às mulheres, elas se sentiram indignadas por terem sido ludibriadas com falsos pretextos — por um homenzinho miserável que tinha recebido álcool por engano em sua garrafa, por uma criatura com físico Gama-Menos. Era um ultraje, e elas diziam isso cada vez mais alto. A Diretora de Eton foi particularmente mordaz.

Só Lenina não disse nada. Pálida, seus olhos azuis nublados por uma melancolia incomum, ela se sentou em um canto, isolada daqueles que a cercavam por uma emoção que não compartilhavam. Ela tinha vindo para a festa com uma sensação estranha de exultação ansiosa. "Em alguns minutos", ela disse a si mesma, ao entrar na sala, "eu o estarei vendo, conversando com ele, dizendo a ele (pois ela tinha vindo com a decisão tomada) que gosto dele, mais do que qualquer pessoa que já conheci. E então talvez ele diga...

"O que ele diria?" O sangue correu para suas bochechas.

"Por que ele estava tão estranho na outra noite, depois do cinestésico? Tão esquisito. E, no entanto, tenho certeza absoluta de que ele realmente gosta de mim. Tenho certeza..."

Foi nesse momento que Bernard fez seu anúncio; o Selvagem não viria para a festa.

Lenina de repente sentiu todas as sensações normalmente experimentadas no início de um tratamento de Substituto de Paixão Violenta: uma sensação de vazio terrível, uma apreensão ofegante, uma náusea. Era como se o coração tivesse parado de bater.

"Talvez seja porque ele não gosta de mim", ela disse a si mesma. E essa possibilidade logo se tornou uma certeza estabelecida: John havia se recusado a vir porque não gostava dela. Ele não gostava dela...

— É um pouco grosso demais mesmo — a Diretora de Eton estava dizendo ao Diretor de Crematórios e Recuperação de Fósforo. — Quando penso que, na verdade...

— Sim — veio a voz de Fanny Crowne —, a coisa do álcool é absolutamente verdade. Conheço alguém que conhecia alguém que estava trabalhando na Loja de Embriões na época. Ela disse ao meu amigo, e meu amigo disse para mim...

— Que pena, que pena — disse Henry Foster, demonstrando simpatia ao Arquimaestro Comunitário. — Pode ser do seu interesse saber que nosso ex-Diretor estava prestes a transferi-lo para a Islândia.

Perfurado pelas palavras pronunciadas, o rígido balão inflado da autoconfiança feliz de Bernard vazava de mil feridas. Pálido, perturbado, abjeto e agitado, ele andava por entre seus convidados, gaguejando desculpas incoerentes, garantindo-lhes que da próxima vez o Selvagem certamente estaria lá, implorando que se sentassem e comessem um sanduíche de caroteno, uma fatia de patê de vitamina A, um copo de substituto de champanhe. Eles comiam como se fosse um dever, mas o ignoravam; bebiam e eram rudes na sua cara ou falavam sobre ele em voz alta e ofensiva, como se ele não estivesse ali.

— E agora, meus amigos — disse o Arquimaestro Comunitário de Canterbury, com aquela bela voz vibrante com que conduzia os procedimentos nas comemorações do Dia de Ford —, agora, meus amigos, acho que talvez seja a hora... — Ele se levantou, deixou o copo de lado, limpou do colete de viscose púrpura as migalhas de uma comilança considerável e caminhou em direção à porta.

Bernard correu para interceptá-lo.

— Precisa mesmo, Arquimaestro? Ainda é muito cedo. Eu esperava que o senhor...

Sim, o que ele não esperava, quando Lenina lhe confidenciou que o Arquimaestro aceitaria um convite se fosse enviado. "Ele é realmente uma graça, sabia?" E mostrou a Bernard o pequeno puxador de zíper dourado em forma de T que o Arquimaestro lhe dera como lembrança do fim de semana que passara em Lambeth. Para encontrar o Arquimaestro Comunitário de Canterbury e o sr. Selvagem. Bernard havia proclamado seu triunfo em todos os cartões de convite. Mas o Selvagem escolheu justo aquela noite, entre todas as noites, para se trancar em seu quarto, para gritar *"Háni!"* e até (sorte que Bernard não entendia *zuñi*) *"Sons éso tse-ná!"* O que deveria ter sido o momento culminante de toda a carreira de Bernard acabou sendo o momento de sua maior humilhação.

— Eu esperava tanto... — ele repetiu, gaguejando, olhando para o grande dignitário com olhos suplicantes e distraídos.

— Meu jovem amigo — disse o Arquimaestro Comunitário em tom de severidade alta e solene; houve um silêncio geral. — Deixe-me lhe dar um conselho. — Balançou o dedo para Bernard. — Antes que seja tarde. Um bom conselho. — (Sua voz tornou-se sepulcral.) — Corrija seus caminhos, meu jovem amigo, corrija seus caminhos. — Fez o sinal do T sobre ele e se afastou. — Lenina, minha querida — ele chamou em outro tom —, venha comigo.

Obediente, mas sem sorrir e (totalmente insensível à honra que lhe foi feita), sem empolgação, Lenina caminhou atrás dele, saindo da sala. Os outros convidados o seguiram a uma distância respeitosa. O último bateu a porta. Bernard estava sozinho.

Perfurado, completamente murcho, ele se deixou cair em uma cadeira e, cobrindo o rosto com as mãos, começou a chorar. Entretanto, poucos minutos depois, ele pensou melhor e tomou quatro comprimidos de soma.

No andar de cima, em seu quarto, o Selvagem estava lendo *Romeu e Julieta*.

Lenina e o Arquimaestro Comunitário pisaram no telhado do Palácio de Lambeth.

— Depressa, minha amiga… quero dizer, Lenina — chamou o Arquimaestro, impaciente, dos portões do elevador. Lenina, que havia se demorado um instante para olhar para a lua, baixou os olhos e veio correndo pelo telhado para se juntar a ele.

"Uma Nova Teoria da Biologia" era o título do artigo que Mustapha Mond havia acabado de ler. Ele ficou sentado por algum tempo, franzindo a testa meditativamente, então pegou sua caneta e escreveu na folha de rosto: "O tratamento matemático do autor da concepção de propósito é novo e muito engenhoso, mas herético e, com relação à ordem social atual, perigoso e potencialmente subversivo. Não deve ser publicado". Ele sublinhou as palavras. "O autor será mantido sob supervisão. Sua transferência para a Estação Biológica Marinha de Santa Helena pode se tornar necessária."

Uma pena, ele pensou, enquanto assinava seu nome. Era uma obra de arte magistral. Mas quando se começava a admitir explicações em termos de finalidade... bem, não se sabia qual poderia ser o resultado. Era o tipo de ideia que poderia facilmente descondicionar as mentes mais instáveis entre as castas superiores: fazê-las perder a fé na felicidade como o Bem Soberano e passar a acreditar, em vez disso, que o objetivo estaria em algum lugar além, em algum lugar fora da esfera humana atual, que o propósito da vida não era a manutenção do bem-estar, mas alguma intensificação e refinamento da consciência, alguma ampliação do conhecimento. O que era, refletiu o Controlador, possivelmente verdade. Mas não, nas presentes circunstâncias, admissível.

Ele pegou a caneta de novo e, sob as palavras "Não deve ser publicado", desenhou uma segunda linha, mais espessa e preta que a primeira; então suspirou. "Que divertido seria", pensou ele, "se não tivéssemos que pensar na felicidade!"

Com os olhos fechados, o rosto brilhando de êxtase, John declamava suavemente para o vazio:

> *Oh! ela ensina a tocha a ser luzente.*
> *Diz-se que da face está pendente da noite,*
> *Tal qual joia muito preciosa da orelha de uma etíope mimosa;*
> *Bela demais para o uso, muito cara para a vida terrena.*

O T dourado estava brilhando no seio de Lenina. Por diversão, o Arquimaestro Comunitário o segurou, e por diversão, puxou e puxou.

— Eu acho melhor — disse Lenina de repente, quebrando um longo silêncio — ingerir alguns gramas de soma.

Bernard, a essa altura, estava profundamente adormecido e sorrindo para o paraíso particular de seus sonhos. Sorrindo, sorrindo. Mas inexoravelmente, a cada trinta segundos, o ponteiro dos minutos do relógio elétrico acima de sua cama saltava para frente com um clique quase imperceptível. Clique, clique, clique, clique... E de repente era de manhã. Bernard estava de volta às angústias do espaço e do tempo. Foi com o ânimo mais baixo que ele taxiou para o trabalho na Central de Condicionamento. A intoxicação do sucesso havia evaporado; ele estava sóbrio como antes; e em contraste com o balão temporário daquelas últimas semanas, o antigo eu parecia incrivelmente mais pesado do que a atmosfera circundante.

Para com esse desanimado Bernard, o Selvagem se mostrou inesperadamente solidário.

— Você se parece mais com o que era em Malpaís — disse ele, quando Bernard lhe contou sua triste história. — Você se lembra quando conversamos pela primeira vez? Fora da casinha. Você é como era antes.

— Porque estou infeliz de novo, é por isso.

— Bem, eu prefiro ser infeliz a ter o tipo de felicidade falsa e mentirosa que você estava tendo aqui.

— Gostei dessa — disse Bernard com amargura. — Quando é você a causa de tudo. Recusando-se a vir à minha festa e, assim, virando todos contra mim! — Ele sabia que o que estava dizendo era absurdo em sua injustiça; admitiu interiormente, e por fim em voz alta, a verdade de tudo o que o Selvagem agora dizia sobre a inutilidade de amigos que podiam se tornar, por uma provocação tão leve, inimigos e perseguidores. Mas apesar desse conhecimento e dessas admissões, apesar do fato de que o apoio e a simpatia de seu amigo eram agora seu único consolo, Bernard continuou a nutrir perversamente, junto com sua afeição genuína, uma queixa secreta contra o Selvagem, para meditar uma campanha de pequenas vinganças a serem exercidas sobre ele. Nutrir rancor contra o

Arquimaestro Comunitário era inútil; não havia possibilidade de vingança contra o Engarrafador-Chefe ou o Predestinador Assistente. Como vítima, o Selvagem tinha, para Bernard, essa enorme superioridade sobre os demais: ser acessível. Uma das principais funções de um amigo é sofrer (de forma mais branda e simbólica) os castigos que gostaríamos de infligir aos nossos inimigos, mas não podemos.

A outra vítima amiga de Bernard era Helmholtz. Quando, desconcertado, veio pedir mais uma vez a amizade que, em sua prosperidade, não havia pensado que valia a pena preservar, Helmholtz a concedeu; e o fez sem censura, sem comentários, como se tivesse esquecido que alguma vez houve uma briga. Comovido, Bernard se sentiu ao mesmo tempo humilhado por essa magnanimidade: uma magnanimidade ainda mais extraordinária e, portanto, mais humilhante por não dever nada ao soma e tudo ao caráter de Helmholtz. Foi o Helmholtz da vida cotidiana que esqueceu e perdoou, não o Helmholtz de um feriado de meio grama. Bernard estava devidamente grato (foi um enorme conforto ter seu amigo de novo) e também devidamente ressentido (seria um prazer se vingar de Helmholtz por sua generosidade).

Em seu primeiro encontro após o afastamento, Bernard contou a história de suas misérias e aceitou consolo. Só alguns dias mais tarde é que soube, para sua surpresa e com uma pontada de vergonha, que não era o único que estava em apuros. Helmholtz também havia entrado em conflito com a Autoridade.

— Foi por causa de algumas rimas — explicou ele. — Eu estava ministrando meu curso normal de Engenharia Emocional Avançada para alunos do terceiro ano. Doze palestras, das quais a sétima é sobre rimas. "Sobre o uso de rimas na propaganda moral e publicidade", para ser mais preciso. Sempre ilustro minhas palestras com muitos exemplos técnicos. Dessa vez, pensei em dar a eles um que eu mesmo havia acabado de escrever. Loucura pura, é claro; mas não pude resistir. — Ele riu. — Fiquei curioso para ver quais seriam as reações deles. Além disso — acrescentou com mais gravidade —, eu queria fazer um pouco de propaganda; estava tentando usar engenharia para fazer com que eles se sentissem como me senti quando escrevi as rimas. Ford! — Ele riu de novo. — Que grita houve! O Diretor me pegou e ameaçou me demitir sumariamente. Eu sou um homem marcado.

— Mas do que tratavam as suas rimas? — Bernard perguntou.

— Eram sobre a solidão.

As sobrancelhas de Bernard subiram.

— Posso recitar para você, se quiser. — E Helmholtz começou:

Comitê de ontem,
Tambor quebrado e baquetas de verdade,
Meia-noite na cidade,
Flautas no vácuo,
Lábios fechados, rostos adormecidos,
Cada máquina parada,
Os lugares sujos e emudecidos
Onde as multidões estiveram…
Todos os silêncios se alegram,
Alto ou baixo, chorei,
E falei — mas com a voz
De quem eu não sei.
Ausência, digamos, de Susan,
Ausência de Egeria,
Seus braços e respectivos seios,
Lábios e, ah, traseiros,
Lentamente formam uma presença;
De quem? E me pergunto, de que
Uma essência tão absurda,
Esse algo, que não é,

No entanto, vamos, preenchamos
A noite vazia com mais solidez
Do que aquilo com que copulamos,
Por que deveria parecer tanta aridez?

— Bem, eu dei a eles isso como exemplo e me denunciaram ao Diretor.

— Não me surpreendo — disse Bernard. — É totalmente contra todo o ensino durante o sono que eles receberam. Lembre-se, eles tiveram pelo menos um quarto de milhão de avisos contra a solidão.

— Eu sei. Mas achei que gostaria de ver qual seria o efeito.

— Bem, agora você viu.

Helmholtz apenas riu.

— Eu sinto — disse ele, após um silêncio — como se estivesse começando agora a ter algo sobre o que escrever. Como se estivesse começando a ser capaz de usar aquele poder que sinto que tenho dentro de mim: aquele poder extra latente. Algo que parece estar vindo para mim. — Apesar de todos os seus problemas, ele parecia, pensou Bernard, bastante feliz.

Helmholtz e o Selvagem foram com a cara um do outro na hora. Foi de fato algo tão cordial que Bernard sentiu uma pontada aguda de ciúme. Em todas essas semanas, ele nunca tinha chegado a uma intimidade tão estreita com o Selvagem como Helmholtz alcançou de imediato. Observando-os, ouvindo sua conversa, ele às vezes desejava com ressentimento nunca tê-los reunido. Ele tinha vergonha de seu ciúme e alternadamente fazia esforços de vontade e tomava soma para não sentir isso. Mas os esforços não tiveram muito sucesso; e entre as férias do soma havia, é claro, intervalos. O sentimento odioso continuava voltando.

Em seu terceiro encontro com o Selvagem, Helmholtz recitou suas rimas sobre Solidão.

— O que acha delas? — perguntou quando terminou.

O Selvagem balançou a cabeça.

— Ouça isto aqui — foi sua resposta; e destrancando a gaveta em que guardava o livro comido pelo rato, ele abriu e leu:

> *Seja a ave de mais alto canto*
> *Na única árvore em Arábia*
> *Triste arauto e trompa sábia...*

Helmholtz ouvia com entusiasmo crescente. Na "única árvore em Arábia" ele começou; ao "tu, abutre em bruxaria", ele sorriu com súbito prazer; em "toda ave de tirano mito", o sangue subiu para suas bochechas; mas na "fúnebre arca do acalanto" ele empalideceu e tremia com uma emoção sem precedentes. O Selvagem continuou lendo:

> *A identidade liquidada,*
> *Que o próprio, mesmo não era;*
> *Duplo nome de uma só esfera*
> *Nem dois nem um era chamada.*
> *O pensamento decomposto*
> *Viu divisão crescer também...*[*]

— Orgialegria! — disse Bernard, interrompendo a leitura com uma risada alta e desagradável. — É apenas um hino do Serviço de Solidariedade. — Ele estava se vingando de seus dois amigos por gostarem mais um do outro do que dele.

No decorrer de seus dois ou três encontros seguintes, ele com frequência repetia esse pequeno ato de vingança. Era simples e extremamente eficaz, já que tanto Helmholtz quanto o Selvagem ficavam terrivelmente doloridos com a quebra e a contaminação de um cristal poético favorito. No final, Helmholtz ameaçou expulsá-lo

---

*The Phoenix and the Turtle. Traduzido como
"A fênix e a pomba" por José Lino Grünewald (1964).

da sala se ele ousasse interromper outra vez. E, no entanto, de modo estranho, a próxima interrupção, a mais vergonhosa de todas, veio do próprio Helmholtz.

O Selvagem estava lendo *Romeu e Julieta* em voz alta — lendo (durante todo o tempo ele se via como Romeu e Lenina como Julieta) com uma paixão intensa e trêmula. Helmholtz ouviu a cena do primeiro encontro dos amantes com um interesse intrigado. A cena no pomar o encantara com sua poesia; mas os sentimentos expressos o fizeram sorrir. Ficar em tal estado para ter uma garota parecia bastante ridículo. Mas, analisado a detalhe verbal, que peça magnífica de engenharia emocional!

— Esse sujeito — disse ele — faz nossos melhores técnicos de propaganda parecerem absolutamente bobos.

O Selvagem sorriu triunfante e retomou a leitura. Tudo correu razoavelmente bem até que, na última cena do terceiro ato, Capuleto e a sra. Capuleto começaram a intimidar Julieta para que se casasse com Páris. Helmholtz estivera inquieto durante toda a cena; mas quando, pateticamente imitada pelo Selvagem, Julieta gritou:

> *Não haverá piedade em meio às nuvens,*
> *Para dor me sondar até o mais fundo?*
> *Oh! Não me repilais, bondosa mãe!*
> *Adiai esse esponsório pelo prazo de um mês, uma semana;*
> *Ou se impossível vos for tal coisa, preparai o tálamo nupcial*
> *No monumento em que Tebaldo se encontra sepultado.*

Quando Julieta disse isso, Helmholtz irrompeu em uma explosão de gargalhadas incontroláveis.

A mãe e o pai (obscenidade grotesca) forçando a filha a ter alguém que ela não queria! E a garota idiota não dizendo que estava tendo alguém que (por enquanto, pelo menos) ela preferia! Em seu absurdo obsceno, a situação era irresistivelmente cômica. Ele conseguira, com um esforço heroico, conter a pressão crescente de sua hilaridade; mas "bondosa mãe" (no tom trêmulo de angústia do Selvagem) e a referência a Tebaldo morto, mas evidentemente não cremado e desperdiçando seu fósforo em um monumento escuro, eram demais para ele. Ele riu sem parar, até as lágrimas escorrerem por seu rosto — riu impassível enquanto, pálido de indignação, o Selvagem olhava para ele por cima do livro, e então, enquanto a risada continuava, fechou-o indignado, levantou-se e, com o gesto de quem tira a sua pérola da frente dos porcos, trancou-o na gaveta.

— E, no entanto — disse Helmholtz quando, tendo recuperado o fôlego para se desculpar, acalmou o Selvagem para que ele ouvisse suas explicações —, eu sei muito bem que precisamos de situações loucas e ridículas como essa; não se pode escrever tão bem assim sobre qualquer outra coisa. Por que aquele sujeito era um técnico de propaganda tão maravilhoso? Porque tinha muitas coisas insanas e torturantes que o empolgavam. Você tem que estar magoado e chateado; caso contrário, não consegue pensar nas frases realmente boas e penetrantes como um raio X. Mas pais e mães! — Ele balançou a cabeça. — Você não pode esperar que eu fique sério quando alguém fala de pais e mães. E quem vai ficar animado com um rapaz ter uma moça ou não tê-la? — (O Selvagem estremeceu; mas Helmholtz, que estava olhando pensativo para o chão, não viu nada.) — Não — ele concluiu, com um suspiro —, não funciona. Precisamos de algum outro tipo de loucura e violência. Mas o quê? O quê? Onde se pode encontrar isso? — Ele ficou em silêncio; então, balançando a cabeça: — Eu não sei — ele disse por fim. — Eu não sei.

13

HENRY FOSTER APARECEU NO CREPÚSCULO DA LOJA de embriões.

— Gostaria de ir a uma festa esta noite?

Lenina balançou a cabeça sem falar.

— Saindo com outra pessoa? — Ficou interessado em qual de seus amigos estava sendo possuído por qual outro. — É o Benito? — ele questionou.

Ela balançou a cabeça novamente.

Henry detectou o cansaço naqueles olhos roxos, a palidez sob aquele brilho de lúpus, a tristeza nos cantos da boca carmesim séria.

— Você não está se sentindo mal, está? — ele perguntou, um pouco ansioso, com medo de que ela pudesse estar sofrendo de uma das poucas doenças infecciosas que ainda existiam.

Mais uma vez, Lenina balançou a cabeça.

— De qualquer maneira, você deveria consultar um médico — Henry disse. — Um médico por dia traz saúde e alegria — acrescentou com entusiasmo, reforçando seu adágio hipnopédico com uma palmadinha no ombro. — Talvez você precise de um Substituto de Gravidez — ele sugeriu. — Ou então um tratamento de SPV extraforte. Às vezes, você sabe, o substituto de paixão padrão não é lá muito...

— Ah, pelo amor de Ford — disse Lenina, quebrando o silêncio teimoso —, cale a boca! — e voltou para os embriões negligenciados.

Um tratamento de SPV, ora! Ela teria rido se não estivesse a ponto de chorar. Como se ela não tivesse P.V. bastante! Suspirou profundamente enquanto reenchia a seringa.

— John — murmurou para si mesma. — John. — Então: — Meu Ford — ela se perguntou —, dei a este aqui a injeção para a doença do sono ou não dei? — Ela simplesmente não conseguia se lembrar. No final, decidiu não correr o risco de deixá-lo tomar uma segunda dose e foi descendo a fila para o próximo frasco.

Vinte e dois anos, oito meses e quatro dias a partir desse momento, um jovem e promissor administrador Alfa-Menos em Mwanza-Mwanza morreria de tripanossomíase: o primeiro caso em mais de meio século. Suspirando, Lenina continuou seu trabalho.

Uma hora depois, no vestiário, Fanny protestava energicamente.

— Mas é um absurdo se permitir entrar em um estado como este. Simplesmente absurdo — ela repetiu. — E por quê? Um homem... um homem.

— Mas é ele que eu quero.

— Como se não houvesse milhões de outros homens no mundo.

— Mas eu não quero todos eles.

— Como pode saber antes de experimentar?

— Eu experimentei.

— Mas quantos? — perguntou Fanny, dando de ombros com desdém. — Um, dois?

— Dezenas. Mas — balançando a cabeça — não foi nada bom — acrescentou.

— Bem, você precisa perseverar — Fanny disse sentenciosamente. Mas era óbvio que a confiança em suas próprias receitas havia sido abalada. — Nada pode ser alcançado sem perseverança.

— Mas enquanto isso...

— Não pense nele.

— Não consigo evitar.

— Tome soma, então.

— Eu tomo.

— Bem, então continue.

— Mas nos intervalos eu ainda gosto dele. Sempre gostarei dele.

— Bem, se esse é o caso — disse Fanny, decidida —, por que você simplesmente não vai e o pega? Quer ele queira ou não.

— Mas se você soubesse o quão terrivelmente esquisito ele era!

— Mais uma razão para assumir uma posição firme.

— Acontece que falar é fácil.

— Não aceite nenhuma bobagem. Aja. — A voz de Fanny era uma trombeta; ela bem poderia ter sido uma palestrante da A.F.M., dando uma palestra noturna para adolescentes Beta-Menos. — Sim, aja imediatamente. Faça isso agora.

— Eu ficaria apavorada — disse Lenina.

— Bem, você só precisa tomar meio grama de soma primeiro. E agora vou para meu banho. — Ela marchou, arrastando a toalha.

A campainha tocou e o Selvagem, que esperava com impaciência que Helmholtz viesse naquela tarde (por ter finalmente decidido falar com Helmholtz sobre Lenina, não poderia suportar adiar suas confidências nem mais um minuto), saltou e correu para a porta.

— Eu tive uma premonição de que era você, Helmholtz — gritou ele ao abrir.

Na soleira, num terninho de marinheiro de cetim de acetato branco e com um boné branco redondo ousadamente inclinado sobre a orelha esquerda, estava Lenina.

— Ah! — disse o Selvagem, como se alguém o tivesse golpeado com força.

Meio grama tinha sido o bastante para fazer Lenina esquecer seus medos e seus constrangimentos.

— Olá, John — ela disse, sorrindo, e passou direto por ele e entrou na sala. John fechou a porta automaticamente e a segúiu. Lenina se sentou. Houve um longo silêncio.

— Você não parece muito feliz em me ver, John — disse ela por fim.

— Não pareço feliz? — O Selvagem olhou para ela com ar de censura; então, de repente, caiu de joelhos diante dela e, pegando a mão de Lenina, beijou-a com reverência. — Não pareço feliz? Ah, se você soubesse — ele sussurrou, e aventurando-se a erguer os olhos para o rosto dela: — Admirada Lenina — ele continuou —, sim, remate de toda perfeição, digna de quanto no mundo há de mais raro. — Ela sorriu para ele com uma ternura deliciosa. — Ah, você é tão perfeita (ela estava se inclinando para ele com os lábios entreabertos) —, tão perfeita e tão incomparável, foi feita (cada vez mais perto) — de tudo que mais custoso pode haver na criação. — Ainda mais perto. O Selvagem se levantou de repente. — É por isso — ele disse, e desviou o rosto — que eu queria fazer uma coisa primeiro. Quer dizer, para mostrar que era digno de você. Não que eu pudesse realmente sê-lo. Mas, de qualquer forma, para mostrar que eu não sou absolutamente indigno. Eu queria fazer alguma coisa.

— Por que você acha que seria necessário... — Lenina começou, mas deixou a frase inacabada. Havia uma nota de irritação em sua voz. Quando alguém se inclina para frente, cada vez mais perto, com os lábios entreabertos — apenas para se encontrar, de repente, quando um idiota desajeitado se levanta às pressas, inclinando-se para o nada —, bem, há uma razão, mesmo com meio grama de soma circulando na corrente sanguínea, um motivo genuíno de aborrecimento.

— Em Malpaís — o Selvagem murmurava, incoerente —, você tinha que trazer para ela a pele de um leão da montanha... quero dizer, quando você queria se casar com alguém. Ou então de um lobo.

— Não há leões na Inglaterra. — Lenina quase explodiu.

— E ainda que houvesse — acrescentou o Selvagem, com repentino ressentimento desdenhoso —, as pessoas os matariam em helicópteros, suponho, com gás venenoso ou algo assim. Isso eu não faria, Lenina. — Ele endireitou os ombros, aventurou-se a olhar para ela e foi recebido por olhos incompreensivos, irritados. Confuso: — Eu farei qualquer coisa — continuou, cada vez mais incoerente. — O que você mandar. Há jogos fatigantes, você sabe. Mas a fadiga aumenta a atração. Isso é o que eu sinto. Quer dizer, eu varreria o chão se você quisesse.

— Mas temos aspiradores de pó aqui — disse Lenina, perplexa. — Não é necessário.

— Não, claro que não é necessário. Mas muitos serviços de baixa qualidade são levados a cabo com nobreza. Eu gostaria de fazer algo com nobreza. Você não entende?

— Mas se existem aspiradores de pó...

— Essa não é a questão.

— E os Semi-Imbecis Épsilons para manuseá-los — ela continuou. — Bem, então por quê?

— Por quê? Mas para você, para você. Só para mostrar que eu...

— E o que diabos aspiradores de pó têm a ver com leões...

— Para mostrar o quanto...

— Ou o que leões têm a ver com você estar feliz em me ver... — Ela estava ficando cada vez mais exasperada.

— O quanto eu te amo, Lenina — ele falou quase desesperadamente.

Como um emblema da maré interna de exaltação assustada, o sangue subiu às bochechas de Lenina.

— Você está falando sério, John?

— Mas eu não queria dizer isso — gritou o Selvagem, apertando as mãos em uma espécie de agonia. — Não até que... Escute, Lenina, em Malpaís as pessoas se casam.

— As pessoas o quê? — A irritação tinha começado a voltar para sua voz. Do que ele estava falando agora?

— Para sempre. Elas fazem a promessa de viver juntas para sempre.

— Que ideia horrível! — Lenina ficou genuinamente chocada.

— Sobrevivendo à beleza exterior por uma emoção que mais rápido se renovara do que o sangue se deteriorasse.

— O quê?

— É assim também em Shakespeare. "Se acaso o laço virginal lhe desatares antes de haverem sido celebradas, sem omissão, as santas cerimônias e seus ritos sagrados..."

— Pelo amor de Ford, John, fale algo que faça sentido. Eu não consigo entender uma palavra do que você diz. Primeiro são aspiradores de pó, depois, laços. Você está me deixando louca. — Ela deu um pulo, e como se temesse que ele pudesse fugir dela fisicamente, bem fugia com sua mente, agarrou-o pelo pulso. — Responda esta pergunta: você gosta de mim de verdade, ou não?

Um momento de silêncio; então, numa voz muito baixa:

— Eu te amo mais do que tudo no mundo — disse ele.

— Então por que diabos você não disse isso? — ela gritou, e sua exasperação era tão intensa que cravou as unhas afiadas no pulso dele. — Em vez de ficar tagarelando sobre nós, aspiradores de pó e leões, e me deixando infeliz por semanas e semanas.

Ela soltou a mão dele e a afastou com raiva.

— Se eu não gostasse tanto de você — disse ela —, ficaria furiosa.

E de repente os braços dela estavam em volta do pescoço dele; ele sentiu os lábios dela macios contra os seus. Tão deliciosamente macios, tão quentes e elétricos que inevitavelmente ele se pegou pensando nos abraços de *Três semanas em um helicóptero*. Ooh! ooh! a loura estereoscópica e anh! o mouro mais que real. Horror, horror, horror... ele tentou se libertar, mas Lenina apertou o abraço.

— Por que você não disse isso antes? — ela sussurrou, afastando o rosto para olhar para ele. Seus olhos expressavam uma reprovação carinhosa.

— As cavernas mais negras, os lugares mais oportunos — (a voz da consciência trovejou poeticamente) —, os mais poderosos argumentos dos gênios da maldade que em nós próprios habitam nunca me hão de mudar a honra em luxúria. Nunca, nunca! — ele resumiu.

— Garoto bobo! — ela estava dizendo. — Eu queria tanto você. E se você me queria também, por que não...?

— Mas, Lenina... — ele começou a protestar, e quando ela logo desemaranhou os braços, se afastando dele, John pensou, por um momento, que ela havia entendido sua sugestão tácita. Mas quando ela desabotoou a cartucheira branca e a pendurou com cuidado nas costas de uma cadeira, ele começou a suspeitar de que se enganara.

— Lenina! — ele repetiu, apreensivo.

Ela levou a mão ao pescoço e deu um longo puxão vertical; sua blusa de marinheiro branca rasgou até a barra; a suspeita condensou-se em uma certeza muito sólida.

— Lenina, o que você está fazendo?

Zip, zip! Sua resposta era sem palavras. Ela tirou a calça boca de sino. Suas zipcalcinhas eram de um rosa claro. O T dourado do Arquimaestro Comunitário balançava em seu peito.

— Que esses seios de leite que através das grades da janela perfuram os olhos dos homens... — As palavras cantantes, trovejantes e mágicas a faziam parecer duplamente perigosa, duplamente atraente. Macias, macias, mas o quão penetrantes! Furando e penetrando a razão, cavando túneis por meio da resolução. — Os mais fortes juramentos são palha para o fogo dos sentidos. Procura comedir-te, do contrário...

Zip! O rosa arredondado se desfez como uma maçã bem dividida. Um movimento dos braços, um levantamento primeiro do pé direito, depois do esquerdo: as zipcalcinhas jaziam sem vida, como se tivessem murchado no chão.

Ainda usando sapatos e meias, e o boné branco redondo inclinado, ela avançou em sua direção.

— Querido. Querido! Se você tivesse dito isso antes! — Ela estendeu os braços.

Mas em vez de dizer também "Querida!" e estender os braços, o Selvagem recuou, aterrorizado, agitando as mãos para ela como se estivesse tentando assustar algum animal intruso e perigoso. Quatro passos para trás, e ele acabou batendo de encontro à parede.

— Fofo! — disse Lenina e, pondo as mãos em seus ombros, apertou-se contra ele. — Coloque seus braços em volta de mim — ela ordenou. — Abrace-me até me drogar, meu bem. — Ela também sabia poesia, conhecia palavras que cantavam e eram encantamentos e batidas de tambores. — Beije-me — ela fechou os olhos e deixou sua voz cair em um murmúrio sonolento: — Beije-me até o coma. Abrace-me, neném...

O Selvagem a agarrou pelos pulsos, arrancou suas mãos de seus ombros e empurrou-a rudemente com o braço esticado.

— Ai, você está me machucando, você está... Ah! — Ela ficou de repente em silêncio. O terror a fez esquecer a dor. Abrindo os olhos, ela viu o rosto dele — não, não o rosto dele, o rosto de um estranho feroz, pálido, distorcido, se contraindo com alguma fúria

204

insana e inexplicável. Horrorizada: — Mas o que foi, John? — ela sussurrou. Ele não respondeu, apenas olhou para o rosto dela com aqueles olhos loucos. As mãos que seguravam seus pulsos tremiam. Ele respirava profunda e irregularmente. Quase imperceptível, mas apavorante, ela de repente ouviu o ranger de seus dentes. — O que foi? — ela quase gritou.

E como que acordado por seu grito, ele a pegou pelos ombros e a sacudiu.

— Prostituta! — ele gritou. — Prostituta! Rameira descarada!

— Ah, não, não faça isso — ela protestou com uma voz grotescamente trêmula pelo tremor dele.

— Prostituta!

— P-por f-favor...

— Puta maldita!

— Um gra-ama é me-melhor... — ela começou.

O Selvagem a empurrou com tanta força que ela cambaleou e caiu.

— Vá — gritou ele, de pé sobre ela, em tom bastante ameaçador. — Saia da minha frente ou eu te mato. — Ele cerrou os punhos.

Lenina ergueu o braço para cobrir o rosto.

— Não, por favor, não, John.

— Apresse-se. Rápido!

Um braço ainda erguido, e seguindo cada movimento dele com um olhar aterrorizado, ela se levantou cambaleante, ainda curvada, ainda cobrindo a cabeça, e correu para o banheiro.

O barulho daquela palmada prodigiosa que acelerou a sua partida foi como um tiro de pistola.

— Ai! — Lenina pulou para frente.

Trancada com segurança no banheiro, ela teve tempo para avaliar os ferimentos. De pé, de costas para o espelho, torceu a cabeça. Olhando por cima do ombro esquerdo, podia ver a marca de uma mão aberta destacando-se distinta e carmesim na carne perolada. Com cuidado, massageou o local ferido.

Lá fora, na outra sala, o Selvagem estava andando para cima e para baixo, marchando, marchando ao som dos tambores e da música de palavras mágicas.

— À minha vista mosca dourada é libertina.

De modo enlouquecedor, elas retumbaram em seus ouvidos.

— O furão e o corcel arrebatado não revelam mais lúbrico apetite. Abaixo da cintura são centauros, muito embora mulheres para cima. Até a cintura os deuses é que mandam; para baixo, os demônios. Ali é o inferno, escuridão, abismo sulfuroso, calor, fervura, cheiro de podridão... Xi! Xi! Pá! Ó bondoso boticário, dá-me uma onça de almíscar, para eu temperar a imaginação.

— John! — arriscou uma vozinha insinuante vinda do banheiro. — John!

— Ó erva daninha, tão bela ao parecer e tão cheirosa que ofende os sentidos. Teria sido feito um tão formoso papel, tão belo livro, para nele ficar escrito o nome "Prostituta"? Tapa o nariz o céu...

Mas o perfume dela ainda pairava sobre ele, sua jaqueta estava branca com o pó que havia perfumado o corpo aveludado.

— Meretriz atrevida, meretriz atrevida, meretriz atrevida... — O ritmo inexorável se acelerou. — Atrevida...

— John, posso pegar minhas roupas?

Ele pegou a calça boca de sino, a blusa, as zipcalcinhas.

— Abra! — ele ordenou, chutando a porta.

— Não, não abro. — A voz estava assustada e desafiadora.

— E como espera que eu lhe dê as roupas, ora?

— Empurre-as através do ventilador sobre a porta.

Ele fez o que ela sugeriu e voltou a andar inquieto pela sala.

— Rameira atrevida, rameira atrevida. Demônio da luxúria com seu traseiro gordo e dedo de batata...

— John.

Ele não respondeu.

— Traseiro gordo e dedo de batata.

— John.

— O que é? — ele perguntou rispidamente.

— Será que você se importaria de me dar minha cartucheira malthusiana?

Lenina ficou sentada, ouvindo os passos na outra sala, perguntando-se, enquanto ouvia, por quanto tempo ele provavelmente ficaria andando para cima e para baixo daquele jeito; se ela teria que esperar até que ele saísse do apartamento; ou se fosse seguro, depois de permitir que sua loucura, após um tempo razoável, diminuísse, abrir a porta do banheiro e correr para fora.

Ela foi interrompida em meio a essas especulações inquietantes pelo som da campainha do telefone tocando na outra sala. De repente, o som de passos cessou.

Ouviu a voz do Selvagem falando com o silêncio.

— Alô.

....

— Sim.

....

— Se não me usurpo a mim próprio, sim.

....

— Sim, você não me ouviu dizer isso? Aqui é o sr. Selvagem falando.

....

— O quê? Quem está doente? Claro que me interessa.

....

— Mas é sério? Ela está muito mal? Eu irei imediatamente.

....

— Não está mais em seus aposentos? Para onde foi levada?

....

— Ah, meu Deus! Qual é o endereço?

....

— Park Lane, 3... é isso? Três? Obrigado.

Lenina ouviu o clique do receptor sendo recolocado, depois passos apressados. Uma porta bateu. Silêncio. Ele realmente se foi?

Com uma infinidade de precauções, ela abriu a porta alguns centímetros; espiou pela fenda; foi encorajada pela visão do vazio; abriu um pouco mais e colocou toda a cabeça para fora; por fim entrou na sala na ponta dos pés; ficou parada por alguns segundos com o coração batendo forte, ouvindo, ouvindo; então disparou para a porta da frente, abriu, deslizou, bateu, correu. Só depois de entrar no elevador e descer o poço é que começou a se sentir segura.

14

O HOSPITAL PARA MORIBUNDOS DE PARK LANE era uma torre de sessenta andares de lajotas amarelo-claras. Quando o Selvagem desceu do táxi, um comboio de carros funerários aéreos de cores alegres ergueu-se zunindo do telhado e disparou pelo parque, na direção oeste, com destino ao Crematório de Slough. Nos portões do elevador, o porteiro presidente deu-lhe as informações de que precisava e ele desceu para a enfermaria 81 (uma enfermaria de Senilidade Galopante, explicou o porteiro), no décimo sétimo andar.

Era uma sala grande, iluminada pelo sol e por tinta amarela, contendo vinte leitos, todos ocupados. Linda estava morrendo com companhia: com companhia e todas as conveniências modernas. O ar estava continuamente animado com melodias sintéticas alegres. Ao pé de cada leito, em frente ao ocupante moribundo, havia um televisor. A televisão era deixada ligada, junto com uma torneira aberta, de manhã à noite. A cada quarto de hora, o perfume predominante na sala mudava de forma automática.

— Nós tentamos — explicou a enfermeira, que se encarregou do Selvagem na porta —, tentamos criar uma atmosfera totalmente agradável aqui, algo entre um hotel de primeira classe e uma sala de cinestésico, se é que você me entende.

— Onde ela está? — perguntou o Selvagem, ignorando essas explicações educadas.

A enfermeira ficou ofendida.

— Você está com pressa mesmo, hein? — disse ela.

— Existe alguma esperança? — ele perguntou.

— Você quer dizer de ela não morrer? — (Ele acenou com a cabeça.) — Não, claro que não. Quando alguém é enviado para cá, não há nenhuma... — Surpresa com a expressão de angústia em seu rosto pálido, ela de repente parou no meio da frase. — Por quê, qual é o problema? — ela perguntou. Ela não estava acostumada a esse tipo de coisa nas visitas. (Não que houvesse muitos visitantes, de qualquer maneira, ou qualquer razão pela qual devesse haver muitos visitantes.) — Você não está se sentindo mal, está?

Ele balançou a cabeça numa negativa.

— Ela é minha mãe — ele disse em uma voz quase inaudível.

A enfermeira olhou para ele com olhos assustados e horrorizados, então rapidamente desviou o olhar. Da garganta às têmporas, ela era toda um rubor quente.

— Leve-me até ela — disse o Selvagem, fazendo um esforço para falar em um tom normal.

Ainda corando, ela abriu caminho para a enfermaria. Rostos ainda frescos e intactos (pois a senilidade galopava tão forte que não dava tempo de envelhecer as bochechas, apenas o coração e o cérebro) viravam quando eles passavam. Seu progresso foi seguido pelos olhos vazios e sem curiosidade da segunda infância. O Selvagem estremeceu ao olhar.

Linda estava deitada na última das longas fileiras de camas, perto da parede. Apoiada em travesseiros, assistia às semifinais do Campeonato Sul-Americano de Tênis de Superfície de Riemann, que eram disputadas em reprodução silenciosa e diminuta na tela do televisor ao pé da cama. De um lado para outro, em seu quadrado de vidro iluminado, as pequenas figuras disparavam silenciosamente, como peixes em um aquário: os silenciosos porém agitados habitantes de outro mundo.

Linda olhava, sorrindo de modo vago e sem compreender. Seu rosto pálido e inchado exibia uma expressão de felicidade imbecil. De vez em quando, suas pálpebras se fechavam e por alguns segundos ela parecia cochilar. Então, com um pequeno sobressalto, acordava de novo: acordava para as travessuras do aquário dos Campeões do Tênis, para a versão em Órgão Super-Vox de "Abrace-me até me drogar, meu bem", para a corrente cálida de verbena que vinha soprando pelo respirador acima de sua cabeça, despertava para essas coisas, ou melhor, para um sonho de que essas coisas, transformadas e embelezadas pelo soma em seu sangue, eram os maravilhosos constituintes, e voltava a sorrir seu sorriso desmantelado e descolorido de contentamento infantil.

— Bem, preciso ir — disse a enfermeira. — Meu lote de crianças está chegando. Além disso, temos o número 3. — Ela apontou para a enfermaria. — Pode ir embora a qualquer momento. Fique à vontade. — Ela se afastou rapidamente.

O Selvagem se sentou ao lado da cama.

— Linda — sussurrou, pegando a mão dela.

Ao som de seu nome, ela se virou. Seus olhos vagos brilharam ao reconhecê-lo. Ela apertou a mão dele, sorriu, seus lábios se moveram; então, de repente, sua cabeça tombou para frente. Ela estava dormindo. John ficou sentado observando-a, buscando na carne cansada, buscando e encontrando aquele rosto jovem e luminoso que se curvara sobre sua infância em Malpaís, lembrando (e aí ele fechou os olhos) de sua voz, de seus movimentos, de todos os acontecimentos de sua vida juntos. "Estreptococo-Gê para Banbury-Tê..." Como seu canto fora lindo! E aquelas rimas infantis, magicamente estranhas e misteriosas!

Á, Bê, Cê, vitamina Dê:
A gordura está no fígado, o fígado em você.

Lembrando-se das palavras e da voz de Linda enquanto ela as repetia, ele sentiu as lágrimas quentes brotando por dentro das pálpebras. E depois as lições de leitura: Vivi viu a uva, o rato roeu a roupa, e as *Instruções práticas para trabalhadores Beta do Depósito de Embriões.* E longas tardes junto ao fogo ou, no verão, no telhado da casinha, quando ela lhe contava aquelas histórias do Outro Lugar, fora da Reserva: aquele lindo, lindo Outro Lugar, cuja lembrança, como a de um céu, um paraíso de bondade e beleza, ele ainda mantinha inteira e intacta, imaculada pelo contato com a realidade desta Londres real, estes homens e mulheres civilizados.

Um ruído repentino de vozes estridentes o fez abrir os olhos e, depois de enxugar as lágrimas apressadamente, olhar em volta. O que parecia um fluxo interminável de meninos gêmeos idênticos de oito anos estava entrando na sala. Gêmeo após gêmeo, gêmeo após gêmeo, eles apareceram: um pesadelo. Seus rostos, um rosto repetido, pois havia apenas um entre eles: olhos de cão sem dono, todos de narinas e olhos pálidos e arregalados. O uniforme deles era cáqui. Todos tinham a boca aberta. Guinchando e tagarelando, eles entraram. Em um momento, pareciam vermes infestando a enfermaria. Eles enxameavam entre os leitos, subiam nas camas, rastejavam embaixo delas, espiavam dentro dos televisores, faziam caretas para os pacientes.

Linda os espantou e chegou até a alarmá-los. Um grupo se acotovelava ao pé de seu leito, olhando com a curiosidade assustada e estúpida de animais repentinamente confrontados com o desconhecido.

— Olhe só, olhe só! — Eles falavam em vozes baixas e assustadas. — O que é que ela tem? Por que está tão gorda?

Eles nunca tinham visto um rosto como o dela antes: nunca tinham visto um rosto que não fosse jovem e de pele esticada, um corpo que não fosse esguio e ereto. Todas aquelas sexagenárias moribundas tinham a aparência de meninas infantis. Aos quarenta e quatro anos, Linda parecia, em contraste, um monstro de senilidade flácida e distorcida.

— Ela não é horrorosa? — Eram os comentários sussurrados. — Olhe só os dentes dela!

De repente, de debaixo da cama, um gêmeo com cara de *pug* apareceu entre a cadeira de John e a parede, e começou a olhar para o rosto adormecido de Linda.

— Olha só como... — ele começou; mas a frase terminou prematuramente em um grito. O Selvagem o agarrou pelo colarinho, ergueu-o acima da cadeira e, com um bom sopapo nas orelhas, mandou-o embora, gritando.

Seus gritos trouxeram a enfermeira-chefe correndo para o resgate.

— O que você fez com ele? — ela exigiu saber, ferozmente. — Não vou deixar você bater nas crianças.

— Bem, então, mantenha-os longe deste leito. — A voz do Selvagem tremia de indignação. — O que esses pirralhos imundos estão fazendo aqui? É uma vergonha!

— Vergonha? Mas o que você quer dizer? Eles estão sendo condicionados para a morte. E mais uma coisa — ela avisou com truculência —, se você interferir mais uma vez no condicionamento deles, vou mandar chamar os porteiros e expulsá-lo.

O Selvagem se levantou e deu alguns passos em sua direção. Seus movimentos e a expressão em seu rosto eram tão ameaçadores que a enfermeira caiu para trás, aterrorizada. Com grande esforço, ele se conteve e, sem falar, virou-se e sentou-se de novo ao lado da cama.

Tranquilizada, mas com uma dignidade um tanto estridente e incerta:

— Eu avisei — disse a enfermeira —, então, preste atenção. — Mesmo assim, ela conduziu os gêmeos muito curiosos para longe e os fez entrar no jogo de caça ao zíper, que havia sido organizado por uma de suas colegas do outro lado da sala.

— Pode ir agora, vá tomar sua xícara de cafeína solúvel, querida — disse ela à outra enfermeira. O exercício da autoridade restaurou sua confiança, fez com que se sentisse melhor. — Agora, crianças! — ela chamou.

Linda se mexeu inquieta, abriu os olhos por um momento, olhou vagamente ao redor e, mais uma vez, adormeceu. Sentado ao seu lado, o Selvagem se esforçou para recapturar o humor de alguns minutos antes. "Á, Bê, Cê, vitamina Dê", ele repetiu para si mesmo, como se as palavras fossem um feitiço que restauraria os mortos do passado. Mas o feitiço foi ineficaz. De maneira obstinada, as belas lembranças se recusaram a surgir; houve apenas uma ressurreição odiosa de ciúmes, feiuras e misérias. Popé com o sangue escorrendo do ombro cortado; e Linda adormecida horrivelmente, e as moscas zumbindo em volta do mescal derramado no chão ao lado da cama; e os meninos falando aquelas coisas enquanto ela morria... Ah, não, não! Ele fechou os olhos, balançou a cabeça em negação vigorosa dessas memórias. "Á, Bê, Cê, vitamina Dê." Tentou pensar naquelas vezes em que ele se sentava de joelhos e ela colocava os braços em volta dele e cantava sem parar, embalando-o, embalando-o para dormir. "Á, Bê, Cê, vitamina Dê, vitamina Dê, vitamina Dê."

O Órgão Super-Vox subiu para um crescendo soluçante, e de repente a verbena deu lugar, no sistema de circulação dos cheiros, a um patchuli intenso. Linda se mexeu, acordou, olhou por alguns segundos, confusa, para os semifinalistas, e então, erguendo o rosto, cheirou uma ou duas vezes o ar recém-perfumado e de repente sorriu — um sorriso de êxtase infantil.

— Popé! — ela murmurou, e fechou os olhos. — Ah, que bom, eu gosto tanto disso... — Ela suspirou e deixou-se afundar de volta nos travesseiros.

— Mas Linda! — O Selvagem falou, implorando: — Não está me reconhecendo? — Ele havia tentado tanto, feito o seu melhor, por que ela não permitiria que ele esquecesse? Ele apertou sua mão inerte quase com violência, como se fosse forçá-la a voltar desse sonho de prazeres ignóbeis, dessas memórias vis e odiosas, de volta ao presente, de volta à realidade: o presente terrível, a realidade terrível, mas sublime, mas significativa, mas desesperadamente importante por causa da iminência daquilo que tornava essas memórias tão temerosas. — Não está me reconhecendo, Linda?

Ele sentiu a leve pressão de resposta da mão dela. As lágrimas começaram a brotar em seus olhos. Ele se inclinou sobre ela e a beijou.

Seus lábios se moveram.

— Popé! — ela sussurrou de novo, e foi como se um balde cheio de estrume tivesse sido jogado na sua cara.

A raiva de repente ferveu dentro dele. Rejeitado pela segunda vez, a paixão de sua dor encontrou outra saída, se transformou em uma paixão de raiva agonizante.

— Mas eu sou John! — ele gritou. — Eu sou John! — E em sua angústia furiosa chegou a pegá-la pelos ombros e sacudi-la.

Os olhos de Linda se abriram; ela o viu e o reconheceu.

— John!

Mas situou o rosto real, as mãos reais e violentas, num mundo imaginário: entre os equivalentes internos e privados de patchuli e do Super-Órgão, entre as memórias transfiguradas e as sensações estranhamente transpostas que constituíam o universo do seu sonho.

— O que é que ele está dizendo? — disse uma voz, muito próxima, distinta e estridente através dos gorjeios do Super-Órgão.

O Selvagem estremeceu com violência e, descobrindo o rosto, olhou em volta. Cinco gêmeos cáqui, cada um com o toco de uma bomba comprida na mão direita, com os rostos idênticos manchados de chocolate líquido, estavam parados em uma fileira, os olhos arregalados em direção a ele.

Eles encontraram seus olhos e simultaneamente sorriram. Um deles apontou com o toquinho da bomba.

— Ela morreu? — ele perguntou.

O Selvagem olhou para eles por um momento em silêncio. Então, em silêncio, levantou-se, em silêncio caminhou a passos lentos em direção à porta.

— Ela morreu? — repetiu o gêmeo inquisitivo, trotando ao seu lado.

O Selvagem olhou para ele e ainda sem falar o empurrou.

O gêmeo caiu no chão e imediatamente começou a uivar. O Selvagem nem sequer olhou em volta.

Altas, baixas, de uma multidão de gargantas separadas, apenas duas vozes guinchavam ou grunhiam. Repetidos indefinidamente, como se por uma sequência de espelhos, dois rostos, um deles uma lua sem pelos e sardenta com um halo laranja, o outro, uma máscara de pássaro fina e bicuda, com barba de dois dias, voltaram-se com fúria para ele. Aquelas palavras e, em suas costelas, o cutucão afiado de cotovelos romperam sua inconsciência. Ele acordou mais uma vez para a realidade externa, olhou em volta, percebeu o que via, percebeu, com uma sensação de horror e nojo cada vez mais profundos, o que era o delírio recorrente de seus dias e noites, o pesadelo de uma mesmice indistinguível e fervilhante. Gêmeos, gêmeos... Como vermes, eles haviam enxameado profanamente sobre o mistério da morte de Linda. Como vermes de novo, mas dessa vez maiores, crescidos em sua totalidade, eles agora se arrastavam por sua dor e seu arrependimento. Ele parou e, com olhos perplexos e horrorizados, olhou em volta para a turba cáqui, no meio da qual, ultrapassando-a em altura por uma cabeça inteira, ele se levantou.

"Que soberbas criaturas aqui vieram!" — As palavras cantadas zombavam dele com escárnio. "Como os homens são belos! Ó admirável mundo novo..."

— Distribuição de soma! — gritou uma voz. — Vamos formar uma fila, por favor. Rápido.

Uma porta foi aberta, uma mesa e uma cadeira levadas para o vestíbulo. A voz era a de um jovem Alfa alegre, que entrara carregando um cofre de ferro preto. Um murmúrio de satisfação veio dos gêmeos expectantes. Eles esqueceram tudo sobre o Selvagem. A atenção deles voltava-se agora para o cofre preto que o jovem colocara sobre a mesa e estava prestes a destrancar. A tampa foi erguida.

— Oo-oh! — disseram todos os cento e sessenta e dois simultaneamente, como se estivessem olhando fogos de artifício.

O jovem pegou um punhado de caixinhas de comprimidos.

— Agora — ele disse peremptoriamente —, um passinho à frente, por favor. Um de cada vez, sem empurrar.

Um de cada vez, sem empurrar, os gêmeos deram um passo à frente. Primeiro dois machos, depois uma fêmea, depois outro macho, depois três fêmeas, depois...

O Selvagem ficou olhando.

"Ó admirável mundo novo, admirável mundo novo."

Em sua mente, as palavras cantadas pareciam mudar de tom. Elas zombavam dele em meio à sua miséria e remorso, zombavam dele com uma nota horrível de escárnio cínico! Rindo diabolicamente, insistiam na miséria, na feiura nauseante do pesadelo. Agora, de repente, alardeavam um chamado às armas.

"Ó admirável mundo novo!" — Miranda estava proclamando a possibilidade da beleza, a possibilidade de transformar até o pesadelo em algo nobre e nobre. "Ó admirável mundo novo!" — Era um desafio, um comando.

— Nada de empurrar aí agora! — gritou o Subalmoxarife Assistente, enfurecido. Ele bateu a tampa do cofre. — Vou parar a distribuição se ninguém se comportar direito.

Os Deltas murmuraram, empurraram um ao outro um pouco e então pararam. A ameaça foi eficaz. Privação de soma — apavorante só de pensar!

— Assim é melhor — disse o jovem, e reabriu seu cofre.

Linda havia sido uma escrava, Linda havia morrido; os outros deveriam viver em liberdade e tornar o mundo algo belo. Uma reparação, um dever. E de repente ficou luminosamente claro para o Selvagem o que ele deveria fazer; era como se uma veneziana tivesse sido aberta, uma cortina puxada.

— Agora — disse o Subalmoxarife Assistente.

Outra mulher cáqui deu um passo à frente.

— Parem! — O Selvagem gritou com voz alta e vibrante. — Parem!

Abriu caminho até a mesa; os Deltas olharam para ele com espanto.

— Ford! — o Subalmoxarife Assistente disse baixinho. — É o Selvagem. — Ele ficou assustado.

— Escutem, eu imploro — o Selvagem clamou com seriedade. — Concedei-me sua atenção. — Ele nunca havia falado em público antes e achava muito difícil expressar o que queria dizer. — Não tomem essas coisas horríveis. É veneno, é veneno.

— Ora, sr. Selvagem — disse o Subalmoxarife Assistente, sorrindo de forma polida. — O senhor se importaria de me deixar...

— Veneno tanto para a alma quanto para o corpo.

— Sim, mas deixe-me continuar com a minha distribuição, certo? Seja um bom sujeito. — Com a ternura cautelosa de quem acaricia um animal sabidamente raivoso, ele deu um tapinha no braço do Selvagem. — É só me deixar...

— Nunca! — gritou o Selvagem.

— Mas olhe aqui, meu velho...

— Jogue tudo fora, esse veneno horrível.

As palavras "Jogue tudo fora" perfuraram as camadas envolventes de incompreensão até o fundo da consciência dos Deltas. Um murmúrio raivoso subiu da multidão.

— Eu vim trazer liberdade para vocês — disse o Selvagem, voltando-se para os gêmeos. — Eu vim...

O Subalmoxarife Assistente não ouviu mais; tinha saído de fininho do vestíbulo e estava procurando um número na lista telefônica.

— Não está em seus aposentos — resumiu Bernard. — Nem no meu, nem no seu. Não está no Aphroditaeum; nem na Central nem na Faculdade. Onde ele pode ter ido?

Helmholtz deu de ombros. Haviam voltado do trabalho acreditando que encontrariam o Selvagem esperando por eles em um ou outro dos locais de reunião costumeiros, e não havia sinal do sujeito. O que era irritante, já que eles pretendiam ir a Biarritz no esporticóptero de quatro lugares de Helmholtz. Iam se atrasar para o jantar se ele não viesse logo.

— Vamos dar a ele mais cinco minutos — disse Helmholtz. — Se ele não aparecer, nós vamos.

O toque da campainha do telefone o interrompeu. Ele pegou o fone.

— Alô, Helmholtz falando. — Então, após um longo intervalo de escuta: — Ford no seu Calhambeque! — ele xingou. — Já estou indo para aí.

— O que foi? — Bernard perguntou.

— Um sujeito que conheço no Hospital de Park Lane — disse Helmholtz. — O Selvagem está lá. Parece que ficou louco. De qualquer maneira, é urgente. Você vem comigo?

Desceram apressados o corredor até os elevadores.

— Mas vocês gostam de ser escravos? — o Selvagem estava dizendo quando eles entraram no Hospital. Seu rosto estava afogueado, seus olhos brilhavam de ardor e indignação. — Vocês gostam de ser bebês? Sim, bebês. Choramingando e vomitando — ele acrescentou, tão exasperado com a estupidez bestial deles a ponto de insultar aqueles a quem viera salvar. Os insultos ricocheteavam nas carapaças espessas de estupidez; eles o encararam com uma expressão vazia de ressentimento embotado e taciturno em seus olhos. — Sim, vomitando! — ele gritou com vontade. Dor e remorso, compaixão e dever: tudo isso havia sido esquecido agora e, por assim dizer, absorvido por um ódio intenso e avassalador por esses monstros menos que humanos. — Vocês não querem ser livres e homens? Vocês nem sequer entendem o que é humanidade, o que é liberdade? — A raiva o estava deixando fluente; as palavras vinham repetiu. — Em paz, em paz. — Ela estremeceu, afundou em um sussurro e expirou momentaneamente. — Ah, quero tanto que vocês sejam felizes — começou, com uma seriedade ardente. — Quero tanto que vocês sejam bons! Por favor, por favor, sejam bons e...

Dois minutos depois, a Voz e o vapor de soma produziram seu efeito. Em lágrimas, os Deltas se beijavam e se abraçavam: meia dúzia de gêmeos de cada vez num abraço coletivo. Até mesmo Helmholtz e o Selvagem estavam quase chorando. Um novo suprimento de caixas de comprimidos foi trazido do Almoxarifado; uma nova distribuição foi feita às pressas e, ao som das aberturas ricas e afetuosas de barítono da Voz, os gêmeos se dispersaram, chorando como se seus corações fossem se partir.

— Adeus, meus queridos, queridos amigos, fiquem com Ford! Adeus, meus queridos, queridos amigos, fiquem com Ford. Adeus, meus queridos, queridos...

Quando o último Delta se foi, o policial desligou a corrente. A Voz angelical se calou.

— Você vem em silêncio? — perguntou o sargento. — Ou vamos precisar anestesiar? — Ele apontou sua pistola d'água ameaçadoramente.

— Ah, vamos em silêncio — respondeu o Selvagem, tocando de modo alternado um lábio cortado, um pescoço arranhado e uma mão esquerda mordida.

Ainda tapando o nariz ensanguentado com o lenço, Helmholtz acenou com a cabeça em confirmação.

Desperto e já com o uso das pernas recobrado, Bernard escolheu esse momento para se mover o mais discretamente possível em direção à porta.

— Ei, você aí — chamou o sargento, e um policial com máscara suína atravessou a sala correndo e colocou a mão no ombro do jovem.

Bernard se voltou com uma expressão de inocência indignada. Fugindo? Ele nem sequer havia sonhado com tal coisa.

230

— Mas para que diabos você me quer — disse ele ao sargento —, eu não consigo imaginar.

— Você é amigo do prisioneiro, não é?

— Bem... — disse Bernard, e hesitou. Não, ele não podia negar. — Por que não deveria ser? — ele perguntou.

— Venha, então — disse o sargento, e seguiu na frente em direção à porta e ao carro de polícia que aguardava.

16

A SALA PARA A QUAL OS TRÊS FORAM CONDUZIDOS era o escritório do Controlador.

— Sua fordaleza descerá num instante. — O mordomo Gama os deixou sozinhos.

Helmholtz riu alto.

— É mais uma festa com cafeína solúvel que um julgamento — disse ele, e deixou-se cair na mais luxuosa das poltronas pneumáticas. — Ânimo, Bernard — acrescentou, ao ver o rosto infeliz do amigo. Mas Bernard não se animou; sem responder, sem nem mesmo olhar para Helmholtz, ele foi e se sentou na cadeira mais desconfortável da sala, cuidadosamente escolhida na obscura esperança de aplacar, de algum modo, a ira dos poderes superiores.

Enquanto isso, o Selvagem vagava inquieto pela sala, espiando com uma vaga curiosidade superficial os livros nas prateleiras, os rolos de trilha sonora e as bobinas das máquinas de leitura em seus escaninhos numerados. Na mesa sob a janela estava um grande volume encadernado em couro preto e flácido, estampado com grandes T dourados. Ele o pegou e abriu. MINHA VIDA E TRABALHO, DE NOSSO FORD. O livro foi publicado em Detroit pela Sociedade para a Propagação do Conhecimento Fordiano. Virou as páginas distraído, leu uma frase aqui, um parágrafo ali, e tinha acabado de chegar à conclusão de que o livro não o interessava, quando a porta se abriu e o Controlador Mundial Residente da Europa Ocidental entrou rapidamente na sala.

Mustapha Mond apertou a mão de todos os três, mas foi ao Selvagem que ele se dirigiu.

— Então não gosta muito de civilização, sr. Selvagem — disse ele.

O Selvagem olhou para ele. Estava preparado para mentir, fazer alarde, permanecer taciturno e indiferente; mas, tranquilizado pela inteligência bem-humorada do rosto do Controlador, decidiu contar a verdade, sem rodeios.

— Não — balançou a cabeça em negativa.

Bernard se assustou e ficou horrorizado. O que o Controlador pensaria? Ser rotulado como amigo de um homem que disse não gostar da civilização — que disse isso abertamente e, entre todas as pessoas, para o Controlador —, isso era terrível.

— Mas, John — ele começou. Um olhar de Mustapha Mond o reduziu a um silêncio abjeto.

— Claro — o Selvagem continuou a admitir —, há algumas coisas muito boas. Toda aquela música no ar, por exemplo...

— "Muitas vezes estrondam-me aos ouvidos mil instrumentos de possante bulha; outras vezes são vozes."

O rosto do Selvagem se iluminou com um prazer repentino.

— Você também leu? — ele perguntou. — Achei que ninguém soubesse desse livro aqui, na Inglaterra.

— Quase ninguém. Eu sou um dos poucos. É proibido, sabia? Mas, como eu faço as leis aqui, também posso infringi-las. Com impunidade, sr. Marx — acrescentou, voltando-se para Bernard. — O que, receio, você não pode fazer.

Bernard mergulhou numa angústia ainda mais desesperadora.

— Mas por que é proibido? — perguntou o Selvagem. Na empolgação de conhecer um homem que havia lido Shakespeare, ele se esqueceu momentaneamente de todo o resto.

O Controlador deu de ombros.

— Porque é velho; esse é o principal motivo. Não temos nenhuma utilidade para coisas velhas aqui.

— Mesmo quando são belas?

— Particularmente quando são belas. A beleza é atraente, e não queremos que as pessoas sejam atraídas por coisas antigas. Queremos que gostem das novas.

— Mas as novas são tão imbecis e horrorosas. Essas peças, onde não há nada além de helicópteros voando e você sente as pessoas se beijando. — Ele fez uma careta. — Cabras e macacos! — Apenas nas palavras de Otelo ele poderia encontrar um veículo adequado para seu desprezo e ódio.

— Bons animais domesticados, de qualquer maneira — o Controlador murmurou de passagem.

— Por que você não deixa que assistam a *Otelo*?

— Já lhe disse; é velho. E eles não conseguiriam entender.

Sim, isso era verdade. Ele se lembrou de como Helmholtz riu de *Romeu e Julieta*.

— Bem, então — disse ele, após uma pausa —, algo novo que seja como *Otelo*, e que eles pudessem entender.

— Isso é o que todos nós queremos escrever — disse Helmholtz, quebrando um longo silêncio.

— E é o que vocês nunca escreverão — disse o Controlador. — Porque, se fosse realmente como *Otelo*, ninguém poderia

— Eu estava me perguntando — disse o Selvagem — por que
tê-los... já que você pode conseguir o que quiser a partir dessas
garrafas. Por que você não faz todos Alfa Duplo Mais então?

Mustapha Mond riu.

— Porque não queremos ter nossas gargantas
cortadas — respondeu ele. — Acreditamos na felicidade e na
estabilidade. Uma sociedade de Alfas não poderia deixar de ser
instável e miserável. Imagine uma fábrica comandada por Alfas, isto
é, por indivíduos separados e não aparentados, de boa hereditariedade
e condicionados para serem capazes (dentro de certos limites) de ter
livre-arbítrio e assumir responsabilidades. Imagine! — ele repetiu.

O Selvagem tentou imaginar, sem muito sucesso.

— É um absurdo. Um homem com decantação Alfa e
condicionamento Alfa enlouqueceria se tivesse que fazer o trabalho
de um Semi-Imbecil Épsilon: enlouqueceria ou começaria a destruir
as coisas. Alfas podem ser completamente socializados, mas tão
somente sob a condição de que você os mande fazer trabalho de Alfa.
Só se pode esperar que um Épsilon faça sacrifícios Épsilon, pelo
bom motivo de que para eles não são sacrifícios; eles são a linha de
menor resistência. Seu condicionamento estabeleceu trilhos ao longo
dos quais ele deve correr. Ele não consegue evitar; está condenado
a isso. Mesmo após a decantação, ele ainda está dentro de uma
garrafa: uma garrafa invisível de fixações infantis e embrionárias.
Cada um de nós, é claro — o Controlador continuou, meditativo —,
passa a vida dentro de uma garrafa. Mas se por acaso somos Alfas,
nossas garrafas são, relativamente falando, enormes. Sofreríamos
muito se estivéssemos confinados em um espaço mais estreito. Não
se pode derramar substituto de champanhe da casta superior em
garrafas da casta inferior. Teoricamente, isso é óbvio. Mas também
foi comprovado na prática. O resultado da experiência de Chipre foi
convincente.

— O que foi isso? — perguntou o Selvagem.

Mustapha Mond sorriu.

— Bem, você pode chamá-lo de um experimento de reengarrafamento, se quiser. Tudo começou em 473 d.F. Os Controladores limparam a ilha de Chipre de todos os seus habitantes existentes e a recolonizaram com um lote especialmente preparado de vinte e dois mil Alfas. Todo o equipamento agrícola e industrial foi entregue a eles e deixaram que cuidassem de seus negócios por conta própria. O resultado cumpriu exatamente todas as previsões teóricas. A terra não foi bem trabalhada; houve greves em todas as fábricas; as leis foram ignoradas, as ordens desobedecidas; todas as pessoas destacadas para um período de trabalho de baixa qualidade faziam intrigas perpétuas para conseguir empregos de alta qualidade, e todas as pessoas com empregos de alta qualidade faziam intrigas no sentido oposto, a todo custo, para permanecer onde estavam. Em seis anos, estavam tendo uma guerra civil de primeira classe. Quando dezenove dos vinte e dois mil foram mortos, os sobreviventes pediram unanimemente que os Controladores do Mundo reassumissem o governo da ilha. O que foi feito. E esse foi o fim da única sociedade de Alfas que o mundo já viu.

O Selvagem deu um suspiro bem profundo.

— A população ideal — disse Mustapha Mond — tem como modelo o iceberg: nove décimos abaixo da linha d'água, um décimo acima.

— E eles estão felizes abaixo da linha d'água?

— Mais felizes que acima dela. Mais felizes que seu amigo aqui, por exemplo. — Ele apontou.

— Apesar desse trabalho horrível?

— Horrível? Eles não acham isso. Pelo contrário, eles gostam. É leve, infantilmente simples. Sem tensão na mente ou nos músculos. Sete horas e meia de trabalho brando e exaustivo, e depois a ração de soma e os jogos, a cópula irrestrita e os cinestésicos. O que mais eles poderiam pedir? É verdade — acrescentou ele —, eles poderiam pedir menos horas. E é claro que poderíamos lhes dar menos horas.

fazê-lo se levantar, mas Bernard persistiu em sua humilhação; o fluxo de palavras se derramava inesgotável. No final, o Controlador teve de ligar para chamar sua quarta-secretária.

— Traga três homens — ele ordenou — e leve o sr. Marx para um quarto. Dê-lhe uma boa vaporização de soma e depois o coloque na cama e deixe-o lá.

A quarta-secretária saiu e voltou com três lacaios gêmeos de uniforme verde. Ainda gritando e soluçando, Bernard foi levado para fora.

— Até parece que vão lhe cortar a garganta — disse o Controlador, quando a porta se fechou. — Considerando que, se tivesse o mínimo de bom senso, ele entenderia que sua punição é de fato uma recompensa. Ele está sendo enviado para uma ilha. Quer dizer, está sendo enviado a um lugar onde encontrará o conjunto mais interessante de homens e mulheres que pode ser visto em qualquer lugar do mundo. Todas as pessoas que, por uma razão ou outra, se tornaram conscientes demais de si mesmas para se encaixar na vida em comunidade. Todas as pessoas que não estão satisfeitas com a ortodoxia, que têm ideias próprias, independentes. Todos, resumindo, que são alguém. Eu quase o invejo, sr. Watson.

Helmholtz riu.

— Então por que você não está em uma ilha?

— Porque, por fim, eu acabei preferindo isto — respondeu o Controlador. — Foi-me dada a escolha: ser enviado para uma ilha, onde poderia ter continuado com minha ciência pura, ou ser levado para o Conselho de Controladores com a perspectiva de conseguir, no devido tempo, uma Controladoria real. Eu escolhi isso e abandonei a ciência. — Depois de um breve silêncio: — Às vezes — ele acrescentou —, eu quase lamento a ciência. A felicidade é uma mestra severa, em particular a felicidade dos outros. Uma mestra muito mais severa, se não formos condicionados a aceitá-la sem questionar, que a verdade. — Ele suspirou, ficou em silêncio de

242

novo, então continuou em um tom mais enérgico: — Bem, dever é dever. Não se pode consultar a própria preferência. Estou interessado na verdade, gosto de ciência. Mas a verdade é uma ameaça, a ciência é um perigo público. É tão perigosa quanto benéfica. Ela nos deu o equilíbrio mais estável da história. A China era irremediavelmente insegura em comparação, mesmo os matriarcados primitivos não eram mais estáveis do que nós. Graças, eu repito, à ciência. Mas não podemos permitir que a ciência destrua seu próprio bom trabalho. É por isso que limitamos com tanto cuidado o escopo de suas pesquisas, por isso quase fui enviado para uma ilha. Não permitimos que ela lide com nenhum problema, exceto os mais prementes. Todas as outras investigações são desencorajadas da maneira mais árdua. É curioso — continuou ele após uma pequena pausa — ler o que as pessoas da época de Nosso Ford costumavam escrever sobre o progresso científico. Elas pareciam ter imaginado que ele poderia continuar indefinida e independentemente de tudo o mais. O conhecimento era o bem supremo, a verdade, o valor supremo; todo o resto era secundário e subordinado. É certo que as ideias estavam começando a mudar já naquela época. Nosso próprio Ford fez muito para mudar a ênfase da verdade e da beleza para o conforto e a felicidade. A produção em massa exigia mudança. A felicidade universal mantém as rodas girando continuamente; a verdade e a beleza não podem fazer isso. E, é claro, sempre que as massas tomavam o poder político, o que importava era a felicidade, e não a verdade e a beleza. Mesmo assim, apesar de tudo, a pesquisa científica irrestrita ainda era permitida. As pessoas ainda continuavam falando sobre verdade e beleza como se fossem bens soberanos. Até a época da Guerra dos Nove Anos. Isso os fez mudar de tom, e como fez. Qual é o sentido da verdade, da beleza ou do conhecimento quando as bombas de antraz estão explodindo ao seu redor? Foi quando a ciência começou a ser controlada: após a Guerra dos Nove Anos. As pessoas estavam prontas para controlar até mesmo seus apetites.

Qualquer coisa por uma vida tranquila. E temos continuado a exercer o controle desde então. Não tem sido muito bom para a verdade, é claro. Mas tem sido muito bom para a felicidade. Não se pode ter algo por nada. A felicidade tem que ser paga. Você está pagando por ela, sr. Watson, pagando porque você se interessa muito pela beleza. Eu estava muito interessado na verdade, eu também paguei.

— Mas você não foi para uma ilha — disse o Selvagem, quebrando um longo silêncio.

O Controlador sorriu.

— Foi assim que eu paguei. Escolhendo servir à felicidade. A de outras pessoas, não a minha. É uma sorte — acrescentou, após uma pausa — que existam tantas ilhas no mundo. Não sei o que faríamos sem elas. Colocar todos vocês na câmara letal, suponho. A propósito, sr. Watson, gostaria de um clima tropical? As Marquesas, por exemplo, ou Samoa? Ou algo um pouco mais estimulante?

Helmholtz levantou-se de sua poltrona pneumática.

— Eu gostaria de um clima totalmente ruim — respondeu ele. — Acredito que se escreveria melhor se o clima fosse ruim. Se houvesse muito vento e tempestades, por exemplo…

O Controlador assentiu em aprovação.

— Gosto do seu espírito, sr. Watson. Eu gosto muito disso. Por mais que eu oficialmente desaprove. — Ele sorriu. — E as Ilhas Falklands?

— Sim, acho que serve — respondeu Helmholtz. — E agora, se não se importa, vou ver como o pobre Bernard está passando.

17

— ARTE, CIÊNCIA — VOCÊ PARECE TER PAGADO um preço bastante alto por sua felicidade — disse o Selvagem, quando eles estavam sozinhos. — Algo mais?

— Bem, religião, é claro — respondeu o Controlador. — Costumava existir algo chamado Deus: antes da Guerra dos Nove Anos. Mas eu estava esquecendo; você sabe tudo sobre Deus, suponho.

— Bem... — O Selvagem hesitou. Ele teria gostado de dizer algo sobre a solidão, sobre a noite, sobre a meseta sob o luar, sobre o precipício, o mergulho na escuridão sombria, sobre a morte. Ele gostaria de falar, mas não havia palavras. Nem mesmo em Shakespeare.

O Controlador, por sua vez, havia cruzado para o outro lado da sala e estava destrancando um grande cofre instalado na parede entre as estantes. A pesada porta se abriu. Remexendo na escuridão interior:

— É um assunto — disse ele — que sempre me interessou muito. — Ele puxou um grosso volume preto. — Você nunca leu isto, por exemplo.

O Selvagem pegou o livro.

— A Bíblia Sagrada, contendo o Antigo e o Novo Testamentos — ele leu em voz alta na página de rosto.

— Nem isto. — Era um livro pequeno e havia perdido a capa.

— *A imitação de Cristo.*

— Nem isto. — Entregou outro volume.

— *As variedades da experiência religiosa.* De William James.

— E eu tenho muito mais — Mustapha Mond continuou, retomando seu assento. — Uma coleção inteira de livros antigos pornográficos. Deus no cofre e Ford nas prateleiras. — Ele apontou com uma risada para sua biblioteca declarada: para as estantes de livros, as estantes cheias de bobinas de máquinas de leitura e rolos de trilha sonora.

— Mas se você sabe sobre Deus, por que não conta a eles? — o Selvagem perguntou, indignado. — Por que não dá a eles esses livros sobre Deus?

— Pela mesma razão por que não lhes damos *Otelo*: eles são velhos, são sobre Deus há centenas de anos. Não sobre Deus agora.

— Mas Deus não muda.

— Os homens mudam.

— Que diferença isso faz?

— Toda a diferença do mundo — disse Mustapha Mond. Ele se levantou outra vez e foi até o cofre. — Existia um homem chamado cardeal Newman — disse ele. — Um cardeal — exclamou parenteticamente — era uma espécie de Arquimaestro Comunitário.

— "Eu, Pandolfo, cardeal de Milão bela." Li sobre eles em Shakespeare.

— Claro que leu. Bem, como eu estava dizendo, havia um homem chamado cardeal Newman. Ah, aqui está o livro. — Ele o puxou. — E já que estou falando disso, vou pegar este também. É de um homem chamado Maine de Biran. Ele era um filósofo, se você sabe o que era isso.

— Um homem que sonha com menos coisas do que existem no céu e na terra — disse o Selvagem de pronto.

— Exatamente. Já vou ler para você uma das coisas com as quais ele sonhou. Enquanto isso, ouça o que este velho Arquimaestro Comunitário disse. — Abriu o livro no local marcado por um pedaço de papel e começou a ler. — "Não somos de nós mesmos, não mais do que o que possuímos é nosso. Não criamos a nós mesmos, não podemos ser supremos sobre nós mesmos. Não somos nossos próprios mestres. Somos propriedade de Deus. Não é nossa felicidade ver o assunto assim? Acaso propicia alguma felicidade ou consolo considerar que somos de nós mesmos? Pode ser que os jovens e prósperos pensem dessa forma. Estes podem pensar que é uma grande coisa ter tudo, como eles supõem, da sua própria maneira — não depender de ninguém, não ter que pensar em nada fora da vista, estar sem o incômodo do reconhecimento contínuo, da prece contínua, da referência contínua do que eles fazem para a vontade de outro. Mas, com o passar do tempo, eles, como todos os homens, descobrirão que a independência não foi feita para o homem — que não é um estado natural —, servirá por um tempo, mas não nos levará em segurança até o fim…" — Mustapha Mond fez uma pausa, largou o primeiro livro e, pegando o outro, virou as páginas. — Veja isto, por exemplo — disse ele, e em sua voz profunda mais uma vez começou a ler: — "Um homem envelhece; ele sente em si mesmo aquela sensação radical de fraqueza, de apatia, de desconforto, que acompanha o avanço da idade; e, sentindo-se assim, imagina-se apenas doente, embalando seus medos com a noção de que essa condição angustiante se deve a alguma causa particular, da qual, como de uma doença, ele espera se recuperar. Imaginações vãs! Essa doença é a velhice, e é uma doença horrível. Dizem que é o medo da morte e do que vem depois da morte que faz com que os homens se voltem para a religião à medida que avançam nos anos. Mas minha própria experiência me deu a convicção de que, independente de tais terrores ou imaginações, o sentimento religioso tende a se desenvolver à medida que envelhecemos; desenvolver-se porque, à medida que as paixões se acalmam, à medida que a fantasia e as sensibilidades são menos excitadas e menos excitáveis, nossa razão se torna menos perturbada em seu funcionamento, menos obscurecida pelas imagens, desejos e distrações, nos quais costumava ser absorvida; então Deus emerge por trás de uma nuvem; nossa alma sente, vê, se volta para a fonte de toda luz; volta-se de modo natural e inevitável; pois agora que tudo que deu ao mundo das sensações sua vida e encantos começou a vazar de nós, agora que a existência fenomênica não é mais sustentada por impressões de dentro ou de fora, sentimos a necessidade de nos apoiarmos em algo que permanece, algo que nunca nos enganará: uma realidade, uma verdade absoluta e eterna. Sim, inevitavelmente nos voltamos para Deus, pois este sentimento religioso é por natureza tão puro, tão delicioso para a alma que o experimenta, que compensa todas as nossas outras perdas." — Mustapha Mond fechou o livro e recostou-se na cadeira. — Uma das inúmeras coisas no céu e na terra com que esses filósofos não sonhavam era isto — (acenou com a mão) —: nós, o mundo moderno. "Você só pode ser independente de Deus enquanto tiver juventude e prosperidade, a independência não o levará com segurança até o fim." Bem, agora temos juventude e prosperidade até o fim. E depois? Evidentemente, o fato de que podemos ser independentes de Deus. "O sentimento religioso vai nos compensar por todas as nossas perdas." Mas não há perdas a compensar, o sentimento religioso é supérfluo. E por que deveríamos ir à caça de um substituto para os desejos juvenis, quando os desejos juvenis nunca falham? Um substituto para as distrações, quando continuamos desfrutando de todas essas diversões até o fim? Que necessidade temos de repouso quando nossa mente e corpo continuam a se deleitar com a atividade? De consolo, quando temos soma? De algo imóvel, quando existe a ordem social?

— Então você acha que Deus não existe?

— Não, acho que provavelmente existe.

— Então por que...?

Mustapha Mond o encarou.

— Mas ele se manifesta de maneiras diferentes para homens diferentes. Nos tempos pré-modernos, ele se manifestava como o ser descrito nesses livros. Agora...

— Como ele se manifesta agora? — perguntou o Selvagem.

— Bem, ele se manifesta como uma ausência, como se ele nem estivesse lá.

— Mas a culpa disso é sua.

— Chame de culpa da civilização. Deus não é compatível com máquinas, medicina científica e felicidade universal. É preciso escolher. Nossa civilização escolheu a maquinaria, a medicina e a felicidade. É por isso que tenho que manter esses livros trancados no cofre. Eles são obscenos. As pessoas ficariam chocadas se...

O Selvagem o interrompeu.

— Mas não é natural sentir que existe um Deus?

— Você também pode perguntar se é natural fechar as calças com zíper — disse o Controlador sarcasticamente. — Você me lembra de outro daqueles velhos camaradas, como o Bradley. Ele definiu filosofia como a descoberta de uma razão ruim para o que se acredita por instinto. Como se alguém acreditasse em algo por instinto! Acreditamos nas coisas porque fomos condicionados a acreditar nelas. Encontrar razões ruins para o que se acredita por outras razões ruins: isso é filosofia. As pessoas acreditam em Deus porque foram condicionadas a acreditar em Deus.

— Mas Deus é a razão de tudo nobre, fino e heroico. Se você tivesse um Deus…

— Meu querido jovem amigo — disse Mustapha Mond —, a civilização não tem absolutamente nenhuma necessidade de nobreza ou heroísmo. Essas coisas são sintomas de ineficiência política. Numa sociedade devidamente organizada como a nossa, ninguém tem oportunidades de ser nobre ou heroico. As condições precisam ser totalmente instáveis antes que a ocasião possa surgir. Onde há guerras, onde há lealdades divididas, onde há tentações a serem resistidas, objetos de amor pelos quais lutar ou a defender: aí, é óbvio, a nobreza e o heroísmo têm algum sentido. Mas não há guerras hoje em dia. Toma-se o maior cuidado para evitar que você ame demais alguém. Não existe lealdade dividida; você está tão condicionado que não pode deixar de fazer o que deveria fazer. E o que você deve fazer é, no geral, tão agradável, tantos dos impulsos naturais são permitidos livremente, que de fato não há tentação de resistir. E se alguma vez, por algum azar, algo desagradável acontecer de alguma forma, ora, sempre há soma para lhe dar um feriado dos fatos. E sempre há soma para acalmar sua raiva, para reconciliá-lo com seus inimigos, para torná-lo paciente e tolerante. No passado, só se conseguia realizar essas coisas fazendo um grande esforço e depois de anos de árduo treinamento moral. Agora, você engole dois ou três comprimidos de meio grama e pronto. Agora qualquer um pode ser virtuoso. Você pode carregar pelo menos metade de sua moralidade num vidrinho. Cristianismo sem lágrimas: isso é o soma.

— Mas as lágrimas são necessárias. Você não se lembra do que Otelo disse? "Caso viesse sempre depois da tempestade semelhante bonança, poderiam soprar os ventos de acordar a morte." Há uma história que um dos velhos índios costumava nos contar, sobre a Garota de Mátsaki. Os jovens que queriam se casar com ela tinham que fazer uma capina matinal em seu jardim. Parecia fácil, mas havia moscas e mosquitos, mosquitos mágicos. A maioria dos jovens simplesmente não conseguia suportar as mordidas e as picadas. Mas o que conseguiu: esse ganhou a garota.

— Encantador! Mas em países civilizados — disse o Controlador — você pode ter meninas sem capinar para elas, e não há moscas ou mosquitos para picar você. Nós nos livramos deles há séculos.

O Selvagem acenou com a cabeça, carrancudo.

— Vocês se livraram deles. Sim, é bem a cara de vocês. Livrar-se de tudo que é desagradável em vez de aprender a suportá-lo. Que é mais nobre para a alma: suportar os dardos e arremessos do fado sempre adverso, ou armar-se contra um mar de desventuras e dar-lhes fim tentando resistir-lhes? Mas vocês também não fazem isso. Não sofrem nem se opõem. Vocês simplesmente aboliram os dardos e os arremessos. É fácil demais.

De repente ficou em silêncio, pensando em sua mãe. Em seu quarto no trigésimo sétimo andar, Linda havia flutuado num mar de luzes cantantes e carícias perfumadas: flutuado para longe, para fora do espaço, fora do tempo, para fora da prisão de suas memórias, seus hábitos, seu corpo envelhecido e inchado. E Tomakin, ex-Diretor de Incubadoras e Condicionamento, Tomakin ainda estava de férias: de férias da humilhação e da dor, em um mundo onde não podia ouvir aquelas palavras, aquela risada zombeteira, não podia ver aquele rosto horroroso, sentir aqueles braços úmidos e flácidos em volta do pescoço, em um mundo lindo...

— O que você precisa — continuou o Selvagem — é de algo com lágrimas, para variar. Nada custa o suficiente aqui.

("Doze milhões e meio de dólares", Henry Foster protestou quando o Selvagem lhe disse isso. "Doze milhões e meio: foi o que custou a nova Central de Condicionamento. Nem um centavo a menos.")

— Defrontar-se com os fatos invisíveis e a sua parte mortal e pouco firme a pôr em risco contra o que ousa a fortuna, o acaso e a morte, por uma casca de ovo. Não há algo de importante nisso? — ele perguntou, olhando para Mustapha Mond. — Bem apartado de Deus... embora, é claro, Deus seja a razão para isso. Não há algo de importante em viver perigosamente?

— Há muito de importante nisso — respondeu o Controlador. — Homens e mulheres devem ter suas suprarrenais estimuladas de vez em quando.

— Como é? — questionou o Selvagem, sem compreender.

— É uma das condições para a saúde perfeita. É por isso que tornamos os tratamentos de spv obrigatórios.

— spv?

— Substitutos de Paixão Violenta. Regularmente, uma vez por mês. Inundamos todo o sistema com adrenalina. É o equivalente fisiológico completo de medo e raiva. Todos os efeitos tônicos de assassinar Desdêmona e ser assassinado por Otelo, sem nenhum dos inconvenientes.

— Mas eu gosto dos inconvenientes.

— Nós não — disse o Controlador. — Preferimos fazer as coisas confortavelmente.

— Mas eu não quero conforto. Quero Deus, quero poesia, quero perigo real, quero liberdade, quero bondade. Eu quero o pecado.

— Na verdade — disse Mustapha Mond —, você está reivindicando o direito de ser infeliz.

— Tudo bem então — o Selvagem disse, desafiador. — Estou reivindicando o direito de ser infeliz.

— Isso para não falar no direito de envelhecer, ficar feio e impotente; o direito de ter sífilis e câncer; o direito de ter pouco para comer; o direito de ficar perturbado; o direito de viver em constante apreensão do que pode acontecer amanhã; o direito de pegar febre tifoide; o direito de ser torturado por dores indescritíveis de todo tipo.

Houve um longo silêncio.

— Eu reivindico todos eles — o Selvagem disse finalmente.

Mustapha Mond deu de ombros.

— Que seja — disse ele.

18

A PORTA ESTAVA ENTREABERTA; ELES ENTRARAM.

— John!

Do banheiro veio um som desagradável e característico.

— Algum problema? — Helmholtz gritou.

Não houve resposta. O som desagradável foi repetido duas vezes; houve silêncio. Então, com um clique, a porta do banheiro se abriu e, muito pálido, o Selvagem apareceu.

— Mas ora — exclamou Helmholtz solícito —, você parece mesmo mal, John!

— Comeu algo que não lhe fez bem? — perguntou Bernard.

O Selvagem assentiu.

— Comi civilização.

— O quê?

— Ela me envenenou, fui conspurcado. E então — acrescentou, falando mais baixo — comi minha própria perversidade.

— Sim, mas o que exatamente? Quero dizer, agora mesmo você estava...

— Agora estou purificado — disse o Selvagem. — Bebi um pouco de mostarda e água morna.

Os outros olharam para ele com espanto.

— Você quer dizer que estava fazendo aquilo de propósito? — perguntou Bernard.

— É assim que os índios sempre se purificam. — Ele se sentou e, suspirando, passou a mão na testa. — Vou descansar alguns minutos — disse. — Estou bem cansado.

— Bem, não estou surpreso — disse Helmholtz. Depois de um silêncio: — Viemos nos despedir — prosseguiu em outro tom. — Partimos amanhã cedo.

— Sim, partimos amanhã — disse Bernard, em cujo rosto o Selvagem observou uma nova expressão de resignação determinada. — E, falando nisso, John — continuou ele, inclinando-se para frente na cadeira e colocando a mão no joelho do Selvagem —, quero dizer o quanto lamento tudo o que aconteceu ontem. — Ele corou. — Fiquei com vergonha — continuou, apesar da instabilidade de sua voz — de como realmente...

O Selvagem o interrompeu e, pegando sua mão, apertou-a afetuosamente.

— Helmholtz foi maravilhoso comigo — resumiu Bernard, após uma pequena pausa. — Se não fosse por ele, acho que eu...

— Ora, ora — protestou Helmholtz.

Houve um silêncio. Apesar de sua tristeza — por causa dela, até, pois a tristeza era o sintoma do amor que sentiam uns pelos outros —, os três jovens estavam felizes.

— Fui ver o Controlador esta manhã — o Selvagem disse finalmente.

— Para quê?

— Para perguntar se eu não poderia ir para as ilhas com vocês.

— E o que ele disse? — Helmholtz perguntou, ansioso.

O Selvagem balançou a cabeça.

— Não deixou.

— Por que não?

— Ele disse que queria continuar com a experiência. Mas maldito seja eu — acrescentou o Selvagem, com fúria repentina —, maldito seja eu se vou continuar a ser objeto de experiência. Nem por todos os controladores do mundo. Eu vou embora amanhã também.

— Mas para onde? — os outros perguntaram em uníssono.

O Selvagem deu de ombros.

— Qualquer lugar. Não me importo. Contanto que eu possa ficar sozinho.

De Guildford, a linha descendente seguia o vale de Wey até Godalming, depois, passava por Milford e Witley, prosseguia para Haslemere e por Petersfield em direção a Portsmouth. Praticamente paralela, a linha ascendente passava por Worplesden, Tongham, Puttenham, Elstead e Grayshott. Entre o Hog's Back e o Hindhead havia pontos onde as duas linhas não tinham mais de seis ou sete quilômetros de distância. A distância era pequena demais para os aviadores descuidados, principalmente à noite e quando tomavam meio grama a mais. Aconteceram acidentes. Sérios. Decidiu-se desviar a linha ascendente alguns quilômetros para oeste. Entre Grayshott e Tongham, quatro faróis aéreos abandonados marcavam o curso da velha estrada Portsmouth-Londres. Os céus acima deles estavam silenciosos e desertos. Era sobre Selborne, Bordon e Farnham que os helicópteros agora zumbiam e rugiam incessantemente.

O Selvagem tinha escolhido como seu eremitério o velho farol que ficava no topo da colina entre Puttenham e Elstead.

O prédio era de concreto armado e estava em excelentes condições: quase confortável demais, como o Selvagem havia pensado quando explorou o lugar pela primeira vez, de um luxo quase civilizado demais. Pacificou sua consciência prometendo a si mesmo uma autodisciplina mais dura para compensar, purificações ainda mais completas. Sua primeira noite no eremitério foi, deliberadamente, sem dormir. Passou as horas de joelhos, rezando, ora para aquele céu do qual o culpado Cláudio havia implorado perdão, ora em *zuñi* para Awonawilona, ora para Jesus e Pookong, ora para seu próprio animal guardião, a águia. De vez em quando, ele estendia os braços como se estivesse na cruz, e os segurava assim durante longos minutos de uma dor que aumentava gradualmente até se tornar uma agonia trêmula e excruciante; em crucificação voluntária, enquanto repetia, com os dentes cerrados (o suor, entretanto, escorrendo pelo rosto): "Perdoai-me! Fazei-me puro! Ajudai-me a ser bom!", repetidas vezes, até chegar ao ponto de desmaiar de dor.

Ao amanhecer, ele sentiu que havia conquistado o direito de habitar o farol, muito embora ainda houvesse vidro na maioria das janelas, muito embora a vista da plataforma fosse tão boa. Pois o motivo de ele ter escolhido o farol se tornou quase instantaneamente um motivo para ir para outro lugar. Ele havia decidido morar ali porque a vista era tão bonita, porque, do seu ponto de vista, parecia estar olhando para a encarnação de um ser divino. Mas quem era ele para ser mimado com a visão diária e horária da beleza? Quem era ele para viver na presença visível de Deus? Ele só merecia viver em algum chiqueiro imundo, algum buraco cego no chão. Enrijecido e ainda dolorido depois de sua longa noite de sofrimento, mas por isso mesmo interiormente reconfortado, subiu até a plataforma de sua torre, olhou para o mundo brilhante à luz do sol nascente que ele havia recuperado o direito de habitar. Ao norte, a visão era limitada pela longa crista de giz de Hog's Back, por trás de cuja extremidade oriental se erguiam as torres dos sete arranha-céus que constituíam

262

Guildford. Ao vê-los, o Selvagem fez uma careta, mas acabaria se reconciliando com eles com o passar do tempo, pois à noite eles cintilavam alegremente com constelações geométricas, ou então, iluminados por holofotes, apontavam seus dedos luminosos (com um gesto cujo significado ninguém na Inglaterra, exceto o Selvagem, agora entendia) solenemente para os mistérios profundos do céu.

No vale que separava Hog's Back da colina arenosa em que ficava o farol, Puttenham era uma pequena vila modesta de nove andares de altura, com silos, uma granja e uma pequena fábrica de vitamina D. Do outro lado do farol, em direção ao sul, o solo descia em longas encostas de urze até uma cadeia de lagoas.

Além deles, acima da floresta intermediária, erguia-se a torre de catorze andares de Elstead. Obscuras no nebuloso ar inglês, Hindhead e Selborne convidavam o olhar a uma distância azul romântica. Mas não foi só a distância que atraiu o Selvagem ao seu farol; as coisas mais próximas lhe eram tão sedutoras quanto as distantes. A floresta, os trechos abertos de urze e carqueja amarela, os aglomerados de abetos escoceses, os lagos brilhantes com suas bétulas salientes, seus nenúfares, seus canteiros de junco — estes eram lindos e, para um olho acostumado às aridezes do deserto americano, surpreendente. E a solidão, então! Dias inteiros se passaram durante os quais ele nunca viu um ser humano. O farol ficava a apenas um quarto de hora de voo da Torre Charing-T; mas as colinas de Malpaís não eram mais desertas do que aquela charneca de Surrey. As multidões que diariamente saíam de Londres o faziam apenas para jogar Golfe ou Tênis Eletromagnético. Puttenham não tinha quadras; as superfícies de Riemann mais próximas ficavam em Guildford. Flores e uma paisagem eram as únicas atrações ali. E assim, como não havia um bom motivo para vir, ninguém vinha. Durante os primeiros dias, o Selvagem viveu sozinho, sem ser perturbado.

Do dinheiro que, na sua chegada, John recebeu para despesas pessoais, a maior parte foi gasta em seu equipamento. Antes de deixar Londres, ele comprou quatro cobertores de lã de viscose, corda e barbante, pregos, cola, algumas ferramentas, fósforos (embora pretendesse, no devido tempo, fazer uma broca de fogo), alguns potes e panelas, duas dúzias de pacotes de sementes e dez quilos de farinha de trigo.

— Não, não amido sintético e substituto de farinha de resíduos de algodão — ele insistiu. — Mesmo que seja mais nutritivo.

Mas quando se tratava de biscoitos panglandulares e substitutos de carne vitaminada, ele não foi capaz de resistir à persuasão do vendedor. Olhando para as latas agora, ele se reprovou com amargura por sua fraqueza. Odiosas coisas civilizadas! Ele havia decidido que jamais comeria aquilo, mesmo que estivesse morrendo de fome. "Isso vai ensinar uma lição a eles", ele pensou vingativamente. Isso também lhe ensinaria.

Contou seu dinheiro. O pouco que restava seria o suficiente, ele esperava, para ajudá-lo durante o inverno. Na próxima primavera, seu jardim estaria produzindo o bastante para torná-lo independente do mundo exterior. Enquanto isso, sempre haveria caça. Ele tinha visto muitos coelhos, e havia aves aquáticas nos lagos. Começou a trabalhar imediatamente para fazer um arco e flecha.

Havia freixos perto do farol e, como flechas, um bosque inteiro cheio de mudas de avelã lindamente retas. Ele começou derrubando um freixo jovem, cortou seis pés de caule não ramificado, arrancou a casca e, aparando, raspou a madeira branca, como o velho Mitsima havia lhe ensinado, até ter uma vara de sua altura, dura no centro espesso, flexível e macia nas pontas delgadas. O trabalho lhe deu grande prazer. Depois daquelas semanas de ócio em Londres, sem nada para fazer, sempre que queria alguma coisa, a não ser apertar um botão ou girar uma maçaneta, era puro deleite fazer algo que exigia habilidade e paciência.

Ele estava quase terminando de esculpir a estaca quando percebeu que estava cantando: cantando! Era como se, tropeçando em si mesmo ao sair de casa, ele de repente tivesse se surpreendido, se considerado flagrantemente culpado. Sentindo culpa, ele corou. Afinal, não foi para cantar e se divertir que viera para cá. Era para escapar de mais contaminação pela imundície da vida civilizada; era para ser purificado e reparado; era para ativamente consertar as coisas. Ele percebeu, para sua consternação, que, absorvido no talho de seu arco, havia esquecido aquilo de que jurou a si mesmo se lembrar constantemente: pobre Linda, e sua própria crueldade assassina para com ela, e aqueles gêmeos repugnantes, enxameando como piolhos através do mistério de sua morte, insultando, com a presença deles, não apenas sua própria dor e arrependimento, mas os próprios deuses. Ele tinha jurado lembrar, tinha jurado incessantemente consertar as coisas. E lá estava ele, sentado feliz sobre a haste do arco, cantando, realmente cantando...

Entrou, abriu a caixa de mostarda e colocou um pouco de água para ferver no fogo.

Meia hora depois, três trabalhadores rurais Delta-Menos de um dos Grupos Bokanovsky de Puttenham rumavam para Elstead e, no topo da colina, ficaram surpresos ao ver um jovem parado perto do farol abandonado, despido até a cintura e se fustigando com um chicote de cordas com nós. Suas costas estavam listradas horizontalmente de carmesim e, de ferida em ferida, escorriam finos filetes de sangue. O motorista do caminhão parou na beira da estrada e, com seus dois companheiros, ficou boquiaberto com o espetáculo extraordinário. Um, dois, três: eles contaram os golpes. Depois do oitavo, o jovem interrompeu sua autopunição para correr até a beira da floresta e vomitar violentamente. Quando terminou, pegou o chicote e começou a se fustigar de novo. Nove, dez, onze, doze...

— Ford! — sussurrou o motorista. E seus gêmeos eram da mesma opinião.

— Nosso Ford! — eles disseram.

Três dias depois, como urubus atacando um cadáver, os repórteres chegaram.

Seco e endurecido em fogo lento de lenha verde, o arco estava pronto. O Selvagem estava ocupado com suas flechas. Trinta varas de avelã foram talhadas e secas, com pregos afiados nas pontas, cuidadosamente encaixados. Certa noite, ele fizera uma incursão à granja de Puttenham e agora tinha penas suficientes para equipar um arsenal inteiro. Foi trabalhando nas penas de suas flechas que o primeiro repórter o encontrou. Silencioso em seus sapatos pneumáticos, o homem veio por trás dele.

— Bom dia, sr. Selvagem — disse ele. — Eu sou o representante do *Rádio Horário*.

Assustado como se fosse picado por uma cobra, o Selvagem pôs-se de pé, espalhando flechas, penas, pote de cola e pincel em todas as direções.

— Perdão — disse o repórter com sinceridade. — Não tive a intenção... — Ele tocou seu chapéu: o chapéu de alumínio em formato de chaminé com o qual carregava seu receptor e transmissor sem fio. — Desculpe-me por não tirá-lo — disse ele. — É um pouco pesado. Bem, como eu estava dizendo, sou o representante do *Rádio*...

— O que você quer? — perguntou o Selvagem, carrancudo. O repórter retribuiu com seu sorriso mais insinuante.

— Bem, claro, nossos leitores ficariam bastante interessados... — Ele inclinou a cabeça para o lado, com um sorriso agora quase coquete. — Apenas algumas palavras suas, sr. Selvagem. — E com rapidez, e com uma série de gestos rituais, desenrolou dois fios conectados à bateria portátil presa em sua cintura; conectou-os simultaneamente nas laterais de seu chapéu de alumínio; tocou uma mola na coroa: e as antenas dispararam no ar; tocou outra mola na parte superior da aba: e, como uma caixa-surpresa, saltou um microfone e ficou pendurado ali, tremelicando, quinze centímetros à frente do nariz; puxou um par de receptores sobre as orelhas; apertou um botão do lado esquerdo do chapéu: e de dentro veio um leve zumbido de vespa; girou um botão para a direita: e o zumbido foi interrompido por um chiado estetoscópico, por soluços e guinchos repentinos. — Alô — disse ao microfone —, alô, alô. — Um sino tocou de repente dentro de seu chapéu. — É você, Edzel? Primo Mellon falando. Sim, estou com ele aqui. O sr. Selvagem agora vai pegar o microfone e dizer algumas palavras. Não é, sr. Selvagem? — Olhou para o Selvagem com outro daqueles seus sorrisos campeões. — Basta dizer aos nossos leitores por que você veio para cá. O que o fez deixar Londres (espere, Edzel!) tão repentinamente. E, claro, o chicote. — (O Selvagem se assustou. Como eles sabiam do chicote?) — Estamos todos loucos para saber sobre o chicote. E depois um depoimento sobre a Civilização. Você sabe como é. "O que eu acho das Garotas Civilizadas." Apenas algumas palavras, poucas mesmo...

O Selvagem obedeceu com uma literalidade desconcertante. Ele pronunciou cinco palavras e não mais — cinco palavras, as mesmas que dissera a Bernard sobre o Arquimaestro Comunitário de Canterbury.

— *Háni! Sons éso tse-ná!* — E agarrando o repórter pelo ombro, girou-o (o jovem revelou-se convidativamente bem coberto), mirou e, com toda a força e precisão de um campeão de futebol, lhe deu um chute prodigioso.

Oito minutos depois, uma nova edição da *Rádio Horário* estava à venda nas ruas de Londres. "REPÓRTER DO *RÁDIO HORÁRIO* LEVA UM CHUTE NO CÓCCIX DO SELVAGEM MISTERIOSO", dizia a manchete da primeira página. "SENSAÇÃO EM SURREY."

"Sensação até mesmo em Londres", pensou o repórter quando, ao voltar, leu as palavras. E uma sensação muito dolorosa também. Sentou-se desajeitado para almoçar.

Sem se intimidar com o alerta daquela contusão no cóccix de seu colega, quatro outros repórteres, representando o *New York Times*, o *Contínuo Quadridimensional* de Frankfurt, o *Monitor*

Científico Fordiano e o *Espelho Delta*, compareceram naquela tarde ao farol e receberam recepções cada vez mais violentas.

De uma distância segura e ainda esfregando as nádegas:

— Sua besta! — gritou o homem do *Monitor Científico Fordiano*. — Por que não vai tomar soma?

— Fora! — O Selvagem balançou o punho.

O outro recuou alguns passos e se virou novamente.

— O mal não é real se você tomar alguns gramas.

— *Kohakwa iyathtokyai!* — O tom era de um desprezo bastante ameaçador.

— Dor é ilusão.

— Ah, é? — disse o Selvagem e, pegando um galho grosso de avelã, avançou.

O homem do *Monitor Científico Fordiano* correu para o helicóptero.

Depois disso, o Selvagem foi deixado em paz por um tempo. Alguns helicópteros chegavam e pairavam curiosos ao redor da torre. Ele disparava uma flecha no importuno mais próximo deles. Ela perfurava o piso de alumínio da cabine; ouvia-se um grito estridente e a máquina disparava no ar com toda a aceleração que sua superbateria poderia oferecer. Depois disso, os outros passaram a manter uma distância respeitosa. Ignorando seu zumbido cansativo (ele se comparava em sua imaginação a um dos pretendentes da Donzela de Mátsaki, impassível e persistente entre os vermes alados), o Selvagem lavrou o que viria a ser seu jardim. Depois de algum tempo, os vermes evidentemente ficaram entediados e voaram para longe; por horas seguidas, o céu acima de sua cabeça ficou vazio e, a não ser pelas cotovias, silencioso.

O tempo estava muito quente, havia trovões no ar. Ele havia lavrado a manhã toda e estava descansando, esticado no chão. E de repente o pensamento de Lenina era uma presença real, nua e tangível, dizendo "Fofo!" e "Coloque seus braços em volta de mim!", só de sapatos e meias, toda perfumada. Rameira descarada! Mas, ah,

268

ah, os braços dela em volta do seu pescoço, o soerguer de seus seios, sua boca! A eternidade estava em nossos lábios e olhos. Lenina. Não, não, não, não! Ele se levantou de um salto e, seminu mesmo, saiu correndo de casa. Na orla da charneca havia uma moita de arbustos de zimbro. Ele se jogou contra eles, abraçou não o corpo liso de seus desejos, mas uma braçada de espinhos verdes. Afiados, com mil pontas, eles o picaram. Tentou pensar na pobre Linda, sem fôlego e muda, com suas mãos abrindo e fechando e o terror indizível em seus olhos. Pobre Linda, de quem ele jurou se lembrar. Mas ainda era a presença de Lenina que o assombrava. Lenina, a quem ele prometeu esquecer. Mesmo com a punhalada das agulhas de zimbro, seu corpo estremecido estava ciente dela, inescapavelmente real. "Fofo, fofo… E se você me queria também, por que não…"

O chicote estava pendurado num prego ao lado da porta, a postos contra a chegada dos repórteres. Em um frenesi, o Selvagem correu de volta para a casa, agarrou-o e o girou. Os cordões com nós se cravaram em sua carne.

— Prostituta! Prostituta! — ele gritava a cada golpe como se fosse Lenina (e com que desespero, sem saber, ele desejava que fosse), a Lenina branca, quente, cheirosa, infame que ele perseguia assim. — Prostituta! — E então, em uma voz de desespero: — Ah, Linda, me perdoe. Perdão, Deus. Eu sou mau. Eu sou perverso. Eu sou… Não, não, sua prostituta, sua prostituta!

De seu esconderijo construído com cuidado na floresta a trezentos metros de distância, Darwin Bonaparte, o fotógrafo de grandes jogos mais experiente da Corporação de Cinestésicos, assistia a todo o processo. Paciência e habilidade foram recompensadas. Ele havia passado três dias sentado dentro do tronco de um carvalho artificial, três noites rastejando de barriga pela urze, escondendo microfones em arbustos de carqueja, enterrando fios na areia fofa e cinzenta. Setenta e duas horas de profundo desconforto. Mas agora o grande momento havia chegado: o maior, Darwin Bonaparte teve tempo de refletir, enquanto se movia entre seus instrumentos, o maior desde que tirou a famosa sensação estereoscópica uivante do casamento dos gorilas. "Esplêndido", disse a si mesmo, quando o Selvagem começou sua performance surpreendente. "Esplêndido!" Manteve suas câmeras telescópicas cuidadosamente apontadas: coladas em seu objetivo móvel; invocou um poder superior para obter um close-up do rosto frenético e distorcido (admirável!); mudou, por meio minuto, para câmera lenta (um efeito cômico, pressagiava); escutou, entretanto, os golpes, os gemidos, as palavras selvagens e delirantes que se gravavam na banda sonora na beirada do seu filme, experimentou o efeito de uma pequena amplificação (sim, ficou muito melhor); ficou encantado ao ouvir, numa calmaria momentânea, o canto estridente de uma cotovia; desejou que o Selvagem se virasse para que ele pudesse ter um bom close do sangue em suas costas: e quase instantaneamente (que sorte surpreendente!) o sujeito compreensivo se virou e ele foi capaz de fazer um close-up perfeito.

— Ora, isso foi espetacular! — ele disse para si mesmo quando tudo acabou. — De fato espetacular! — Enxugou o rosto. Quando colocassem os efeitos musicais no estúdio, daria um filme maravilhoso. Quase tão bom, pensou Darwin Bonaparte, quanto *A vida sexual dos cachalotes*; e só isso, por Ford, já era muita coisa!

Doze dias depois, *O Selvagem de Surrey* havia sido lançado e podia ser visto, ouvido e sentido em todas as salas de cinestésicos de primeira classe da Europa Ocidental.

O efeito do filme de Darwin Bonaparte foi imediato e enorme. Na tarde que se seguiu à noite de sua estreia, a solidão rústica de John foi repentinamente quebrada pela chegada de um grande enxame de helicópteros.

Ele estava cavando em seu jardim; cavando também, em sua própria mente, laboriosamente revirando a substância de seu pensamento. Morte — e ele fincou sua pá uma vez, outra vez, e mais uma vez. E nossos ontens deixaram clara a estrada da empoeirada morte para os tolos. Um trovão convincente retumbou pelas palavras. Ele ergueu outra pá cheia de terra. Por que Linda morreu? Por que ela teve permissão para se tornar gradualmente menos que humana e por fim... Ele estremeceu. Carniça muito bela para ser beijada. Ele plantou o pé na pá e bateu com força no chão duro. O que para os garotos são as moscas, nós somos para os deuses; matam-nos por brinquedo. O trovão novamente; palavras que se proclamaram mais verdadeiras de alguma forma do que a própria verdade. E, no entanto, aquele mesmo Gloucester os chamara de deuses sempre gentis. Além disso, teu melhor repouso é o sono, que invocas tão frequente; no entanto, mostras pavor insano de tua morte, que outra coisa não é. Não mais do que dormir. Dormir. Talvez sonhar. Sua pá atingiu uma pedra; ele se abaixou para pegá-la. Pois nesse sono de morte, que sonhos?

Um zumbido no alto havia se tornado um rugido; e de repente ele estava na sombra, havia algo entre o sol e ele. Olhou para cima, assustado, de sua escavação, de seus pensamentos; olhou para cima em um espanto atordoado, sua mente ainda vagando naquele outro mundo de verdade maior que a verdade, ainda focado nas imensidades da morte e da divindade; olhou para cima e viu, bem acima dele, o enxame de máquinas pairando. Elas vieram como gafanhotos, penduradas em posição, desceram ao seu redor entre os arbustos. E das barrigas desses gafanhotos gigantes saíram homens em flanelas de viscose brancas, mulheres (porque o tempo estava quente) em pijamas de acetato de shantung ou shorts de veludo e camisetas sem mangas e sem zíper: um par de cada. Em poucos minutos, havia dezenas deles, parados em um amplo círculo ao redor do farol, olhando, rindo, clicando suas câmeras, jogando (como a um macaco) amendoins, pacotes de goma de mascar com hormônios sexuais, biscoitinhos panglandulares. E a cada momento — pois em Hog's Back o fluxo de tráfego agora fluía incessantemente — seus números aumentavam. Como em um pesadelo, as dezenas tornaram-se vintenas, e as vintenas, centenas.

O Selvagem havia recuado para se proteger e agora, na postura de um animal acuado, estava de costas para a parede do farol, olhando de um rosto para outro com um horror mudo, como um homem fora de si.

Desse estupor, ele foi despertado para uma sensação mais imediata de realidade pelo impacto em sua bochecha de um pacote certeiro de goma de mascar. Um choque de dor surpreendente: e ele despertou por completo, desperto e ferozmente zangado.

— Vão embora! — ele gritou.

O macaco havia falado; houve uma explosão de risos e palmas.

— Bom e velho Selvagem! Viva, viva! — E no meio da babel ele ouviu gritos de: — Chicote, chicote, chicote!

Obedecendo à sugestão, ele puxou o punhado de cordas com nós de seu prego atrás da porta e o sacudiu para seus algozes.

Gritos e aplausos irônicos.

Ele avançou ameaçador na direção deles. Uma mulher gritou de medo. A linha oscilou em seu ponto mais imediatamente ameaçado, então se enrijeceu de novo, permanecendo firme. A consciência de estar com uma força esmagadora dera a esses visitantes uma coragem que o Selvagem não esperava deles. Pego de surpresa, ele parou e olhou em volta.

— Por que não me deixam em paz? — Havia uma nota quase de queixume em sua raiva.

— Tome umas amêndoas salgadas com magnésio! — disse o homem que, se o Selvagem avançasse, seria o primeiro a ser atacado. Ele estendeu um pacote. — São boas de verdade, sabia? — acrescentou, com um sorriso apaziguador bastante nervoso. — E os sais de magnésio vão ajudar a manter você jovem.

O Selvagem ignorou sua oferta.

— O que vocês querem de mim? — ele perguntou, virando de um rosto sorridente para outro. — O que vocês querem de mim?

— O chicote — respondeu uma centena de vozes confusas. — Faça a manobra de chicotada. Vamos ver a chicotada.

Então, em uníssono e em um ritmo lento e pesado:

— Queremos o chicote — gritou um grupo no final da linha. — Queremos o chicote!

Outros imediatamente pegaram o grito, e a frase foi repetida, como por um papagaio, uma e outra vez, com um volume cada vez maior de som, até que, pela sétima ou oitava reiteração, nenhuma outra palavra foi dita.

— Queremos o chicote!

Estavam todos gritando juntos; e, intoxicados pelo barulho, pela unanimidade, pela sensação de expiação rítmica, eles poderiam, ao que parecia, ter continuado por horas: quase indefinidamente. Mas por volta da vigésima quinta repetição, o processo foi surpreendentemente interrompido. Mais um helicóptero chegou do outro lado de Hog's Back, pairou sobre a multidão e pousou a poucos metros de onde o Selvagem estava, no espaço aberto entre a linha de turistas e o farol. O rugido dos rotores abafou por um tempo os gritos; depois, quando a máquina tocou o solo e os motores foram desligados, "Queremos o chicote! Queremos o chicote!" irrompeu mais uma vez no mesmo tom alto e insistente.

A porta do helicóptero se abriu e saiu primeiro um jovem louro de rosto avermelhado, depois, em short de veludo verde, camisa branca e boné de jóquei, uma jovem.

Ao ver a jovem, o Selvagem estremeceu, recuou e ficou pálido.

A jovem se levantou, sorrindo para ele: um sorriso incerto, que implorava, quase abjeto. Os segundos se passaram. Seus lábios se moveram, ela estava dizendo algo, mas o som de sua voz foi encoberto pelo refrão alto e repetido dos turistas.

— Queremos o chicote! Queremos o chicote!

A jovem apertou o flanco esquerdo com ambas as mãos, e naquele seu rosto de boneca macio e brilhante apareceu uma expressão estranhamente incongruente de angústia e desejo. Era como se seus olhos azuis fossem ficando maiores, mais brilhantes, e de repente duas lágrimas rolaram por suas bochechas. Ela voltou a falar, mas as palavras não eram audíveis; então, com um gesto rápido e apaixonado, estendeu os braços na direção do Selvagem e deu um passo à frente.

— Queremos o chicote! Queremos...

E de repente eles tiveram o que queriam.

— Prostituta! — O Selvagem correu para ela como um louco. — Doninha! — Como um louco, ele começou a golpeá-la com seu chicote de pequenas cordas.

Aterrorizada, ela se virou para fugir, tropeçou e caiu nos arbustos.

— Henry, Henry! — ela gritou. Mas seu companheiro de rosto avermelhado havia fugido do perigo, para trás do helicóptero.

Com um grito de entusiasmo, a linha quebrou; houve uma debandada convergente em direção a esse centro magnético de atração. A dor era um horror fascinante.

— Queime, luxúria, queime! — Frenético, o Selvagem atacou novamente.

Ávidos, eles se reuniram em volta, empurrando-se e se atropelando como porcos sobre o cocho.

— Ah, a carne! — O Selvagem cerrou os dentes. Dessa vez, foi sobre seus ombros que o chicote desceu. — Mate-a, mate-a!

Atraídos pelo fascínio do horror da dor e, de dentro, impelidos por aquele hábito de cooperação, aquele desejo de unanimidade e expiação, que o condicionamento havia implantado neles de modo tão inexorável, eles começaram a imitar o frenesi de seus gestos, atacando uns aos outros enquanto o Selvagem golpeava sua própria carne rebelde, ou aquela encarnação roliça de torpeza que se contorcia nos arbustos a seus pés.

— Mate-a, mate-a, mate-a... — O Selvagem continuava gritando.

Então de repente alguém começou a cantar "Orgialegria" e, num instante, todos pegaram o refrão e, cantando, começaram a dançar.

Orgialegria, girando e girando e girando, batucando uns nos outros no compasso seis por oito. Orgialegria...

Já passava da meia-noite quando o último dos helicópteros levantou voo. Estupidificado de soma e exaurido por um longo frenesi de sensualidade, o Selvagem dormia na urze. O sol já estava alto quando ele acordou. Ficou deitado por um momento, piscando como uma coruja, sem compreender a luz; então de repente se lembrou de tudo.

— Ó meu Deus, meu Deus! — cobriu os olhos com a mão.

Naquela noite, o enxame de helicópteros que veio zumbindo por Hog's Back era uma nuvem escura de dez quilômetros de comprimento. A descrição da orgia de expiação da noite anterior havia saído em todos os jornais.

— Selvagem! — chamaram os primeiros que chegaram, ao desembarcarem de sua máquina. — Sr. Selvagem!

Não houve resposta.

A porta do farol estava entreaberta. Eles a abriram e entraram num crepúsculo fechado. Através de um arco do outro lado da sala, eles podiam ver a parte inferior da escada que levava aos andares superiores. Logo abaixo da coroa do arco pendia um par de pés.

— Sr. Selvagem!

Devagar, bem devagar, como duas agulhas de bússola sem pressa, os pés viraram para a direita; norte, nordeste, leste, sudeste, sul, sul-sudoeste; então fizeram uma pausa e, após alguns segundos, voltaram-se sem pressa para a esquerda. Sul-sudoeste, sul, sudeste, leste...

"UMA OBRA-PRIMA DA ERA DA ANSIEDADE"

URSULA K. LE GUIN

QUANDO *ADMIRÁVEL MUNDO NOVO* **FOI PUBLICADO**, em 1932, não foi considerado um livro de ficção científica, pois o termo raramente era utilizado naquela época; e também não tem sido chamado de ficção científica com frequência desde então, pois uma definição desse tipo poderia implicar que o livro não tinha valor literário. Agora que os críticos finalmente estão desistindo desse preconceito tão genérico, podemos chamar o livro daquilo que ele obviamente é: uma impressionante e pioneira obra de ficção científica.

Aldous Huxley pretendia que seu romance fosse um alerta sobre o futuro, mas ele fez mais que isso: seu livro viveu dentro do próprio futuro, permanecendo demasiado influente na literatura por décadas após sua publicação. Seu sucesso em fornecer um modelo de escrita "futurista" para escritores menores pode fazer parecer, a um leitor posterior à virada do milênio, um tanto explanatório e previsível. O que era novo, ousado e original para os leitores em 1932 pode ter se tornado clichê. A ficção e os filmes meio que nos familiarizaram com vastos laboratórios, fetos amadurecendo em garrafas, crianças programadas, mulheres sempre belas e sedutoras, hordas de clones indistinguíveis, a visão de um paraíso materialista onde não falta nada a não ser imaginação, espontaneidade e liberdade. Ocasionalmente chegamos até a ter vislumbres no noticiário a respeito de crianças todas em uniforme, programadas, clones sorridentes se exercitando em uníssono.

Tanto na realidade quanto na ficção, a utopia racional e a distopia racional modeladas nela funcionam praticamente com base no mesmo padrão. E são lugares bem pequenos, com uma variedade notavelmente escassa. Huxley foi brilhante em sua descrição paradoxal de um paraíso perfeito que também é um perfeito inferno; mas nem paraíso nem inferno, concebidos racional e politicamente, podem oferecer muito à imaginação. Só os poetas, de Dante a Milton, podem achar a grandeza do paraíso e do inferno, tornando-os apaixonantes.

Será que *Admirável mundo novo* chega a superar seus limites distópicos racionais e alcança uma visão poética maior? Não estou certa de que consegue, mas também não sei se não faz isso.

O romance de advertência faz o que muitas pessoas supõem que toda a ficção científica faça: prevê o futuro. Por mais que possam exagerar dramática ou satiricamente, os autores de previsão extrapolam os fatos. E, acreditando que sabem o que vai acontecer no futuro, para o bem ou para o mal, eles querem que o leitor acredite também. Entretanto, grande parte da ficção científica não tem nada a ver com o futuro, é na verdade um experimento filosófico feito com humor ou com seriedade, como *A guerra dos mundos*, de H. G. Wells, ou *As crônicas marcianas*, de Ray Bradbury. Autores de experimentos filosóficos usam a ficção para recombinar aspectos da realidade em formas que não foram concebidas para serem interpretadas literalmente, apenas para abrir a mente para possibilidades. Eles não lidam de modo algum com crenças.

Senti essa distinção se impor a mim quando percebi que o próprio Huxley parece ter acreditado de modo quase literal em sua previsão.

Em 1921, no começo do experimento social soviético, o grande romance distópico *Nós*, de Ievguêni Zamiátin, desenhou um retrato potente de uma sociedade hiper-racionalizada sob o controle total do governo. Bem antes disso, em 1909, E. M. Forster havia escrito a fantástica história visionária *A máquina parou*, que Huxley certamente conhecia. Portanto, *Admirável mundo novo* teve ancestrais dignos em uma tradição específica de distopias antitotalitárias. E em 1931, quando a maior parte da Ásia e grande parte da Europa estavam sendo governadas ou haviam sido tomadas por ditaduras, era algo perfeitamente realista ver um governo totalitário como a ameaça mais imediata e assustadora a qualquer tipo de liberdade.

Contudo, em 1949, Huxley ainda estava falando de seu romance não apenas como uma história de acautelamento, mas como alguém que descrevia uma realidade que estava nascendo. Ele escreveu para George Orwell quando *1984* foi publicado, elogiando-o com generosidade como um romance "bom e profundamente importante", mas acrescentando, em defesa de sua própria visão contra a distopia mais sutil porém mais bruta de Orwell:

> *Na próxima geração, acredito que os governantes do mundo descobrirão que o condicionamento infantil e a narco-hipnose são mais eficientes, como instrumentos de governo, que clubes e prisões, e que o desejo de poder pode ser tão completamente satisfeito sugerindo-se às pessoas que amem sua servidão quanto se elas fossem forçadas a obedecer na base de chicotes e pontapés.*

Evidentemente ele ainda acreditava que a "hipnopedia", a técnica essencial de programação mental dos cidadãos do Estado Mundial, era um método comprovado e eficiente que estava apenas esperando para ser utilizado. As teorias psicológicas da época, como o "condicionamento operante" de B. F. Skinner, se inclinavam a apoiar essa crença, e a maioria das experiências que provaram a ineficiência do "aprendizado pelo sono" ainda estavam por ser realizadas. Por outro lado, nenhum experimento havia comprovadamente aceito isso. Para Huxley, a hipnopedia não era uma invenção ficcional ou hipótese científica, mas um artigo de fé.

Por que ele investiu tanto numa teoria sem sustentação e a chamou de ciência? Qual era sua atitude fundamental para com a ciência?

Seu avô, Thomas Henry Huxley, o "buldogue de Darwin", e seus irmãos Andrew e Julian eram todos biólogos de extraordinária distinção e humanística. Thomas Henry Huxley inventou a palavra "agnóstico" para nomear — e, portanto, criar — uma mente aberta para questões do espírito equivalente ao espaço mental oferecido pela ciência. Idealmente, o cientista, embora esteja sempre buscando saber cada vez mais, abre mão de qualquer afirmação cabal de ter o conhecimento definitivo. Uma hipótese saudável sustentada e modificada por infinitos testes (com a teoria de Harvey da circulação do sangue, ou a teoria da evolução de Darwin) é o máximo que a ciência avança na direção da certeza. Cientistas não trabalham com crenças.

É claro que Aldous Huxley sabia disso. Ele também sabia que poucos cientistas obtêm o ideal da mente aberta do agnosticismo, e que muitos deles falam como se somente eles soubessem algo que valesse a pena saber. Aqui, no mundo real, a convicção arrogante da certeza incontestável – exibida pelos técnicos do Estado Mundial – é pelo menos tão comum nos laboratórios quanto nos seminários.

Os romances de Huxley eram em grande parte cínicos, mas o cientificismo detestável de sua distopia revela algo mais feroz do que cinismo. Para alguns temperamentos, a mente aberta, a aceitação da incerteza final, é não só insuficiente mas também assustadora e odiosa. Ele entendia o bastante de ciência para tornar as invenções do romance plausíveis, mas, o que quer que o tenha feito deixar de gostar dela e passar a tratá-la com desconfiança, o papel que ele dá à tecnologia científica em seu romance é dominador e sinistro. Parece que, ao ver a ciência como um racionalismo implacável e sem emoção, ele achava que a busca da ciência não poderia jamais obter um verdadeiro significado ou fazer o bem de verdade, mas estaria inevitavelmente a serviço do mal. O herdeiro de uma grande tradição científica humanista retratava a ciência como inimiga da humanidade.

E o jovem autor de sátiras frias e cortantes aos valores intelectuais e sociais britânicos se tornou na meia-idade um membro da mística Vedanta Society de Los Angeles e um guru do movimento de drogas que estava ganhando forças quando ele morreu em 1963 – seu sofrimento no leito de morte mitigado por uma dose de cem microgramas de LSD.

A Califórnia é o que você faz dela, e o que ela faz de você. *Admirável mundo novo* foi escrito no Velho Mundo, muito tempo antes do Verão do Amor. E, no entanto, relendo-o agora, fiquei impressionada com a importância do soma nele, a droga maravilhosa da qual todos no Estado Mundial, e o próprio Estado Mundial, são dependentes. Isso é, em parte, um truque na trama, claro, mas certamente é também significativo para compreendermos as preocupações do autor. O soma aumenta todos os prazeres; o sexual acima de todos, claro. Ele nunca provoca *bad trips*, mas induz ao êxtase, invariavelmente – e eternamente, enquanto você o estiver tomando. Se ele encurta sua vida, isto é uma questão abstrata, já que todos morrem quando os procedimentos de rejuvenescimento artificial perdem a eficácia: "Juventude quase intacta até os sessenta anos, e então, pou! fim". Se você tivesse acesso a uma droga que lhe desse um barato perfeito por horas ou dias a fio, com a aprovação entusiástica de toda a sua sociedade, não a tomaria?

Você não tem a permissão de não tomar. Você precisa consumir sua dose diária de soma, porque ela é o que mantém todos juntos numa inércia feliz. Consumo é a base do Estado Mundial, o estado de delusão.

E, nisso, a ficção científica de Huxley foi inegável e radicalmente visionária, saltando décadas além da sociedade de seu tempo para o mundo pós-virada do milênio de consumo obrigatório e gratificação instantânea.

Aqui também ele introduz um elemento do livro que aumenta muito seu poder emocional e vital. Para dentro do mundo ilusório onde tudo é criado e mantido perfeitamente, insipidamente feliz, ele traz um personagem que não o é.

Bernard Marx, diminuído, frustrado e de maus humores, no começo parece ser um rebelde desajustado, mas depois revela-se que é apenas aquele que nos leva ao rebelde. O estranho ao êxtase, o *outsider* trágico, é John. Ele é chamado de Selvagem, mas poderia ser chamado, com mais precisão, de Puritano. Apesar das infelicidades de sua infância entre os "primitivos" fora do Estado Mundial, John já viu amor e felicidade reais o suficiente para ter certeza de que uma substância química só consegue entregar imitações deles, que não existem atalhos para as experiências do real. Aprisionado no inferno que ele achava que seria o paraíso, ele tenta sair da delusão, recuperar a realidade, se abster da droga que mantém o Estado Mundial.

A palavra soma vem da palavra grega para "corpo". Hoje nós a vemos principalmente na palavra "psicossomático", mas Huxley poderia supor que a grande maioria dos seus leitores teve uma educação suficientemente clássica para reconhecê-la diretamente.

*   *   *

Um Puritano é aquele que abjura do corpo e dos seus prazeres para salvar sua alma. Em que extensão *Admirável mundo novo* é um estudo do misticismo que tem ódio ao corpo, renuncia ao mundo e se autoflagela, oculto dentro de um romance sobre política e poder?

O Selvagem tem uma longa conversa, a passagem mais convencionalmente utópica do romance, com o Controlador Mundial local, cujo nome esplendidamente vilanesco é Mustapha Mond. É difícil não ver o Controlador como um concorrente consciente do Grande Inquisidor de *Os irmãos Karamazov*, de Dostoiévski. "Costumava existir algo chamado Deus", ele começa desinteressado, "antes da Guerra dos Nove Anos." O Selvagem sabe muito a respeito de Deus, pois cresceu num caldo violento de catolicismo e religiões nativas, e tem cacife para participar da conversa. Em sua discussão sobre a natureza de Deus ele pergunta: "Como ele se manifesta agora?", e Mustapha Mond responde: "Bem, ele se manifesta como uma ausência…" E seguem discutindo sobre a necessidade espiritual humana, John insistindo que precisamos de Deus para garantir o valor da virtude e da autonegação; o Controlador põe de lado esses conceitos como "sintomas de ineficiência política". "Você não pode ter uma civilização duradoura sem muitos vícios agradáveis", ele diz e, triunfantemente, "Você pode carregar pelo menos metade de sua moralidade num vidrinho. Cristianismo sem lágrimas: isso é o soma."

A refutação final de John para uma existência sem lágrimas, sua afirmação de Deus, poesia, perigo, liberdade, bondade e pecado, sua declaração do direito de ser infeliz são o ponto alto do romance, mas um ponto alto que só pode ser seguido de uma queda. O pobre Selvagem irá realmente encontrar sua infelicidade.

E assim ele é o único personagem no romance que provavelmente permanecerá na mente do leitor como uma pessoa, e não uma figura alegórica ou constructo intelectual. Quando reli o livro, havia esquecido Mustapha Mond, e Bernard Marx, e a pneumática Lenina.

Fiquei feliz em redescobri-los. Mas permaneci me recordando do Selvagem por cinquenta anos.

Os experimentos posteriores de Huxley com ingestão de drogas parecem quase uma busca pelo soma da vida real; a religião engarrafada. Será que ele pensou que a mescalina, o LSD e as outras drogas psicodélicas que ele consumiu e endossou falsificaram suas percepções e puseram sua alma em perigo, ou que eram uma estrada para a iluminação, atalhos para uma verdade maior? Talvez pensasse as duas coisas. O Selvagem e o Controlador eram ambos, afinal, criações de sua própria mente, onde o conflito dos dois poderia — e talvez devesse — permanecer insolúvel.

Escrito com a desenvoltura de sua classe e cultura, e no entanto com um senso fulminante de urgência; escondendo motivações por trás dos fogos de artifício da invenção; demonstrando prazer como uma coisa inevitavelmente nojenta e degradante e a liberdade como uma licença descerebrada, e no entanto não oferecendo nenhuma fuga do mundo sórdido onde essas são as únicas opções, *Admirável mundo novo* é um livro atormentado e atormentador, uma obra-prima da Era da Ansiedade, um registro vívido da angústia do século XX. Pode ser também um aviso válido e muito incipiente do risco de manter a civilização no curso que o autor a viu começando a seguir, há mais de oitenta anos.

UMA JORNADA EDITORIAL RUMO A UM MUNDO NOVO

SAMIR MACHADO DE MACHADO

"**VAI SER UM MAU NEGÓCIO** do ponto de vista financeiro, mas dará grande prestígio à editora." Com essas palavras, um editor e escritor iniciante propôs ao seu chefe a publicação de um autor então inédito no Brasil. O ano era, possivelmente, 1934. A editora em questão era a Livraria do Globo, de Porto Alegre, livraria e papelaria que se tornara o ponto de encontro da intelectualidade porto-alegrense desde o final do século XIX. O novato era um jovem de 28 anos chamado Erico Verissimo. E o autor que daria prestígio, mas supostamente prejuízo, era Aldous Huxley.

A editora, contudo, era gerenciada de modo quase clandestino por Henrique Bertaso, filho do dono. O velho José Bertaso, que sabia muito bem quanto lhe rendia a venda de livros alheios, a tipografia, a encadernação, a papelaria e todos os setores de uma livraria e gráfica bem-sucedidos, não levava muita fé na viabilidade financeira livro era muito ruim, até "melhorava" o texto do autor sem dó nem pena, prática comum na época.

No início da década de 1940, a Livraria do Globo pôs em prática o "saneamento" de suas traduções, contratando tradutores de excelência e pagando salário fixo. O leitor brasileiro conheceu as primeiras traduções para o português de *Em busca do tempo perdido*, de Proust, e os muitos títulos da *Comédia humana*, de Balzac. E, com o sucesso de *Contraponto*, outras obras de Huxley começaram a ser traduzidas.

Em 1941, a Livraria do Globo anunciou em sua revista que ofereceria ao leitor mais um romance de Huxley, "o autor que inaugurou as traduções do moderno romance inglês para o Brasil" e de quem a editora já havia lançado, além do *Contraponto*, *Sem olhos em Gaza*. Esta obra seria *Brave New World*, cuja tradução ficaria a cargo de Vidal de Oliveira, do novo time de tradutores profissionais contratados pela editora. Na edição de 12 de abril daquele ano, a *Revista do Globo* anunciava "ao seu grande público leitor" um novo livro de Huxley:

> "*O poderoso intelecto e a viva imaginação do escritor focam o futuro, e nos mostram uma visão surpreendente, cheia de passagens geniais, trágica e meúdo e saturada de ironia do que será o mundo vindouro. O culto à máquina, ao deus Ford e à racionalização, o desejo de simplificar, de esterilizar tudo, cria uma humanidade que suprimiu a dor e o esforço, mas em troca do amor, da emoção, do sonho, da arte e da liberdade. A tradução de* Um maravilhoso novo mundo *foi confiada a Vidal de Oliveira, que já a tem quase terminada*".[1]

Sim, é isso mesmo que você leu: por um curto espaço de tempo, durante quinze dias em abril de 1941, entre ser anunciada e ser publicada, a obra máxima de Huxley por pouco não se chamou

---

[1] ESCRITORES e livros. *Revista do Globo*, Porto Alegre, nº 293, pp. 8-9, 12 de abril de 1941.

Edição de abril de 1941 da *Revista do Globo* que anunciava o lançamento de *Um maravilhoso novo mundo*.

Um maravilhoso novo mundo! Teria sido trocado de última hora? Ou alguém da editora teria passado o título errado à redação da revista? Só podemos especular que, no final das contas, o título final escolhido soa melhor aos ouvidos: quase uma palavra única e longa, que pode ser dita sem pausas, de um fôlego só: *Admirável mundo novo*. De todo modo, ainda era mais fiel ao original do que outras traduções: *Un mundo feliz* em espanhol, ou *Le meilleur des mondes* ("O melhor dos mundos") em francês, só para dar alguns exemplos.

Francês, aliás, que foi a língua da qual se traduziu esta primeira versão para o português — uma "tradução secundária", coisa muito comum nas traduções da época. Vidal de Oliveira, o encarregado da tradução, não traduzia do inglês. De fato, tinha até mesmo um certo desprezo pela língua inglesa. Era, isto sim, um grande francófilo: tendo estudado na França (sua tese de doutorado em medicina tratava de neurose e neurastenia, sem citar Freud uma vez sequer), ele traduzira também alguns volumes da *Comédia humana* de Balzac e era muito próximo de Paulo Rónai, com quem se correspondia e coordenava as

Capa da primeira edição de *Contraponto*, com arte de Clara Pechansky, para o livro que chegou a ser o maior sucesso editorial de Aldous Huxley no Brasil.

Para o mundo em que foi publicado, *Admirável mundo novo* era uma sátira ao "socialismo utópico" ainda popular no início do século XX, uma revolta contra a "Era das Utopias" que não conseguiu prevenir a Europa de se afundar na Primeira Guerra. Huxley, pressentindo a mudança do eixo cultural da Europa para os Estados Unidos, aplicou sobre sua sociedade futura uma visão extrema do fordismo, a filosofia de trabalho criada por Henry Ford com base na produção em massa (e no consumo em massa), por sua vez baseada numa racionalização extrema do processo de trabalho — o que necessita, em contrapartida, de uma alienação do indivíduo em relação ao conjunto. Assim, o Carlitos operário de Charles Chaplin em *Tempos modernos* não faz ideia de por que aperta tantos parafusos (pois não é importante ao indivíduo que entenda o processo inteiro, apenas o papel que lhe cabe). Huxley previu que a junção do fordismo com a eugenia levaria a uma espécie de esterilização social da humanidade. O que não previu foi que, somando-se a eugenia ao nacionalismo (elemento este que está ausente em seu livro), o que se produz é assassinato em massa. Muito já se falou da ligação direta entre a mentalidade fordista e o Holocausto (Hitler era um admirador de Ford, que, por sua vez, era um notório antissemita). De certo modo, o que se tem no livro de Huxley é já uma antecipação dessa mentalidade por outro viés: uma eugenia

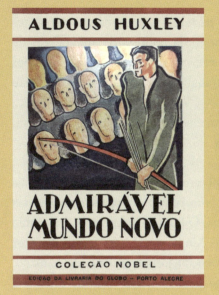 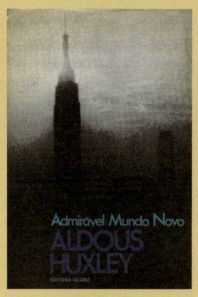

Primeira edição da obra no Brasil, 1941, pela lendária Coleção Nobel.

A partir da terceira edição, 1977, com nova capa e crédito de tradução dividido com Lino Vallandro.

cometida de modo "pacífico", e, justamente por sua ausência de violência, ainda mais assustadora pela naturalidade com que o conformismo aceitaria um mundo asséptico e conformista.

E como se mantém um mundo em eterno conformismo com base no consumismo hedonista? Com uma cultura de entretenimento calcada no imediatismo da satisfação de seus desejos, vazia de reflexões, e que evite que qualquer pensamento minimamente incômodo se forme. Em suma, uma cultura infantilizada, fundamentada em estereótipos. Terá Huxley previsto o estado atual das superproduções de Hollywood com suas franquias solipsistas, a cultura de positividade tóxica de influencers digitais, o anti-intelectualismo reacionário que rejeita qualquer reflexão, e mesmo a sexualização precoce?

Não que fosse muito diferente então. Em 1941, quando Erico Verissimo o visitou, Huxley vivia havia quatro anos em Santa Monica, nos EUA, "numa casa de tábua, de aspecto rústico, escondida atrás

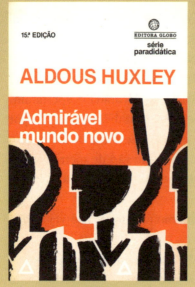

Edição pela "Série Paradidática" da Editora Globo, 1985. Capa de Rafael Siqueira.

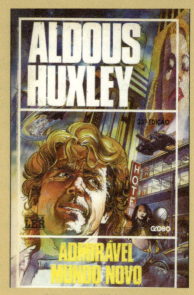

Edição de bolso, 1997. Capa de João Baptista da Costa Aguiar.

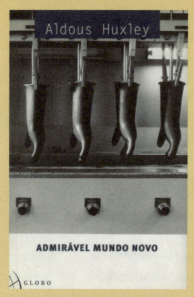

Edição de 2001, quando o livro já passava das 20 edições em sua história editorial no Brasil.

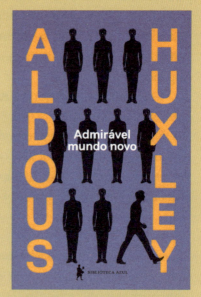

Edição de 2014 pelo selo Biblioteca Azul, que mantém a tradução original da Editora Globo de Porto Alegre.

Fahrenheit 451 de Ray Bradbury, a Santíssima Trindade das distopias em língua inglesa[5].

Em 1977, mais de trinta anos após seu lançamento no Brasil, o livro ganhou enfim uma terceira edição. A tradução de Vidal de Oliveira foi revisada por Lino Vallandro, este sim um grande conhecedor da língua inglesa. Junto do irmão, Leonel Vallandro, Lino havia escrito o que Erico Verissimo considerou "o primeiro bom dicionário inglês-português do Brasil". Nos anos 1980, e chegando à sua quinta edição, passou a integrar a coleção de livros paradidáticos da Globo, em uma edição condensada, voltada para vendas ao governo com destino a escolas.

Erico Verissimo e Henrique Bertaso morreram ambos no final na década de 1970. Em 1986, a Editora Globo de Porto Alegre foi vendida para a Rio Gráfica Editora (RGE), do jornalista Roberto Marinho, no Rio de Janeiro — que, já sendo dono do jornal *O Globo* e da Rede Globo de Televisão, unificou suas marcas. Ao assumir a marca da antiga Globo de Porto Alegre, a agora Editora Globo (primeiro em São Paulo, hoje no Rio de Janeiro), tal qual pai e filho homônimos cujas histórias se misturam, assumiu também seu catálogo.

Em 2001, quando *Admirável mundo novo* já passava de sua 20ª edição, o nome do tradutor Vidal de Oliveira, por motivos que só Ford sabe, foi confundido com o do jurista Vidal Serrano, docente da puc-sp[6]. Esse erro foi corrigido em 2019, numa edição da Biblioteca Azul.

Mas se a obra é atemporal, nem sempre as traduções o são. A linguagem muda com o tempo. O que nos traz, enfim, a esta nova tradução, mais de oitenta anos após ter sido publicada no Brasil pela primeira vez, magistralmente realizada por Fábio Fernandes, de inegável repertório na tradução de ficções científicas.

O que *Admirável mundo novo* tinha para dizer ao leitor de 1932 certamente soou diferente ao leitor brasileiro de 1941, aos leitores

---

[5] Há que se lembrar também do romance *Nós*, do russo Ievguêni Zamiátin, publicado dez anos antes do livro de Huxley, cujas semelhanças com o enredo do primeiro levaram muitos a apontarem como possível influência. Huxley negava ter lido a obra de Zamiátin antes de escrever seu livro, mas Orwell acreditava que Huxley estava mentindo.

Copyright © 1932 by Laura Huxley
Copyright © 2022 Editora Globo S.A.

Todos os direitos reservados. Nenhuma parte desta edição pode ser utilizada ou reproduzida
– em qualquer meio ou forma, seja mecânico ou eletrônico, fotocópia, gravação etc. – nem
apropriada ou estocada em sistema de bancos de dados, sem a expressa autorização da editora.

Título original: *Brave New World*

Editor responsável: Lucas de Sena
Editora assistente: Jaciara Lima
Preparação de texto: Jane Pessoa
Revisão: Ana Tereza Clemente e Maria da Anunciação Rodrigues
Projeto gráfico e capa: Delfin [Studio DelRey]

Texto fixado conforme as regras do Acordo Ortográfico da Língua
Portuguesa (Decreto Legislativo nº 54, de 1995).

CIP-BRASIL. CATALOGAÇÃO NA PUBLICAÇÃO
SINDICATO NACIONAL DOS EDITORES DE LIVROS, RJ

H989a
23. ed.

    Huxley, Aldous, 1894-1963
    Admirável mundo novo / Aldous Huxley ; tradução Fábio Fernandes. - 23. ed. – Rio de Janeiro : Biblioteca Azul, 2022.
    304 p. ; 23 cm.

    Tradução de: Brave new world
    Inclui textos extras e caderno de imagens
    ISBN 978-65-5830-166-0

    1. Ficção inglesa. I. Fernandes, Fábio. II. Título.

22-78660
                                          CDD: 823
                                      CDU: 82-3(410.1)

Meri Gleice Rodrigues de Souza - Bibliotecária - CRB-7/6439

1ª edição, 1941
24ª edição, 2024

Direitos de edição em língua portuguesa
para o Brasil adquiridos por
Editora Globo S. A.
Rua Marquês de Pombal, 25
20230-240 – Rio de Janeiro – RJ
www.globolivros.com.br

ESTE LIVRO, COMPOSTO NA FONTE FAIRFIELD,
FOI IMPRESSO EM LUX CREAM 60G/M² NA GEOGRÁFICA.
SÃO PAULO, BRASIL, EM MAIO DE 2024.

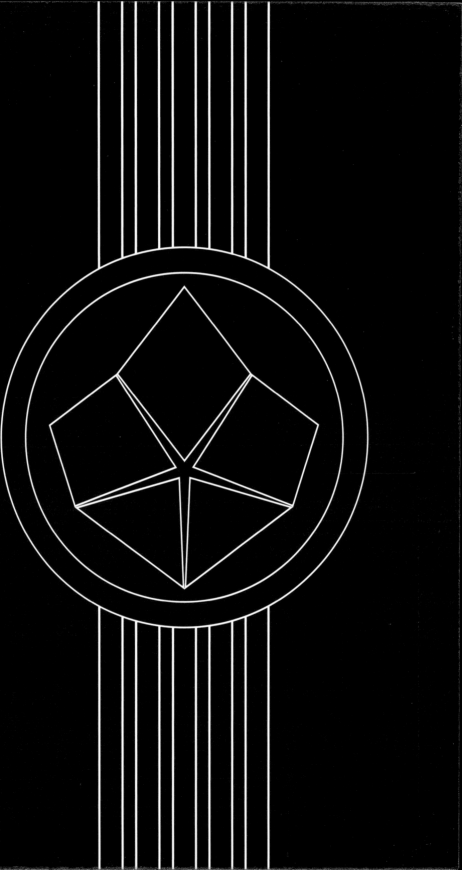

SE ALGUÉM É DIFERENTE,